한국도 아이스하키 합니다

HL그룹 정몽원 회장의 아이스하키 사랑 이야기

한국도
아이스하키
합니다

HL그룹 정몽원 회장의
아이스하키 사랑 이야기

bs
브레인스토어

차례

Period 1
간절히 바라면 이루어진다

Period 2
번쩍했던 황홀한 순간들

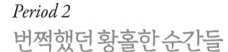
Period 3
넘어질 수는 있다,
다시 일어서는 것이 중요하다

Period 4

왜 하필 하키냐고 물으신다면

Period 5

전설로 남을 그 이름들

대한체육회장 유승민

안녕하십니까. 제42대 대한체육회장 유승민입니다.

한국 아이스하키의 버팀목, 정몽원 HL그룹 회장의 아이스하키 30년 인생을 돌아보는 회고록『한국도 아이스하키 합니다』출간을 진심으로 축하합니다.

진정한 스포츠 선진국이 되기 위해서는 균형 유지가 중요합니다. 엘리트 체육과 생활 체육이 동반성장해야 하고, 이른바 '인기 스포츠' 또는 '메달 박스' 외의 종목에도 투자와 관심, 지원이 필요합니다. 이런 측면에서 정몽원 회장은 한국 스포츠 발전에 큰 공적을 남기신 분입니다.

2018 평창 동계 올림픽은 우리나라 체육사에 큰 의미가 있는 이벤트였습니다. 3수 끝에 어렵사리 개최한 동계 올림픽을 성공적으로 치러내며, 우리 체육계의 저력을 확인시켰고 하계-동계 올림픽이 모두 열린 8번째 국가가 됐습니다. 동계 스포츠의 저변을 넓히는 데도 크게 기여했습니다. 제가 1988년 서울 올림픽을 보고 꿈을 키워, 2004년 아테네에서 금메달을 목에 걸었듯이, 2018년 동계 올림픽의 감동을 가슴에 새긴 '평창 키즈'들은 우리 동계 종목의 미래를 밝힐 등불로 성장할 것입니다.

선수촌장으로 함께 했던 2018 평창 동계 올림픽은 제 인생에서 영원히 잊지 못할 감동적인 기억 중 하나입니다.

첫 손에 꼽을 하이라이트라면 역시 2월 10일 관동하키센터에서 열린 여자 아이스하키 조별리그 B그룹 1차전 남북 단일팀과 스위스의 경기가 아닐까 합니다. 우여곡절 끝에 결성된 여자 아이스하키 남북 단일팀은 비록 경기에서는 큰 점수 차로 졌지만, 극한으로 치닫던 남북 대립 구도에 훈풍을 몰고 오는 '평화 메신저' 역할을 하며 이념과 정치를 초월하는 스포츠의 위대한 힘을 전 세계에 확인시켰습니다.

정몽원 회장은 평창 올림픽 내내 초미의 관심사가 됐던 여자 아이스하키 남북 단일팀 탄생의 보이지 않는 산파였습니다.

2013년 1월 대한아이스하키협회 회장으로 취임한 그는 2014년 9월 평창 올림픽 유치 확정(2011년 7월) 이후 3년간 교착 상태에 빠져 있던 한국 아이스하키 남녀 대표팀의 평창 올림픽 본선 동반 출전 확정을 이끌어 냈습니다. 2018년 1월 단일팀 결성과 평창 올림픽 출전이 갑작스레 결정된 이후에도 장비 수급, 훈련 지원 등 디테일까지 챙기는 세심하고 실질적인 리더십으로 남북 단일팀이 대회를 무사히 치러낼 수 있도록 뒷바라지했습니다.

평창 올림픽 한국 대표선수단 단장 제의를 받았음에도 이를 고사하는 등 개인적인 명예와 이익을 철저히 배제한 점은 그의 묵묵한 헌신을 더욱 빛내는 요소입니다.

대중의 관심 밖에 머무는 종목에 꾸준한 관심을 보이고 지원하는 것은 쉽지 않은 일입니다. 아이스하키는 북미와 유럽 등지에서는 프로스포츠로 높은 인기를 누리고 있지만, 우리나라에서는 '비인기 종목'으로 분류됩니다.

1994년 창단된 HL 안양은 30년간 지속된 정 회장의 관심과 지원 속에 '한국 남자 아이스하키 대표팀의 구심점' 역할을 했고 아시아리그 아이스하키 최고 명문으로 자리매김했습니다. HL 안양 선수들이 주축이 된 남자 아이스하키 대표팀은 2017년 국제아이스하키연맹(IIHF) 세계선수권 디비전 1 그룹 A에서 2위를 차지, 2018년 아이스하키 월드챔피언십 승격이라는 기적 같은 성과를 일궈내기도 했습니다.

이 같은 한국 아이스하키의 성취는 정 회장의 포기하지 않는 열정과 헌신의 결과입니다. 정 회장은 IIHF로부터 위와 같은 공적을 높이 평가받아 2020년 2월 IIHF 명예의 전당 헌액이라는 영예를 안기도 했습니다.

누구 한 사람 알아주는 이가 없어도 묵묵히 목표를 향해 정진하고, 실패와 시련이 반복돼도 포기하지 않고 다시 일어선 정 회장의 굴하지 않는 의지와 노력은 모든 체육인에게 귀감이 되기 충분합니다.

30년간 아이스하키 외길 인생을 돌아보는 정 회장의 회고록을 통해 많은 우리나라 체육인, 특히 어려움에 직면해 있거나 열악한 환경 속에서 돌파구를 모색해야 하는 체육인들이 큰 용기와 희망을 얻기를 기원합니다.

기업 경영으로 바쁜 와중에 이처럼 좋은 글을 남기신 정 회장의 노고를 치하하며, 회고록 출간을 다시 한번 축하드립니다. 정 회장과 독자 여러분 모두에게 건강과 행운이 늘 함께 하기 바랍니다.

감사합니다.

동아일보 스포츠부장 이헌재

어떤 사람은 그를 아이스하키 마니아라고 하고, 혹자는 아이스하키광(狂)이라고 합니다. 한국 아이스하키의 '키다리 아저씨'라고 부르는 사람도 있고, '아이스하키 대부'라고 하는 사람도 있습니다. 한국인으론 처음이자 유일하게 국제아이스하키연맹(IIHF) 명예의 전당에 입성했으니 아이스하키 '홀 오브 페이머(Hall of Famer)'라고 할 수도 있겠습니다.

모두 다 맞는 말입니다. 그런데 이 같은 수식어를 모두 더해도 그의 아이스하키 인생을 담기에는 뭔가 부족해 보입니다. 이언난진(以言難盡), 불가언지(不可言之)라고나 할까요.

정몽원 HL그룹 회장은 성공한 기업가이자 재벌 회장입니다. 하지만 그를 떠올릴 때 사람들이 자연스럽게 연상하는 것은 아이스하키입니다. 그는 아이스하키와 함께 살아왔고, 아이스하키가 있는 곳에는 항상 그가 있었습니다. 장자가 꿈에서 깨 '내가 나비인지, 나비가 나인지' 헷갈렸던 것처럼 그 역시 '내가 아이스하키인지, 아이스하키가 나인지' 모르는 인생을 살아가고 있는 게 아닐까 싶습니다.

우연히 그의 아이스하키 여정을 함께 할 기회가 있었습니다. 2018 평창 겨울올림픽을 두 달여 앞둔 2017년 12월 러시아 모스크바에서 열린 유로하키

투어 채널원컵이었습니다. 불과 몇 해 전까지 불모지에 가까웠던 한국 아이스하키로서는 역사적인 대회였습니다. 그동안 "격이 맞지 않는다"는 이유로 한 번도 얼음판 위에서 상대해본 적 없던 세계랭킹 1위 캐나다를 만난 대회였습니다.

평창 올림픽을 앞두고 "한국이 캐나다를 만나면 0-162로 질 것"이라는 조롱이 난무하던 시절이었습니다. 그런 캐나다를 만난 한국 선수들은 처음부터 무섭게 몰아쳤습니다. 2피리어드 한 때 2-1로 앞서기까지 했습니다. 캐나다 선수들의 얼굴엔 당황한 빛이 역력했습니다. 결과는 2-4 패배. 처음엔 '약자'인 한국을 동정하듯 응원하던 러시아 관중들은 경기 후엔 모두 자리에서 일어나 기립박수를 보냈습니다.

빙판 위에선 선수들이 죽기살기로 온 힘을 다했습니다. 링크 밖에 선 정몽원 회장 역시 최선을 다하고 있었습니다. 선수들이 링크로 나갈 땐 일일이 주먹을 부딪히며 기(氣)를 불어넣었고, 경기 중엔 한순간도 자리에 앉지 않고 목이 터져라 응원을 했습니다. 피리어드 중간 휴식시간엔 선수들의 수통에 직접 물을 채웠습니다. 무엇보다 그는 처음부터 끝까지 선수들과 함께 했습니다. 선수들이 머무는 호텔에 같이 묵었고, 선수들이 먹는 음식을 똑같이 먹었습니다. 스케이트를 신지 않았을 뿐 누가 봐도 그는 팀과 하나였고, 한 몸이었습니다.

그렇게 그는 한국 아이스하키 역사를 만들어갔습니다. 한국 아이스하키는 한때 인사도 잘 받아주지 않던 일본을 처음으로 이겼고, 일본과 중국 등이 참여한 아시아리그를 함께 창설했습니다. 그가 창단한 HL안양은 현재 아시아리그에서 가장 많은 우승을 차지한 최강팀이 됐습니다. 한국 남자 아이스하키는 2018 평창동계올림픽을 통해 꿈에 그리던 올림픽 무대를 밟았습니다. 같은 대회에서 여자 아이스하키 대표팀은 북한과 단일팀을 구성해 전 세계인들에게 진한 감동을 선사했습니다.

한국 아이스하키가 일군 최대의 기적은 2017년 우크라이나에서 열린 세계선수권 디비전1 그룹A(2부 리그)였습니다. 대회 최종일 최종전 연장 승부, 승부샷 끝에 한국은 우크라이나를 꺾고 아이스하키 최상위 그룹인 톱 디비전으로 승격했습니다. 한국의 승리가 확정되는 순간 그는 기쁨과 환희의 눈물을 빙판 위에 쏟았습니다. 당시 방송 화면에 잡힌 그의 얼굴은 여전히 많은 사람들의 뇌리에 강하게 남아 있습니다.

그의 삶이 한국 아이스하키 그 자체인 건, 상황이 좋지 않을 때조차도 언제나 그 자리에 있었기 때문입니다. 한때 4개였던 아이스하키 실업팀이 IMF 외환 위기로 인해 하나씩 해체됐을 때 HL 안양만은 유일하게 남았습니다. 아시아리그의 선전을 바탕으로 승승장구하던 한국 아이스하키는 2014년 안방인 고양에서 열린 세계선수권 디비전1 A그룹(2부 리그)에서 5전 전패를 당하며 다시 3부 리그로 추락한 적도 있었습니다. 하지만 백지선 감독을 영입하며 다시 톱 디비전 탈환이라는 기적을 썼습니다. 2018 평창 올림픽을 통해 기대했던 아이스하키 붐은 오지 않았고, 그나마 있던 실업팀들도 코로나 여파 등으로 모두 해체하며 다시 HL안양 한 팀만 남게 됐습니다. 하지만 실패했을 때마다 한국 아이스하키는 항상 해법을 찾아왔습니다. 그 중심에는 언제나 그가 있었습니다.

그가 아이스하키로 살아온 30여 년의 인생이 이 책에 담겨 있습니다. 무언가를 사랑하고, 자신의 모든 것을 바칠 게 있는 사람은 행복하다고 할 수 있을 것입니다. 행복한 그의 아이스하키 인생을 이 책으로 독자들도 함께 만끽하기를 바랍니다.

프롤로그

2022년 5월 국제아이스하키연맹(IIHF) 명예의 전당 헌액이라는 큰 영예를 안고 핀란드를 향해 갈 때였다. 가족과 지인들도 동행했다. 큰 영광의 무대에 설 생각을 하니 기쁘면서도 걱정이 됐다. 무대에 올라 내 이름이 새겨진 우리나라 국가대표팀 유니폼을 착용하고 수락 연설을 해야 하는데 준비는 많이 했지만 행여 실수라도 할까 봐 적잖이 긴장이 됐다.

그렇지만 걱정이나 긴장되는 마음보다는 그동안 한국 아이스하키가 많이 성장했고, 여기에 작은 힘이나마 도움이 됐다는 점을 인정받았다는 생각에 뿌듯한 마음이 더 컸다. 우리 아이스하키의 지난 날을 회상하고 있을 때 승무원이 핀란드에는 무슨 일로 가냐고 물었다.

아이스하키 관련 일로 간다고 하니 승무원이 "한국도 아이스하키를 합니까?"라고 되물었다. 죽비로 호되게 한 대 얻어 맞은 느낌이었다. 2018년 평창 동계 올림픽 출전과 IIHF 아이스하키 월드챔피언십 진출로 우리 아이스하키 위상이 많이 올라갔다는 자부심이 깨지는 순간이었다.

'아직 갈 길이 멀구나. 우리는 작은 성취를 이뤘을 뿐 성공과는 아직 거리가 멀구나.'

한국 아이스하키 미래를 다시 생각해보는 순간이었다.

아이스하키와 함께 한 30년 세월을 돌아보니, 불현듯 목표를 이루기 위해

숨 가쁘게 달려왔을 뿐, 지난 일을 찬찬히 돌아보는 시간이 없었다는 사실이 떠올랐다. 우리 아이스하키의 현재를 객관적으로 바라보고, 미래 발전 모델을 생각하기 위해서는 먼저 내 지난 날부터 돌아보고 정리하는 게 중요하다고 생각했다.

한국 아이스하키는 국내에도, 해외에도 잘 알려지지 않은 종목이다. 심지어 "우리도 대표팀이 있어?", "우리도 리그가 있어?" 이런 질문을 받기까지 한다. 이런 대중의 무관심 속에서도 한국 아이스하키는 기적과 같은 성장과 성취를 일궈냈다. 그 과정은 쉽지 않았다. 무수한 시행착오를 거쳤고, 웃을 수도 없고 울 수도 없는 황당한 에피소드도 많았다. 어려운 과정에서도 포기하지 않고 최선을 다해 현재까지 살아남은, 우리 아이스하키의 희로애락을 기록해서 대중들에게 알리고 싶은 마음에서 내가 아이스하키와 함께 한 30년을 정리했다.

나의 아이스하키 인생은 HL 안양과 한국 대표팀이라는 스케이트를 좌우에 신고 빙판을 질주한 것과 같다. 스케이팅 때 왼발과 오른발이 균형을 이뤄야 넘어지지 않고 속도를 낼 수 있는 것처럼, HL 안양과 대표팀이 좋은 밸런스를 유지하고 앞으로 나가야 진정한 한국 아이스하키 발전을 가져올 수 있다고 믿는다. 이런 이유로 이 책은 HL 안양과 대표팀 이야기 중심으로 구성했다.

내 희망 중 하나는 한국 아이스하키를 표현할 때면 늘 따라붙는 꼬리표, '비인기 종목', '마이너 스포츠', '불모지'와 같은 달갑지 않은 수식어를 떼어내는 것이다. 아이스하키가 우리나라에서 진정한 '인기 스포츠'로 자리잡는 것이 궁극의 목표다.

아이스하키 강국의 공통점이 있다면 그 나라에서 아이스하키가 인기 스포츠라는 것이다. 캐나다, 핀란드, 스웨덴, 체코, 러시아 같은 나라들이 세계 최강으로 군림하는 이유는 이들 나라에서 최고 인기 스포츠가 아이스하키이기 때문이다. 인기가 있기 때문에 하려는 사람이 많고, 하려는 사람이 많으니 저변이 넓고 두터워지고 그 저변을 바탕으로 국내 리그가 활성화되고 대표팀이 강해지는 것이다. 이른바 지속적인 선순환 구조다.

진정한 아이스하키 강국이 되기 위해서는 체계적이고 효율적인 중장기 발전 전략을 수립하고 이행해야 한다. 토대가 되는 것은 1) 시설, 2) 지도자, 3) 유소년 프로그램, 4) 저변 확대, 5) 대중적 인기의 5가지 요소다.

넉넉하지 못한 우리 아이스하키 환경을 고려할 때 어느 하나 이루기 쉬운 것이 없다. 그러나 2018 평창 올림픽을 준비하고 대회를 치르는 과정에서 백지선 감독, 박용수 코치가 우리에게 선진 아이스하키를 이식했고, 현역에서 은퇴한 '올림픽 멤버'들이 지도자로 변신해 한국 아이스하키 미래의 꿈나무를 열심히 키워내고 있다. 또 유소년 아이스하키 클럽이 엄청난 속도로 전국적으로 확산되고 있다. 따라서 5가지 요소 가운데 지도자와 유소년 프로그램은 어느 정도 충족이 됐고, 긍정적인 방향으로 발전하고 있다고 여겨진다. 문제는 시설, 저변 확대, 대중적 인기인데 이중에서도 가장 중요하지만 이뤄내기 어려운 것이 대중적 인기를 얻는 일이다. 대중적으로 인기를 얻게 된다면 시설 및 저변 확대의 해법은 자연스럽게 도출될 수 있다.

한국 아이스하키가 지속적으로 발전하고 진정한 강국으로 도약하기 위해서는 먼저 인기를 얻어야 한다. 아이스하키에 관심을 갖고, 늘 지켜보는 국민들이 많아야 한다.

그런 측면에서 이 책이 많은 사람들에게 아이스하키에 대한 흥미를 유발할 수 있으면 좋겠다고 생각했다. 책을 집필하는 과정에서 '단 한 사람이라도 더 이 책을 읽었으면' 하는 목표가 생겼다. 그래서 나름대로 최대한 재미있고 흥미롭게 책을 구성하자는 뜻에서 어깨에 들어가 있던 힘을 완전히 빼고 집필에 임했다. 그룹 회장으로서의 권위, 체면, 체통 같은 것은 완전히 내려놓고 팬의 마음으로 썼다.

최근 우리나라 엘리트 하키는 어려움을 겪고 있지만, 유소년 클럽을 중심으로 실제 하키를 즐기는 인구는 폭발적으로 증가하고 있는 추세다. 한국 아이스하키 발전을 위해 가장 중요한 것이 저변 확대와 대중화라는 측면에서, 이 책을 통해 아이스하키에 흥미를 느껴 한 명의 팬이라도 더 경기장을 찾고, 우리나라 아이스하키에 관심을 갖게 된다면 다행스럽겠다.

2025년 3월, HL그룹 회장 정몽원

Period 1

간절히 바라면
이루어진다

내 아이스하키 인생을 관통하는 하나의 키워드가 있다면 절실함이다. 팀 창단, 아시아리그 출범과 우승, 평창 올림픽, 코로나 팬데믹 극복에 이르기까지 모든 성취는 절실함을 바탕으로 최선을 기울인 결과다.

아이스하키 선수들은 갑옷, 투구를 연상시키는 무장을 착용하고 장검과 같은 스틱을 들고 경기에 나선다. 시작은 양팀의 센터 두 명이 경기장 중앙에서 스틱으로 합을 겨루며 시작한다. 경기 중에 무수하게 스틱을 부딪히며 퍽 소유권을 다투게 되는데, 이 과정을 전문용어로 '퍽 배틀(Puck Battle)'이라고 부른다. 경기 내내 양팀 선수들은 격렬하게 온몸을 부딪힌다. 펜스와 투명한 보드로 둘러싸인 경기장은 고대 로마 시절 검투 경기가 열리던 경기장이었던 콜로세움을 연상시킨다. 감정이 격렬해지면 실제로 주먹을 교환하는 일대일 파이트가 벌어지기도 한다. 이 때문에 아이스하키 선수들을 보고 '현대판 글래디에이터를 연상시킨다'는 사람들도 있다.

한국 아이스하키의 역사 또한 그와 닮아 있다. 우리 아이스하키의 역사는 마치 생존을 위해 경기장에서 상대를 하나씩 제압해 나가던 글래디에이터의 치열한 싸움을 떠오르게 한다. 열악한 저변, 환경과 싸우며 생존을 위해 투쟁하듯 성장했다. 바탕이 된 것은 아이스하키인들과 마니아 팬들이다.

지난 30년을 돌아볼 때, HL 안양 팀 창단부터 유지, 세계선수권에서 대표팀의 성장, 올림픽 출전권 획득 등 어느 하나 쉽게 이뤄진 일이 없다. 그러나 어렵다고 해서 포기한 적은 단 한 번도 없다. 굳게 닫힌 문이 있다면 그걸 열기 위해 두드리고 또 두드렸다.

그런 과정에서 '간절히 바라면 이루어진다'는 속설이 크게 틀리지 않는다는 사실을 실감했다.

극심한 산고 끝에 얻은 금지옥엽

1990년대는 바야흐로 한국 스포츠의 전성기가 열리는 순간이었다. 1988년 서울 올림픽의 성공은 스포츠에 대한 국민적인 관심을 불러일으켰고, 프로야구, 프로축구 등의 성공으로 한국에 '스포츠 마케팅'이라는 새로운 개념이 도입됐다. 1개뿐이었던 스포츠 전문 일간지도 3개 매체로 늘어날 정도로 스포츠에 대한 관심이 증폭됐다.

프로종목뿐 아니라 아마추어 종목에 대한 관심과 인기도 크게 늘어났는데, 특히 농구와 배구는 대표적인 겨울스포츠 종목으로 자리를 잡고 큰 인기를 누리고 있었다. 실업 팀은 물론 대학 팀들도 팬덤이 형성될 정도였다.

자연스럽게 기업들의 스포츠에 대한 관심도 늘어났다. 중계방송을 타고 신문지상에 나오는 것이 좋은 홍보 수단이 되기 때문이다. 실제로 스포츠 팀 운영이 현금을 벌어들이지는 못해도, 언론 매체에 기업 이름이 노출되고 팬들에게 알려지는 것을 광고 단가로 환산한다면 결코 적자라고는 볼 수 없다. 스포츠 팀을 통해 국가와 사회에 기여한다는 의미도 매우 크다. 1990년대 초반은 이른바 '3저 호황'의 절정기로 한국 경제가 초고속 성장의 정점을 찍던 시기이기도 하다. 자연스레 스포츠에 관심을 갖고 투자와 육성을 시도하는 기업이 늘어났다.

이 가운데 회사 내에서 흥미로운 아이디어 하나가 올라왔다. 1990년대 초반 우리 회사에는 '영 보드(Young Board)'라는 제도가 있었다. 젊은 사원들로 이사회 같은 조직을 구성해 '젊은 목소리'를 경청하고 신선한 아이디어를 사업에 반영해보자는 취지로 만든 제도였다.

이 '영 보드'에서 스포츠마케팅과 관련한 아이디어가 나왔다. 아이스하키 팀을 창단해 운영하자는 것이었다. 당시 우리 회사는 '위니아'라는 브랜드 에어컨을 출시해 대대적인 홍보마케팅을 펼치고 있었고, 회사의 주력 사업 중에 공조 및 냉방장치가 있기도 했다. '찬 바람 내는 사업을 하고 있으니 찬 바람 나는 스포츠단을 통해 찬 바람 마케팅 효과를 내보자'는 취지에서 낸 아이디어라고 했다.

아이스하키와 인연이 없었던 나였지만 일단 흥미로운 제안이었다. 게다가 당시 한국 아이스하키는 실업 팀이 전무한 상태였다. 한국 아이스하키의 오랜 숙원이 실업 팀 창단이라는 얘기를 전해 들었다. 실업 팀이 창단될 경우 저개발 상태에 머물고 있는 한국 아이스하키 발전에 기폭제가 될 수 있을 터였다. 기업의 사회 공헌 차원에서도 나쁘지 않은 아이디어라고 판단됐다.

남이 가지 않은 길을 개척하고 뚫고 나가는 우리 회사 전통과도 부합된다고 생각됐다. 또한 당시는 오히려 지금보다 아이스하키의 언론 노출 빈도가 높았다. 고려대와 연세대의 정기전이 지상파에 중계되고, KBS배라는 아이스하키 대회가 있던 시절이다. 물론 프로스포츠나 인기 종목과 비교할 수는 없지만 홍보 측면에서도 그럭저럭 기본은 할 수 있을 것 같았다.

아이디어의 출처가 궁금했다. '영 보드'에서 이 아이디어를 제출한 이는 김광헌 대리(현재 HL 홀딩스 대표이사)였다. 알고 보니 아이스하키 선수 출신인 사원 한 명이 최초 아이디어를 냈고, 이것을 김광헌 대리가 다듬어서 영 보드를 통해 제출한 것이었다.

일단 나는 긍정적으로 검토해봤으면 싶었다. 여러모로 흥미로운 아이디어였다. 그런데 사내 반응은 내 생각과는 전혀 달랐다. '왜 하필 비인기 종목인데다 국내에 잘 알려지지도 않았으며 대표팀의 실력도 떨어지는 아이스하키냐'는 것이었다. 스포츠마케팅을 할 거면 당시 겨울철 스포츠로 절정의 인기를 누리고 있던 농구단을 창단하자는 의견도 있었다. 당시 한국 아이스하키의 상황을 객관적으로 본다면 어느 정도 납득이 가는 반대 의견이기도 했다.

한국 아이스하키는 당시 고려대, 연세대, 한양대, 광운대, 경희대 5개 대학팀을 축으로 하고 있었다. 실업팀이 없으니 당연히 선수 생명은 짧을 수밖에 없고 대표팀의 국제 대회 성적도 좋을 리 없었다. 대부분의 선수들은 대학 졸업 후에 아이스하키를 떠나 다른 진로를 찾아야만 했다. 당시 세계선수권 성적도 참담한 수준이었다. 아시아에서도 가장 실력이 떨어지는 나라가 우리였다. 일본, 중국은 '어나더 레벨(Another Level)'이라는 표현이 과하지 않을 정도로 실력이 월등했고, 우리는 심지어 북한에도 밀렸다.

1992년 세계선수권 C그룹에서 한국은 단 1승도 올리지 못하고 꼴찌에 그쳤는데, 상대한 나라들이 북한, 호주, 벨기에, 영국, 헝가리 등이었다. 영국에 0-15라는 참담한 점수 차로 패배한 것을 비롯, 북한에도 3-7이라는 큰 점수 차로 졌다. C그룹 경기에서 18골을 득점한 반면, 내준 실점은 무려 43골에 달했다.

당시 대표팀 성적 등 우리나라 아이스하키의 현실을 고려한다면 이사진의 반대 의견이 나올 법도 했다. 그러나 내 생각은 좀 달랐다.

우리 대표팀의 성적이 좋지 않은 것은 대학 선수들로만 구성됐기 때문이었다. 스포츠는 종목을 불문하고 많은 훈련과 경기를 치르며 경험이 축적되어야 좋은 성적이 나기 마련이다. 월드컵 본선에 나가지 못하던 우리나라 축구 대표팀이 1980년대 초 프로리그가 생긴 후에 실력을 쌓아 1986년 멕시코 월드컵과 1990년 이탈리아 월드컵에 연속 출전한 것이 좋은 예라고 생각했다.

대학 선수들로만 구성된 한국 아이스하키 대표팀이 국제대회에서 좋은 성적을 내지 못하는 것은 어떻게 보면 당연한 결과였다. 우리가 팀을 만들고 대학에서 배출된 우수 선수들이 한창 경기력이 높아지는 20대 중후반까지 선수 생활을 연장한다면 상황은 개선될 수 있다고 판단했다.

무엇보다 기업의 사회적 공헌 측면을 고려하지 않을 수 없었다. 낙후된 종목에 투자해 발전을 이끈다는 것은 매우 큰 의미가 있는 일이었다. 대부분의 기업이 프로종목이나 인기 스포츠, 국제 대회에서 좋은 성적을 내는 종목에 관심을 기울이는 현실에서 '음지에 있는 종목'에 손을 내민다는 것은 사회에 기여하는 바가 크다고 생각됐다. 5개 대학에서 배출되는 선수들이 졸업 후 갈 곳이 없어서 뒤늦게 새로운 진로를 찾아봐야 한다는 사실도 너무나 안타까웠다.

그래서 나는 창단을 추진하기로 마음을 굳히고 반대하는 이사진의 설득에 나섰다. 당시만 해도 30대 후반의 젊은 나이였던 나는 강압적으로 일을 밀어붙이면 창단이야 성사될 수 있겠지만 사내 분위기가 좋을 리 없을 거라고 생각했다. 겨울 스포츠의 매력을 보여줌으로써 창단의 당위성을 자연스럽게 이해시켜야겠다는 생각이 들었다.

당시 우리나라 겨울 스포츠 상황은 지금과는 판이하게 달랐다. 지금이야 피겨스케이팅에서 김연아라는 세계적인 스타이자 국민적인 영웅이 배출돼 피겨 종목이 절정의 인기를 누리고 있고, 쇼트트랙 세계선수권 티켓이 판매 개시와 동시에 매진되고 스피드 스케이팅에서도 좋은 성적을 내고 있지만 1993년 당시 한국 겨울 스포츠는 문자 그대로 변방이자 불모지였다. 그런 와중에 그나마 국내에서 인기가 있는 겨울스포츠를 꼽자면 피겨 스케이팅이었다. 독일 출신의 피겨스케이팅 선수 카타리나 비트가 1980년대 중반 한국을 방문, 국내에서 큰 인기를 끌기도 했다.

때마침 좋은 기회가 찾아왔다. 피겨 스케이팅 스타 출신들로 구성된 〈볼

쇼이 아이스쇼〉가 국내에 처음으로 방문한다는 것이었다. 볼쇼이 아이스쇼의 첫 내한 소식은 당시 국내에 매우 큰 화제였다. 문득 사내 임원진들을 〈볼쇼이 아이스쇼〉에 초대해 '얼음판의 매력'을 체험하게 함으로써 아이스하키 팀 창단에 대한 생각을 돌려 보자는 아이디어가 떠올랐고, 기왕이면 부부동반으로 초대해 효과를 극대화하자는 생각을 했다. 〈볼쇼이 아이스쇼〉를 관람한 임원진들의 반응은 매우 좋았다. 작전 대성공!!! 특히 부부동반으로 공연을 관람하며 임원진들이 마나님으로부터 높은 점수를 딴 것이 결정적인 성공 요인이었다.

아이스하키는 '모멘텀의 스포츠'라고 한다. 아주 작은 순간에 흐름이 바뀌고 이 흐름을 놓치지 않고 결과를 만들어내야 승리를 할 수 있다. 볼쇼이 아이스쇼 부부동반 관람으로 사내 분위기가 훈훈해진 모멘텀을 놓치지 않고 본격적인 창단 작업으로 연결시켰다.

당초 우리의 목표는 국내 아이스하키 1호 실업 팀 창단이었는데, 준비 과정이 길어지면서 쌍방울 그룹 계열사인 석탑건설이 우리보다 먼저 아이스하키 팀을 창단했다. 1호 실업 팀이라는 의미가 적지 않기에 아쉬워하는 임직원들이 많았지만 나는 크게 마음을 두지는 않았다. 오히려 우리의 상대가 될 수 있는 실업 팀이 생겼다는 사실이 기꺼웠고 우리 팀의 창단으로 겨울 스포츠, 특히 아이스하키가 더욱 활성화될 수 있다는 생각에 반가웠다.

1994년 8월 16일 기자회견을 통해 창단 사실을 알렸고, 같은 해 12월 22일, 인터컨티넨탈호텔에서 창단식을 열었다.

일단 대중과 언론의 관심을 끌어야겠다는 생각에서 창단식 준비에 공을 많이 들였다. 당시 톱 클래스로 평가되던 아나운서와 초대 가수의 축하 공연을 준비하기도 했다. 스포츠 캐스터로 한창 주가를 올리고 있던 김병찬 아나운서를 진행자로 모셨고 신드롬급 인기를 끌고 있던 그룹 '룰라'에게 축하 공연을 의뢰했다.

1994년 12월 22일 인터컨티넨탈 서울 호텔에서 열린 **HL** 안양 창단식에서 선수, 프런트들과 함께 무대에 올라 축하 박수를 받고 있는 모습.

창단식 당일, 우리 팀의 출발을 축하하는 듯이 하늘에서 서설(瑞雪)이 내리기 시작했다. 기분이 나쁘지 않았다. 결혼식 등 경사가 있을 때 눈이 오면 행운이 깃든다고 하지 않던가. 그런데 서설은 곧 폭설로 바뀌기 시작했다. 서울 시내 일대 교통이 마비 지경이라는 보고를 받았다. 눈이 와도 너무 많이 온 것이다. 행사에 차질이 생기지나 않을지 걱정이 되기 시작했다. 걱정은 현실로 이어졌다.

행사 진행을 맡은 김병찬 아나운서가 예정된 시간이 지나도록 도착하지 못한 것이다. 폭설로 인해 마비된 서울 시내 교통에 발이 묶인 듯했다. 예정 시간이 지나도 행사가 시작하지 않자 장내가 웅성거리기 시작했다. 여러 손님을 모셔 놓고, 그것도 구단의 출범을 알리는 자리에서 하염없이 기다리게 하는 것은 예의에 어긋나는 일이었다. 결단을 내렸다.

긴급 플랜 B를 가동, 이석민 만도 인사부장에게 행사 진행을 맡겼다. 비상 상황에서 마이크를 잡은 이석민 부장은 당황스러울 법도 했지만, 기대 이상으로 노련하게 행사를 진행했고 무사히 창단식을 마칠 수 있었다.

그로부터 30년 후인 2024년 12월 19일에 창단 30주년 기념 행사를 하는데, 처음 창단식을 열던 당시의 일들이 마치 어제 일처럼 생생히 떠올랐다. 30주년 기념 행사는 1994년 창단식과 비교하면 소박하게 진행됐지만 그간 우리 팀이 배출한 지도자와 선수를 초대해 우리의 지난 발자취를 돌아보니 감회가 새로웠다.

가장 뿌듯했던 것은 30년간 '인적 자산'을 여럿 남겼다는 일이다. 특히 은퇴한 후 지도자의 길을 걷고 있는 선수들의 얼굴을 볼 때 대견하고 뿌듯했다. 현재 유소년 클럽부터 중고교팀, 남녀 대표팀에 이르기까지 한국 아이스하키의 중추로 활약하고 있는 이들이 앞으로 한국 아이스하키의 '동량지재'를 키워낼 것이라는 생각을 하며 '내가 30년간 아이스하키에 공들인 것이 결코 헛되지는 않았구나'라는 생각이 들었다.

고사 위기에서 극적으로 길을 열다

앞서 언급했지만 한국 아이스하키는 생존을 위한 싸움을 하다시피 하며 오늘날에 이르렀다. 공교롭게도 '이제 어느 정도 살 만해지겠다', '우리 아이스하키 환경이 그래도 조금은 나아지겠다' 같은 낙관적인 생각이 들 때마다 위기가 찾아오곤 했다.

한국 아이스하키의 가장 큰 문제점으로 지적되는 부분이 '국내리그가 존재하지 않는다'는 것이다. 현재 우리나라에 남자 실업팀은 우리 HL 안양, 단한 팀뿐이다. 그러나 2000년대 초반만 해도 국내에도 아이스하키리그가 존재했다. '한국리그 시절'로 기억되는 당시, 우리 팀까지 포함해 실업팀은 3개가 존재했고 대학 5개 팀까지 참가해 8개 팀이 자체적으로 국내 리그를 치를 수 있었다.

지금이야 대부분의 종목이 프로화 되며 대학 팀과 실업(기업) 팀이 같이 대회를 치르는 일이 드물어졌지만 1990년대 초중반만 해도 농구나 배구 같은 '인기 겨울 스포츠'도 대학과 실업 팀이 함께 리그를 치렀다. 특히 몇몇 대학 팀들은 실업팀을 압도하는 성적을 내기도 했다. 배구의 한양대, 성균관대, 농구의 연세대, 고려대 같은 팀이 대표적이다.

아무튼 2000년대 초반만 해도 최소한 '어느 팀과 경기를 치르나', '어느 리그에 출전해야 하나'와 같은 고민은 하지 않아도 됐다. 그런데 2002년 들면서 상황이 급변하기 시작했다. 2002년과 2003년을 거치며 우리와 함께 리그를 치르던 두 팀이 잇달아 해체를 선언한 것이다. 이유는 '경제논리'다. 팀을 유지하는 데 드는 예산에 비해 홍보나 마케팅에 크게 도움이 되지 않는다는 것이 팀 해체에 결정적으로 작용했다.

당장 코리아리그는 중단될 수밖에 없었다. 고민이 깊어졌다. 스포츠단의 정상적인 운영을 위해서는 대회 참가와 경기 출전이 필수적인 요소다. HL 안양 프런트에서 기발한 아이디어를 냈다. "일본도 경제침체기가 시작되며 우리와 마찬가지로 팀이 줄어들고 있는 상황이니 일본과 연합리그를 출범해보자"는 것이었다. 국내 유일 실업 팀이 된 마당에 시도해보지 않을 이유가 없었다. 문제가 있다면 당시 한일 아이스하키의 전력 차가 너무 크다는 것이었다.

여기에서 다시 한번 세계선수권 결과를 통해 당시 한국 아이스하키의 수준을 평가해보자. 2002년 세계선수권에서 한국은 디비전 1 그룹 A대회에 출전했다. 네덜란드 에인트호벤에서 대회가 열렸는데, 우리의 상대는 카자흐스탄, 벨라루스, 프랑스, 네덜란드, 크로아티아였다. 한국은 단 1승도 거두지 못한 채 5경기에서 전패, 최하위에 머물렀고 5경기에서 단 7골을 얻은 반면 무려 42골을 허용했다. 벨라루스에 1-12로 참패했고 프랑스와 카자흐스탄에는 각각 0-10으로 졌다.

반면 당시 일본은 국제아이스하키연맹의 유력자로 활약하던 도미다 회장의 입김에 힘입어 극동 예선(Far East Qualification: 한국, 일본, 중국 3개국이 예선을 치러 1위 팀이 세계선수권 톱 디비전에 출전)이라는 변칙적인 제도를 활용, 세계선수권 톱 디비전에서 뛰고 있을 때였다.

'노는 물'이 다르다 보니 양국간의 실력 차도 엄청났고, 일본 아이스하키는

1998년 코리아리그 우승 후 기뻐하는 선수들. 코리아리그 시절을 함께 한 팀들의 잇단 해체로 국내 유일의 실업 팀이 된 HL 안양은 일본 팀들과 연합, 아시아리그 아이스하키를 출범시켰다.

우리를 한 수 밑으로 깔보고 있었다. 당시까지 대표팀은 일본에 한 번도 이겨보지 못한 것은 물론이거니와 정상적인 경기 진행이 불가능할 정도의 실력차이가 났다. 전적을 통해 당시 한일 아이스하키의 격차를 확인해보자.

1999년 동계아시안게임은 우리나라 강릉에서 열렸는데, 한일 아이스하키 맞대결에서 우리는 1-13이라는 굴욕적인 점수 차로 졌다. 2000년 일본 삿포로에서 열린 아시안컵에서는 0-8로 졌고 2003년 일본 아오모리에서 열린 동계 아시안게임에서는 2-11로 참패했다.

상황이 이렇다 보니 일본 팀들은 우리와 연습 경기도 치르려 하지 않던 시절이었다. 그렇지만 '외톨이'로 전락한 상황에서 암만 생각해봐도 일본과 연합리그를 출범시키는 것 이외에 다른 선택지는 보이지 않았다. 일본 팀들을 설득해 나가기 시작했다.

다행히 일본 아이스하키도 당시 저변 위축에 대한 위기 의식이 팽배하던 시점이었기 때문에 우리의 제안이 받아들여졌다. 결국 HL 안양, 고쿠도, 일본제지 크레인스, 닛코 아이스벅스, 오지 이글스의 5개 팀이 출전한 가운데 2003년 11월 팀 당 16경기를 치르는 2003~04 시범리그가 막을 올렸다. 리그 이름은 아시아리그 아이스하키로 결정됐다. 그리고 아시아리그 아이스하키의 출범은 HL 안양은 물론 한국 아이스하키 전체에 '신의 한 수'로 작용했다.

나는 가끔 당구를 치러 간다. 당구를 칠 때 예나 지금이나 철칙으로 여기는 것이 '실력이 늘려면 무조건 고수와 붙어야 한다'는 것이다. 나보다 수가 높은 사람과 게임을 해야 지더라도 '길 보는 법'이 하나라도 늘어난다. 골프도 마찬가지다. 나보다 실력이 빼어난 사람과 같이 라운딩을 해야 하나라도 배우는 것이 있다.

아시아리그 아이스하키는 한국 아이스하키에 '고수와의 대결' 같은 효과를 불러왔다. 실제로 당시 한국과 일본의 아이스하키 수준은 위에서 언급했듯이 비교조차 할 수 없을 정도로 큰 격차가 있었다. 그러나 아시아리그 아이스하키 시즌이 거듭되며 우리 선수들은 눈에 띄게 경험이 쌓이고 실력이 늘어났고 결국 일본을 따라잡았다.

2003년 아시아리그 아이스하키 출범은 한국 아이스하키 발전의 출발점이 되는 역사적인 사건이었던 것이다.

고사 직전의 궁지에 몰려 대패, 연패의 굴욕을 감수하면서 어쩔 수 없이 했던 선택이 발전의 기폭제가 된 것이다. '인간지사 새옹지마'라는 격언을 새삼 실감하게 한다. 아시아리그 아이스하키와 관련된 일화와 역사는 뒤편에 상술하겠다.

아시아리그를 강타한 블랙 아미

아시아리그 아이스하키가 고마운 또 하나의 이유는 우리나라 대표팀 성장의 결정적인 계기가 된 상무 팀의 리그 참가를 받아줬다는 것이다.

한국 아이스하키 발전을 위해 가장 필요한 요소가 상무 팀이라는 나의 소신은 예나 지금이나 변함이 없다. 특히 아시아리그 시대를 맞은 후, 상무 팀의 필요성이 더욱 절실하다는 것을 느꼈다. 우리는 일본과 비교해 저변도 엷지만 선수들이 최전성기에 병역 이행을 위해 2년간 스틱을 놔야 하는 결정적인 핸디캡이 있다.

상무 팀이 필요하다고 느끼게 해준 대표적인 선수가 '코리안 로켓'이라고 불린 송동환 경복고 감독이다. 송 감독은 원 소속팀의 해체로 HL 안양에 입단했고 아시아리그 아이스하키 시대를 맞아 실력이 만개한 대표적인 선수다. 2005~2006 시즌에는 38경기에서 31골을 넣으며 한국 선수로는 처음으로 아시아리그 아이스하키 정규리그 득점왕에 오르기도 했다. 그의 장기는 폭발적인 스케이팅이었다.

그러나 송동환은 공익근무요원으로 병역을 이행하며 두 시즌의 공백기를 가질 수밖에 없었고 전역 후 리그에 복귀해 좋은 활약을 펼치기는 했지만 과거와 같은 폭발력을 발휘하지는 못했다.

'어떻게 하면 상무 팀 창단이 가능할까'를 궁리하던 2012년 7월, 낭보가 들렸다. 2018 평창 동계 올림픽을 준비하는 차원에서 국방부가 아이스하키 팀을 창단한다는 것이었다. 대표팀 핵심 선수들이 경기력을 유지할 수 있는 길이 열린 것이다.

문제는 '어디에서 누구를 상대로 경기를 할 것인가'였다. 경기력 발전을 위해서는 실전 감각 유지가 절대적으로 필요하고, 앞에서 말한 것처럼 '고수를 상대하는 실전 경험'을 쌓아야 실력이 느는 법이다. 당시 '나이가 꽉 찬(병역 이행의 데드라인은 만 28세다)' 대표팀 주력 선수들이 대거 상무에 입단한 가운데 이들의 경기력 유지를 위해 상무 아이스하키 팀의 정기적인 실전 경험은 무조건 필요한 상황이었다.

유일한 선택지는 아시아리그 아이스하키였다. 그런데 문제는 상무팀 선수들이 군인 신분이라는 점이었다. 당시 아시아리그 아이스하키는 한국 2개 팀(HL 안양, 하이원), 일본 4개 팀(오지 이글스, 일본제지 크레인스, 도호쿠 프리블레이즈, 닛코 아이스벅스), 중국 1개 팀(차이나 드래곤)으로 운영되고 있었는데, 현역 군인 신분으로 일본과 중국을 오가며 경기를 치른다는 것이 가능할지 여부에 대한 판단이 서지 않았다.

자칫 일본이나 중국 원정 경기에 가서 사고라도 생길 경우, 상무 팀의 존폐에까지 영향을 미칠 수도 있는 문제였다. 고민에 고민을 거듭했지만 아시아리그 아이스하키 출전 외에 다른 길은 보이지 않았다. 국내에 머물며 대학 팀과 연습 경기만 치를 경우, 대표팀 주력들의 경기력 저하를 우려하지 않을 수 없었다. 과거 코리아리그 시절과는 달리, 아시아리그 아이스하키 시대를 거치며 국내 아이스하키 실업 팀과 대학 팀의 경기력 차이는 아이와 어른 이상으로 벌어져 있는 상황이었다.

국방부에 어렵사리 협조를 요청했다. '상무 팀 창단 명분이 2018 평창 올

상무 아이스하키 팀 선수들이 '돌풍의 상징'과 같았던 검은 색 유니폼을 입고 빙판에 도열해 거수경례를 하고 있다.

림픽 준비였으니, 그 준비를 위해 최선의 선택을 할 수밖에 없지 않겠냐는 논리로 설득했다. 당시 상무에 입단해 있던 17명의 선수 중 대부분이 아이스하키 대표팀의 핵심 전력이라는 사실도 강조했다. 해외 원정 시에는 관리를 위해 지휘관이 동행하고 선수들에게 사고 방지를 위한 교육을 철저히 시키겠다고도 약속했다. 다행스럽게 국방부가 대승적인 차원에서 허락했고 아시아리그 아이스하키 참가를 위한 재원은 대명그룹이 지원하기로 하면서 마침내 '대명 상무'라는 이름으로 아시아리그 아이스하키 출전이 결정됐다. 팀 지원 스태프는 대한아이스하키협회 직원들이 맡았다. 한국 아이스하키가 또 한 번의 '생존 투쟁'에서 살 길을 찾는 순간이었다.

비록 대표팀 핵심 자원이 여럿 포진해 있다고는 하지만, 상무 아이스하키가 아시아리그에서 좋은 성적을 내리라는 예상은 하지 않았다. 일단 선수 숫자가 부족했다. 아이스하키는 선수 전원이 경기에 투입되는 특성상 22명 로스터를 다 채우지 못하면 불리할 수밖에 없다. 또 외국인 선수를 기용하지 못한다는 핸디캡도 있었다.

당시만 해도 아시아리그 아이스하키 각 팀들이 3명씩의 외국인 선수를 기용했는데, 이들에 대한 의존도가 절대적이었다. 2012~13 시즌 아시아리그 아이스하키 포인트 랭킹을 살펴보면 당시 외국인 선수들에 대한 의존도가 얼마나 높았는지가 확인된다. 포인트 랭킹 상위 10명의 선수들 가운데 캐나다, 미국 선수가 7명이다. 일본 선수가 2명이고 한국 선수로는 4위에 오른 송동환(하이원)이 유일했다.

엎친데 덮친 격으로 부상 선수 발생으로 17명뿐인 선수를 다 활용할 수도 없었다. 이런 현실을 고려할 때 상무의 아시아리그 아이스하키 도전은 '경기력 유지를 위해 참가에 의의를 두는 정도'로 여겨졌다.

그런데 이상한 일이 벌어지기 시작했다. 부족한 인원에도 불구하고 상무가 승승장구하기 시작한 것이다.

가장 불가사의한 일은 2013년 10월 8일과 9일 일본 원정에서 벌어졌다. 당시 상무는 단 13명의 선수로 경기에 나섰는데 '디펜딩 챔피언' 도호쿠 프리블레이즈에 2연승(6-5, 1-0)을 거두는 기적과 같은 일이 일어난 것이다. 2014년 2월 2일 일본 도쿄 원정에서도 13명의 선수로만 도호쿠에 5-0으로 승리하는 영화 같은 결과가 만들어졌다. 당시 상무 아이스하키는 소수의 인원으로도 42경기에서 승점 78점을 올리며 2013~2014 아시아리그 아이스하키 정규리그 2위라는 경이로운 성적을 냈다.

당시 IIHF 홈페이지는 상무의 놀라운 성적을 소개하며 1980년대 전성기를 구가하며 '붉은 군대'(Red Army)라는 별명을 얻은 소련 아이스하키 대표팀에 빗대 '블랙 아미(Black Army) 돌풍'이라는 기사를 게재하기도 했다. 상무 홈 저지가 검은색인 점을 살려 멋지게 수식한 것이다. 상무의 돌풍은 나에게 아이스하키라는 종목에 대해, 그리고 인생과 경영에 대해 다시 한번 생각하게 하는 계기가 됐다.

먼저 뭐든지 신명 나서 하는 사람은 당해낼 재간이 없다는 점이다. 당시 상무 선수들은 매 경기를 신이 나서 뛰었다. 13명의 스케이터로 경기를 치러야 하는 불리한 상황에서, 이들의 신명 난 플레이는 체력적인 부담을 깨끗하게 지워버렸다. 선수들이 신이 난 이유 중의 하나는 마음껏 플레이할 수 있었다는 점이다.

앞서 말한대로 당시 아시아리그 아이스하키에서는 외국인 선수에 대한 의존도가 매우 높았다. 위기 상황이 되거나 타이트한 경기의 후반이 되면 벤치에서는 외국인 선수 중심으로 팀을 운영했다. 자연스럽게 국내 선수들이 뛸 기회는 줄어들었다. 그런데 상무 아이스하키 팀에는 외국인 선수가 없고 팀 인원도 부족하다 보니 모든 선수의 아이스 타임(아이스하키에서 경기에 투입되는 시간)이 대폭 늘어났다. 이러자 이들은 힘들어하기보다는 신바람을 내기 시작했고, 정규리그 2위라는 믿어지지 않는 결과를 냈다.

또 하나는 믿음의 중요성이다. 당시 상무 돌풍을 가능하게 한 선수 가운데 한 명이 수문장이었던 박성제다. 그는 HL 안양에서는 거의 출전 기회를 잡지 못하던 선수였다. 코칭스태프로부터 믿음을 받지 못한 것이다. 그런데 상무에 입대해 주전 기회를 보장받더니 완전히 다른 선수가 됐다. 박성제는 2013~14 시즌 37경기에 출전했고 세이브 성공률(유효슈팅 중 몇 개를 막아내는지를 백분율로 나타낸 기록) 0.920을 기록했다. 아이스하키에서 골리의 세이브 성공률이 0.920이라는 것은 매우 우수한 수치다. 코칭스태프의 믿음이 박성제를 환골탈태시킨 것이다. 당시 상무 소속의 모든 선수는 자신의 원 소속 팀 시절보다 월등한 성적을 올렸다. 외국인 선수가 없는 환경에서 감독, 코치의 믿음이 선수들에게 자신감을 불어넣은 것이다.

소수의 인원이라도 하나로 결집하면 무서운 위력을 발휘할 수 있다는 점도 확인됐다. 당시 상무는 인원은 적었지만 하나의 목표로 똘똘 뭉쳤다. 또 팀 중심을 잡을 수 있는 확실한 리더 역을 하는 선수도 두 명이나 됐다. 그 결과 시즌 내내 좋은 팀 분위기가 유지됐고 수적 열세라는 치명적인 핸디캡을 극복해냈다. '하나로 뭉친 소수정예'의 위력을 보여주는 좋은 본보기다.

당시 상무 아이스하키 팀 경기 장면 가운데 가장 기억나는 것은 선수들의 골 셀러브레이션이다. 득점에 성공하면 빙판에 있는 스케이터 전원이 벤치 앞에 도열해 거수 경례를 올리는 독특한 골 셀러브레이션을 펼쳤다. 경기 후에 락커룸에서 선수들이 피자와 햄버거를 주문해 먹던 관습도 기억난다. 아마도 상무 아이스하키 팀 선수들은 한국 육군 역사상 군 복무 중에 가장 많은 피자와 햄버거를 먹은 병사들이 아닐까 싶다.

아쉬운 점은 상무가 애초 계획대로 2018 평창 동계 올림픽까지만 한시적으로 운영되는 데 그쳤다는 점이다. 우리 아이스하키가 얇은 저변이라는 한계를 극복하기 위해서라도 상무의 재창단은 반드시 필요하다.

상무의 중요성은 2018 평창 동계 올림픽 남자 아이스하키 대표팀 명단에서 확인할 수 있다. 복수국적 선수 7명을 제외한 18명의 올림픽 멤버 가운데 16명이 상무 출신이었다. 상무 아이스하키 팀 부활은 우리 아이스하키가 향후 풀어 내야 할 가장 중요한 숙제가 아닐 수 없다.

패자(覇者)가 된 패자(敗者)

현재 HL 안양은 아시아리그 아이스하키 최강으로 군림하고 있다. 2010년 첫 우승을 시작으로 총 8번의 챔피언에 올랐다. 2025년 3월 현재도 2024~2025 정규리그 우승을 확정하고 파이널에 선착, 통산 9번째 왕좌를 노리고 있다. 아시아리그 아이스하키 초반 당하던 숱한 참패와 아픈 기억들을 돌아보면 문자 그대로 '상전벽해(桑田碧海)'다.

HL 안양이 이룩한 통산 정규리그 우승 7회, 챔피언 등극 8회 모두 아시아리그 아이스하키 역대 최고 기록이다. 이 밖에도 정규리그 최다 승점(120), 정규리그 최다 득점(210), 정규리그 최소 실점(86) 기록도 모두 HL 안양이 보유하고 있다.

이 정도라면 아시아리그 아이스하키 최고 명가라는 자부심을 갖기에 충분한 기록이다. 아시아리그 아이스하키 플레이오프에서 2016년부터 3회 연속 챔피언에 오르며 '첫 번째 다이너스티(Dynasty, 왕조: 특정 구단이 압도적인 성적을 내며 리그를 지배할 때 이 표현을 쓴다)'를 누렸고, 코비드 19 바이러스 팬데믹 이후 연속 우승에 성공하며 '두 번째 다이너스티'를 열고 있는 중이다.

매 시즌 전력 손실이 적지 않음에도 이 같은 성과를 낸다는 점은 내게도 불가사의한 일이다.

2018 평창 올림픽 당시 남자 아이스하키 대표팀의 주축으로 활약했던 선수들 대부분이 스케이트를 벗었고, 당시 대표팀 전력 강화를 위해 한국 국적을 취득했던 캐나다와 미국 출신 선수들도 수문장 맷 달튼을 제외하고는 모두 고향으로 돌아갔다. 게다가 한국 아이스하키는 코비드 19 바이러스로 궤멸적인 피해를 입었다고 해도 과언이 아니다. 실업 팀 2개와 대학 팀 1개가 해체되며 그나마 없던 저변이 바닥이 드러내 보일 정도로 줄었고 상무 아이스하키 팀이 해체되며 선수들은 다시 전성기의 나이에 스틱을 놓고 병역 의무를 이행해야 한다. 선수 생명은 자연히 짧아질 수밖에 없다.

그럼에도 HL 안양이 아시아리그 아이스하키 최고 명문의 자리를 지키고 있는 것은 그간 쌓인 경험을 바탕으로 팀에 '승리 DNA'가 생겼기 때문이라는 생각이다. 그 '승리 DNA'가 팀에 자리잡기까지의 과정은 쉽지 않았다.

출발은 험난하기 짝이 없었다. 2003년 11월 15일 일본 신요코하마에서 열린 고쿠도와의 아시아리그 아이스하키 개막전은 아직도 눈에 선하다. 당시 일본 아이스하키가 우리보다 실력이 우위에 있다는 사실은 잘 알고 있었지만 우리도 나름대로 아시아리그 아이스하키 출범을 앞두고 이전보다 시즌 준비를 열심히 했고 또 1998년 나가노 올림픽에서 금메달을 획득한 아이스하키 강국 체코 출신의 외국인 선수 3명이 합류했기 때문에 '전력 차이를 어느 정도 좁힐 수 있지 않을까' 하는 기대도 들었다.

그러나 부질없는 희망과 기대가 깨지기까지는 오랜 시간이 걸리지 않았다. 일단 첫 골을 허용한 시간이 너무 일렀다. 경기 시작 1분 25초 만에 선제골을 내줬다. 1피리어드는 0-2로 끝났는데 양팀 선수들은 경기 초반부터 숱한 페널티를 양산하며 거칠게 부딪혔다. 2피리어드 초반 체코 출신 외국인 선수가 한 골을 만회하며 희망이 살아나는 듯했다. 알레스 지마라는 이름의

2003년 11월 15일 신요코하마에서 열린 아시아리그 아이스하키 첫 경기에서 **HL** 안양은 고쿠도에 1-11로 참패했다.

공격수로 기억한다. 그러나 기대는 곧 산산조각 났다. 우리가 한 골 따라붙은 후 고쿠도가 경기를 지배하기 시작했고 기회가 날 때마다 얄미울 정도로 날카롭게 이를 활용하며 점수 차를 벌려 나갔다. 2피리어드 중반 10분 남짓한 시간동안 네 골을 잇달아 허용했을 때 승부는 사실상 끝난 것이었다.

부아가 치밀기 시작했다. '고작 이런 참담한 내용의 경기를 보기 위해 한국에서부터 날아왔나' 싶은 자괴감도 들었다.

선수들은 2피리어드 들어서 더욱 격렬히 부딪혔다. 우리 선수들이 기세에서 밀리지 않으려는 모습은 확실했다. 투지도 잃지 않은 듯했다. 다만 문제는 우리 팀의 경기는 딱 보기에도 투박했고 세련되고 정제된 맛이 없었다. 또 점수 차가 벌어질수록 선수들이 흥분하는 모습이 눈에 띄게 늘어났다. 일본은 우리 선수들이 흥분할수록 얄미울 정도로 예리한 플레이로 점수 차를 벌려 나갔다. 2피리어드 종료 후 스코어 차이는 1-6, 여러가지 생각이 들기 시작했다. 아시아리그 아이스하키 출범이라는 선택이 과연 옳았을까 하는 회의

감도 들었고, 우리 팀을 얕보는 듯한 플레이를 펼치는 고쿠도의 모습에 화가 치밀어 오르기도 했다.

3피리어드는 차마 지켜보지 못할 정도로 가혹했다. 이미 승부가 기운 상태에서도 고쿠도는 집요하게 우리 골문을 공략했다. 3피리어드 시작과 동시에 7번째 득점에 성공하며 결정타를 날렸음에도 골 사냥을 멈추지 않았다. 현장을 떠나고 싶은 마음이 굴뚝 같았다. 1994년 팀을 창단한 후에 처음 겪어 보는 황당한 경기였다. 한 골이라도 점수 차를 줄였으면 하는 마음이 간절했지만 스코어보드에 우리 측 득점 숫자는 올라갈 줄 몰랐고 고쿠도의 추가골이 계속 이어졌다. 선수들도 전의를 상실한 듯 보였다.

고쿠도는 3피리어드에만 5골을 추가했고 경기는 1-11이라는 낯뜨거운 점수 차로 막을 내렸다. 이날 우리 팀이 기록한 페널티 시간만 무려 84분. 아무리 일본이 아시아 아이스하키 최고 강자라고 해도 받아들이기 어려운 참패였다. 아시아리그 아이스하키가 출범하는 시즌의 개막전이라는 큰 의미가 있는 경기라 일본에 있는 지인도 여럿 초대했는데, 손님들 얼굴을 마주하기 민망할 정도로 창피한 내용과 결과였다.

화를 내고 싶은 마음을 꾹 누르며 경기를 객관적으로 평가해보기로 했다.

첫 번째 느낀 점은 우리와 일본 아이스하키의 수준 차이를 일단은 인정해야 한다는 사실을 실감했다. 실제 리그 경기에서 부딪혀본 일본 아이스하키는 우리가 생각했던 것보다 훨씬 정교하고 세련된 플레이를 펼치고 있었다. 하루 아침에 따라잡을 수 있는 수준이 아니었다.

그렇다면 일단은 마음을 비우자고 생각했다. 그리고 일본 아이스하키를 따라잡는데 어느 만큼의 시간이 필요할지 생각해봤다. 오늘 당한 망신스러운 패배를 언젠가는 확실하게 돌려주고 싶었다.

문득 경기 스코어가 생각났다. 1-11. 10골 차. 1년에 한 골씩 점수 차를 줄여 나간다는 마음가짐으로 임하자는 생각이 들었다. '어렵게 출범한 아시아리그 아이스하키를 바탕으로 반드시 한국 아이스하키를 발전시켜 10년 안에 오늘 받은 수모를 돌려주마'라고 주먹을 꽉 움켜쥐었다. 두 번째로는 지나치게 기가 죽지 말자는 다짐을 했다. 당시 일본 아이스하키는 아시아 최강이었고 1972년 삿포로, 1998년 나가노, 두 차례 동계 올림픽을 개최한 경험이 있는 나라였다. 월드챔피언십에도 꾸준히 출전했으니 일단 상대가 고수임을 받아들이자고 생각했다.

우리보다 실력이 월등한 상대와 처음 겨루고 있으니, 패배라는 결과에 연연하기 보다 전체 경기 과정을 통해 하나라도 더 배우고, 우리를 돌아보고 발전하는 계기로 삼아보자고 마음 먹었다.

그리고 다시 한번 다짐했다. '반드시 10년 안에 일본 아이스하키를 따라잡는다. 10년 내에 일본 땅에서 우승 헹가래를 받겠다. 오늘 받은 수모를 반드시 돌려주고 말리라.'

이튿날 닛코 아이스벅스와 두 번째 경기가 열렸다. 경기 내용은 고쿠도와의 1차전에 비하면 나아졌지만 여전히 만족할 수준이 아니었고, 일본 선수들이 확실히 경험치에서 앞서 있다는 사실을 다시 한번 확인할 수 있었다. 그나마 위안거리가 있었다면 2피리어드 4분 20초에 송동환이 골을 터트리며 아시아리그 아이스하키에서 첫 번째 한국인 득점자가 됐다는 것이다. 당시 아이스벅스의 마지막 골은 3피리어드가 시작되자마자 나왔는데, 만약 고쿠도 전처럼 양팀 선수들이 신경질적으로 충돌하고, 아이스벅스가 최후까지 사력을 다해 추가 득점에 나섰다면, 점수 차는 더 벌어졌을 터였다.

이틀 연속 한일 아이스하키의 엄청난 수준 차이를 실감한 나는 잠을 이루지 못할 지경이었다. '10년 안에 우승이라는 목표 달성이 결코 쉽지 않겠다'는 생각이 들었다. 일단 첫 시즌에는 선수들이 새로운 리그와 환경에서 경험을 쌓고 적응하는 데 의미를 부여하기로 했다. 첫 경기를 치른 후 두 번째 경기에서는 스코어 차이가 반으로 확 줄었다는 점에 희망을 갖자는 생각도 해봤다. 마음도 비우기로 했다. 단 1승도 올리지 못하는 한이 있더라도 선수들에게 경험을 쌓고 실력을 끌어올릴 수 있는 큰 무대에 나섰다는 사실이 중요했다.

그런데 첫 승전보는 예상보다 빨리 찾아왔다. 11월 18일 열린 닛코 아이스벅스와의 3차전에서 우리는 4-1로 승리하며 아시아리그 아이스하키 첫 승을 신고했다. 선수들의 경험치가 예상보다 훨씬 빨리 새로운 환경에 적응하고 있다는 점이 대견스러웠다. 세 번째 골의 주인공 송동환을 제외하면 모든 득점자가 외국인 선수들이었지만, 선수들이 첫 승으로 부담을 덜고 자신감이 붙으면 팀 전력 강화 속도가 훨씬 더 빨라질 수 있겠다는 기대감이 생겼다.

승리의 일등공신은 현재 HL 안양 유소년팀을 지도하고 있는 수문장 김성배였다. 앞선 두 경기에서 16골이나 허용했던 것과 180도 달라진 모습을 보였다. 닛코 아이스벅스가 날린 38개의 슈팅 가운데 단 한 개만을 허용했을 뿐 모조리 막아낸 것이다.

첫 승은 선수들 자신감을 확실하게 끌어 올렸다. 팀 전력도 경기를 치르면서 점점 나아지는 모습을 보였다. 첫 경기만 해도 1승도 어려울 것 같았는데, 우리는 시범리그 16경기에서 6승을 거두며 5개 팀 가운데 3위에 올랐다. 물론 기뻐할 수 있는 성적은 아니지만 플레이오프 시행 등 정식으로 치러질 2004~2005 시즌을 앞두고 선수들에게 소중한 경험을 쌓는 기회가 되기에 충분했다. 그리고 6승은 선수들뿐 아니라 내 자신감도 끌어올렸다. '제대로 준비해서 반드시 10년 내에 정상에 올라보겠다'는 목표를 굳히게 됐다.

하지만 아시아리그 아이스하키는 결코 만만히 볼 수 있는 리그가 아니었다. 매 시즌을 앞두고 전력 강화를 위해 외국인 선수도 교체해보고 외국인 지도자도 기용해봤지만 일본 아이스하키의 벽을 넘기는 쉽지 않았다. 정규리그에서는 중위권을 벗어나기 어려웠고 플레이오프에 올라가더라도 일본 팀에 패퇴하기 일쑤였다.

그러나 2008~2009 시즌 정규리그 1위를 시작으로 팀이 조금씩 달라지기 시작했고 2009~2010 시즌 그토록 바라던 아시아리그 아이스하키 챔피언이라는 감격을 맛볼 수 있었다. 2003년 11월 15일 고쿠도를 상대로 참패하던 때 '10년 안에 정상 등극' 목표를 잡았는데 7년 만에 조기 달성한 셈이다. 첫 우승과 관련된 이야기와 인물들은 따로 언급하겠다.

1169일간 마음 졸인 끝에 한시름 놓던 날

2014년 9월 17일 오후, 나는 스페인 테네리페에서 열리는 IIHF 반연차 총회에 참석하기 위해 출장간 대한아이스하키협회 임직원과 백지선 감독으로부터 연락이 오기를 초조하게 기다리고 있었다.

2014 세계선수권 디비전 1 그룹 A에서 최하위에 머무는 실망스러운 성적에 그쳤지만, 이후 발빠르게 움직여 백지선 감독을 영입했고, 향후 대표팀 강화와 아이스하키 발전 전략을 입안, IIHF에 전달했다. 또 백 감독은 테네리페에서 앞으로 한국 대표팀 디렉터로서 어떻게 한국 아이스하키를 발전시킬지에 대해 직접 프레젠테이션을 하며 IIHF에 '올림픽 본선행을 빨리 확정해줄수록, 한국 대표팀 전력을 강화할 시간적 여유가 더 생긴다'는 논리로 설득작업에 나서겠다고 했다.

초조한 기다림 끝에 휴대폰 벨이 울렸고, 기다리던 소식이 전해졌다. 한국 남녀 아이스하키 대표팀의 2018 평창 동계 올림픽 본선 출전이 마침내 확정됐다. 현지에 출장간 직원은 다음과 같은 르네 파젤 회장의 가슴 떨리는 메시지를 전해왔다.

"…한국 남자 대표팀은 세계선수권에서 좋지 않은 성적에 그쳤지만 백지선 감독 영입 등 빠르게 전력강화 대책을 수립했고, 정몽원 회장을 비롯한 관계자들의 적극적인 지원과 절대 포기하지 않는 한국인의 근성을 높이 평가합니다. 한국 남녀 대표팀의 2018 평창 올림픽 본선 출전을 축하합니다. 이제 공은 한국에 넘어갔습니다. 올림픽 참가를 계기로 아시아 아이스하키 발전을 이끌어 주시기 바랍니다…"

드디어, 드디어 해냈다. 한국 아이스하키가 2018 평창 올림픽으로 간다. 평창 올림픽 개최가 결정된 2011년 7월 7일 이후. 마음 속에 자리잡고 있던 가장 큰 걱정이 마침내 사라졌다. 무려 1169일 만이다.

우리 회사가 국내에서 인지도가 떨어지는 아이스하키 팀을 창단할 당시 내건 목표 중에 무엇보다 중요했던 한 가지가 '동계 올림픽 유치를 통한 스포츠 발전 공헌'이었다. 2000년 초반 이후 본격화된 동계 올림픽 유치전은 총세 번의 도전 끝에, 2011년 7월 7일 더반에서 열린 국제올림픽위 원회 총회에서 강원도 평창이 2018년 동계 올림픽 개최지로 결정되며 마무리됐다. 국가적인 경사로 온 나라가 축제 분위기였다. 마침 당시는 피 겨스케이팅의 김연아, 스피드스케이팅의 이상화 등 2010년 밴쿠버 동계 올림픽을 통해 많은 스타들이 쏟아져 나오던 때라 동계 올림픽 유치에 대한 국민적인 관심과 기대도 증폭되던 시기다.

그러나 유독 웃지 못하던 종목이 하나 있었다. 바로 우리 아이스하키다. 한국은 아이스하키에서 변방 중에 변방으로 분류됐기 때문에 '과연 한국 같은 약체가 동계 올림픽에 출전해서 캐나다, 미국, 러시아 같은 나라들과 경기를 치른다는 게 말이 되느냐'는 비아냥이 줄을 이었다. 게다가 당시는 세계 최고 아이스하키리그인 북미하키리그(NHL) 선수들이 올림픽에 출전할 때다. 1998년 나가노 올림픽에서 시작된 NHL 선수들의 동계 올림픽 출전은 2002년 솔트레이크시티, 2006년 토리노, 2010년 밴쿠버 동계 올림픽으로 이어졌다. 반면 한국 남자 아이스하키 대표팀은 동계 올림픽 예선 출전도 2회 연속으로 거른 상황이었다.

국제아이스하키연맹(IIHF)의 시각으로 봤을 때, 문제아도 이런 문제아가 없었을 것이고 '과연 한국 아이스하키에 올림픽 출전권을 부여해야 하는가' 심각한 고민이 됐을 것이다. 그런데 IIHF로서는 진퇴양난인 것이 동계 올림픽 최고 인기 종목이 아이스하키라는 점이다. 가장 많은 관중을 동원하고 대회 내내 진행되는 동계 올림픽 최고 인기 종목인 아이스하키에 홈팀이 출전하지 않는 것도 흥행 면에서 봤을 때 도움이 될 리가 없었다.

딜레마에 빠진 IIHF는 한 가지 제안을 하기에 이른다. 바로 조건부 출전이다. 2012년 연차총회에서 IIHF는 2018 동계 올림픽 개최국인 한국 아이스하키의 올림픽 본선 출전 여부를 논의했다. 남자 대표팀 세계 랭킹 18위, 여자 대표팀 세계 랭킹 12위의 조건을 충족할 경우 출전시키기로 의결했고, 이 내용은 연차총회 후 발간되는 IIHF 공식 문서에 기재됐다.

짧은 시간이지만 한국 아이스하키 대표팀의 실력이 국제 무대에서 망신을 당하지 않을 정도로 성장했음이 증명된다면 출전을 보장하겠다는 것이다. 그런데 문제는 IIHF의 기준치가 달성 불가능할 정도로 높았다는 점이다.

축구의 FIFA 랭킹과 마찬가지로 IIHF에도 국가대표팀의 세계 랭킹이 있다. 200개국이 넘는 나라를 대상으로 하는 FIFA 랭킹과 달리 IIHF 랭킹은 60개국을 대상으로 한다(2024년 기준 랭킹은 전쟁 중인 러시아와 벨라루스가 제외돼 총 58개국으로 구성돼 있다). 대상 국가수는 적지만, FIFA 랭킹과 비교할 때 상승 난이도는 훨씬 더 높다.

4년간 거둔 성적이 차등 적용되는데, 랭킹에 반영되는 대회는 세계선수권과 올림픽뿐이다. FIFA 랭킹은 친선 경기(A매치)를 많이 치러 좋은 성적을 올리면 이것이 반영되지만, IIHF 랭킹은 친선 경기에서 아무리 많이 승리해봐야 소용이 없다.

앞서 기술한대로 당시 우리나라 남자 아이스하키 대표팀은 2010년 동계

KOREAN NATIONAL TEAM PROGRAMS
& OLYMPIC WINTER GAMES 2018

SEPT 2014

by Korea Ice Hockey Association

대한아이스하키협회가 2014년 9월 스페인 테네리페에서 열린 IIHF 반연차 총회에서 발표한 평창올림픽 준비 계획 프리젠테이션 자료.

올림픽 예선에 출전하지 않아서 배점을 받지 못했고 세계선수권에서도 성적도 썩 좋지 않았기 때문에 랭킹이 높을 수가 없는 상황이었다. 평창 동계 올림픽 개최가 확정된 2011년 남자 대표팀의 세계 랭킹은 31위에 불과했다.

이런 상황에서 IIHF의 '한국 남자 아이스하키 랭킹이 18위까지 오를 경우 올림픽 본선 출전권을 부여하겠다'는 제안은 '너희는 자격이 되지 않으니 올림픽 개최국이라고 해도 본선 출전은 어렵겠다'는 통보와 다를 바 없었다. 심지어 당시 아이스하키 관계자들의 식사 자리에서 'IIHF 제안을 고려할 때 우리 아이스하키 대표팀의 올림픽 본선 출전은 남북통일을 달성하는 것보다 어렵다'는 탄식까지 나왔다고 한다.

국내 아이스하키계가 받은 충격은 매우 컸다. 여태까지 올림픽 본선 출전 경험이 없는 것이야 대표팀의 국제 경쟁력이 떨어지고 올림픽 본선행이 워낙 어려운 아이스하키 종목 특성을 고려하면 받아들일 수 있는 일이다. 하지만 안방에서 개최하는 올림픽에 동계 종목 통틀어 유일하게 아이스하키 종목만 출전하지 못한다는 것은 세계적인 망신이자, 아이스하키 역사상 유례가 없는 일이었다. 일본의 경우도 두 차례 치른 동계 올림픽에 대표팀이 모두 참가했고, 2006년 토리노 올림픽을 개최했던 이탈리아도 아이스하키 강국으로 꼽히는 나라는 아니지만 본선에 출전했다.

아이스하키인들로서는 낙후된 종목 발전의 기폭제가 될 수 있는 소중한 기회를 놓치게 된다는 것도 몹시 아쉬운 일이었다. 발등에 불이 떨어진 위기 상황을 타개하기 위해서는 일단 한국 아이스하키를 지휘할 새로운 리더십이 절대적으로 필요하다는 것이 국내 아이스하키 관계자들의 공통된 견해였다.

2013년 1월 새롭게 선출할 대한아이스하키협회 회장 선거에 출마해달라는 아이스하키인들의 청원이 줄을 이었다. 판단이 쉽게 서지 않았다. 이미 IIHF가 최후 통첩을 날린 상황에서 유일한 해결책은 그들이 제시한 출전권 기준 조건을 대폭 완화하는 것이었다. 그러나 IIHF가 조건을 제시한 마당에 이를 바꾸는 것은 쉽지 않은 작업이 될 것이 자명했다. 2006년과 2010년 동계 올림픽 예선 불참 등으로 IIHF의 한국에 대한 신뢰도는 크게 떨어져 있는 상태였다. HL 안양 팀을 운영하는 것만해도 버거운 마당에 '국가 과제' 급의 책임을 떠안는다는 것에 대한 부담도 컸다.

고민을 이어 가는 상황에서 어려울 때마다 용기를 주던 선수들의 눈물이 떠올랐다. 우리 안방에서 국가적인 잔치이자 세계인의 축제가 열리는데 대회에 나서지 못하고 주변인에 머무를 선수들의 심정을 생각하니 짠한 감정이 몰려왔다. '훈련 여건이 개선되면 우리 아이스하키 대표팀도 좋은 성적을 낼 수 있다'고 입을 모으던 선수들의 목소리도 생각났다. 그해 폴란드에서 열린 2012년 IIHF 세계선수권 디비전 1 그룹 B에서 극적으로 우승을 차지한 후 애국가가 울려 퍼질 때 펑펑 울던 선수들의 얼굴도 떠올랐다.

최소한 그들에게 한국 아이스하키의 자존심은 지키게 해주고 싶었다. 쉽지 않은 상황이었지만 우리 아이스하키 대표팀 선수들이 불청객으로 전락하는 것만큼은 어떤 수를 써서라도 막아보자는 결심을 굳혔다. 그래서 '평창 올림픽 출전권 획득'을 지상 과제로 내걸고 22대 대한아이스하키협회 회장에 출마했다.

2013년 1월 25일 열린 대한아이스하키협회 대의원 총회에서 회장에 선출된 이후 2014년 9월 17일 스페인 테네리페에서 열린 IIHF 반연차 총회에서 2018 평창 올림픽 출전을 보장받기까지 한시도 마음을 놓을 수 없는 상황이 이어졌다.

가장 중요한 것은 IIHF의 불신과 오해를 푸는 것이었다. 대표팀의 경쟁력을 향상시켜 세계 랭킹을 한 단계라도 더 올려놓는 작업도 중요했다. IIHF 의사 결정을 주도하는 주요 국가들과 외교 네트워크를 강화하면서 대표팀 성장 프로그램을 가동하는 '투 트랙 전략'으로 문제 해결에 접근해보기로 했다.

대한아이스하키협회 임직원들의 아이디어로 기상천외한 방법이 총동원됐다. 키에코 완타라는 핀란드 2부리그 팀의 지분을 확보해 젊은 선수들을 파견해 '평창 올림픽 꿈나무' 육성의 텃밭으로 활용하기도 했고 '자국에서 아이스하키가 인기도 없고 대표팀 실력도 떨어지는 팀이 평창 올림픽 출전에 대한 의지마저 잘 보이지 않는다'는 IIHF의 오해를 풀기 위해 대규모 사절단이 IIHF 본부가 위치한 스위스로 출장을 간 일도 있었다.

또한 대표팀 발전을 이끌어 줄 외국인 지도자를 선발하기 위해 세계 각국에서 별의별 괴짜들을 상대하기도 했다. 대표팀 전력 강화에 활용할 교포 선수를 영입하기 위해 과거 노르웨이로 입양된 은퇴 선수를 초청해 재기 가능성을 시험하기도 했고 미국과 캐나다의 대학 1부리그 이상에서 활약하는 한국계 선수들의 명단을 모조리 뒤지기도 했다.

2018 평창 동계 올림픽 출전권을 확보하기까지의 지난했던 과정과 웃지 못할 에피소드들은 다른 파트를 통해서 자세히 후술하겠다.

동네북 여자아이스하키, 첫 승전고 울리다

2018 평창 올림픽 개최국 자동 출전권 확보를 위해 노력하던 시절, 외교력 확대와 남자 대표팀의 전력 강화보다 더욱 신경이 쓰인 것은 남자와 비교할 수 없을 정도로 낙후된 여자 아이스하키 발전 방안이었다.

국내 여자 아이스하키는 '아예 저변이라는 것 자체가 없다'는 말이 어울릴 정도로 선수층이 빈약했다. 세계선수권이 열릴 때마다 로스터를 채우기 위해 국내에 있는 16세 이상 여자 선수들을 대상으로 '총동원령'을 내려야 할 정도였다. 초등생 시절부터 여자 아이스하키 대표팀 훈련에 참가하고, 경기 출전 최소 연령(16세)이 넘어서면 세계선수권에 데뷔하는 경우가 비일비재했다. 상황이 이렇다 보니 18세 이하 여자 아이스하키 대표팀 구성은 꿈도 꾸지 못하는 형편이었다.

무엇보다 큰 문제는 대표 선수를 양성할 수 있는 '엘리트 레벨'의 팀이 전혀 없다는 사실이다. 국내 남자 아이스하키는 최소한 각급 학교의 엘리트 팀이 있어 함께 리그를 치르며 상급 학교로 진학하기도 하고 실업 팀 입단도 가능하지만 여자 아이스하키는 이와 같은 구조가 전무했다. 대학 진학을 위해 남자 엘리트 선수들은 운동에 집중해서 대회에서 좋은 경기력을 보이거나 우수한 성적을 내면 됐지만, 여자 아이스하키 대표팀 선수들의 경우 상급 학교 진학을 위해서 학업을 병행하면서 운동도 해야 하는 어려움이 있었다. 여자 아이스하키 팀이 전혀 없으니 선수들이 훈련할 곳이 없어, 대표팀을 상비군 체제로 운영할 수 밖에 없었다.

훈련 여건도 열악했다. 일단 위에서 설명한 것처럼 상급 학교 진학을 위한 학업을 병행해야 하는 관계로 모든 훈련은 야간에 진행됐다. 일부 성인 선수들은 생계를 해결하기 위한 별도의 생업에 종사한 후 퇴근하고 대표팀 훈련에 참가하기도 했다.

대표팀 훈련 장소는 태릉 아이스링크였는데 저녁 늦게 훈련이 시작되는 탓에 선수촌 식당에서도 식사를 해결할 수 없어서 선수들은 훈련 전 아이스링크 옆의 창고나 락커룸에서 배달 음식으로 끼니를 해결하고 훈련에 나서야 했다. 당시 태릉 인근에는 음식 배달이 가능한 식당이 없어서 멀리서 장시간 걸려 배달된 음식들은 식고 붓는 게 다반사였다. 선수들은 추운 아이스링크 한쪽 구석에서 불어터진 중국 음식이나 분식으로 식사를 하고 훈련을 시작했다.

장비도 자비로 마련해야 하는 상황이라 선수들 가운데는 남자 선수들이 쓰다 버린 중고품을 이용하거나 도저히 대표팀 장비로는 볼 수 없는 구형 모델을 사용하는 경우까지 있었다. 심지어 1990년대에나 쓰던 나무 스틱을 쓰는 선수마저 있었다.

여자 대표팀의 사정은 눈물 없이는 보고 듣지 못할 정도로 절절했고 이런 환경에서 국제 대회 성적이 좋을 턱이 없었다. 아시아 국가 간의 대결에서 단 1승도 올리지 못했을 뿐 아니라 중국이나 일본의 경우 두 자릿수 점수 차가 날 정도로 상황은 심각했다. 여자 대표팀 경쟁력 강화가 남자보다 더욱 시급해 보였다.

'눈물 젖은 빵'을 먹으며 운동하고 있는 여자 대표팀 선수들의 사기를 올리고 대표팀 경기력을 끌어 올릴 실질적인 지원이 절실한 상황이었다. 2013년 1월 협회장에 취임한 후 나는 여자 대표팀에 지속적인 관심을 기울였다. 무엇보다 어려운 여건에서 나라를 위해 매일 늦은 밤까지 운동하는 선수들의 모습이 너무나도 안쓰러웠다.

여자 대표팀에 대한 지원을 대폭 강화하기 위해 예산 배정을 늘리고 대한아이스하키협회 임직원들에게도 남자 대표팀 못지않은 관심과 지원을 당부했다. 실전 경험을 쌓을 상대가 부족한 점을 고려해 해외 전지훈련도 대폭 늘렸다. 유망주들을 캐나다로 파견해 성장시키는 프로그램도 가동했다. 그 결과 여자 대표팀은 4년 만에 괄목상대할 성장을 이뤄냈다.

가장 감동스러웠던 장면은 2017년 2월 일본 삿포로에서 열렸던 아시안게임 4차전에서 중국을 상대로 슛아웃 접전 끝에 거둔 승리다. 여자 아이스하키 대표팀은 당시까지 중국과의 일곱 차례 대결에서 단 1승도 올리지 못했다. 두 자릿수 이상의 점수 차로 대패하지만 않으면 잘 싸웠다는 말을 들을 정도로 중국과의 실력 차이가 컸다. 그런데 4년간 대한아이스하키협회의 지원을 받으며 실력을 쌓은 여자 대표팀은 과거와는 전혀 다른 팀이 돼 있었다. 정규 피리어드를 거쳐 연장 피리어드까지 2-2로 가리지 못한 승부는 페널티 슛아웃으로 이어졌다. 10번 슈터까지 가는 아슬아슬한 승부가 이어진 끝에 박종아의 페널티샷 결승골로 한국이 3-2로 승리했다.

중국을 처음 이겨본 선수들은 경기 후에 눈물을 쏟아내며 애국가를 합창했고 국내에 생중계된 이 광경은 2017 삿포로 아시안게임에서 가장 감동스러운 광경으로 꼽힐 정도로 큰 반향을 일으켰다. 엘리트 팀이 없는 열악한 환경에서 학업과 생업, 운동을 병행해야 하는 여자 대표팀의 안타까운 사연도 알려지며 여자 대표팀에 대한 관심이 늘어났고 기업들로부터 후원 제안이 쇄도했다. 음대생 출신으로 대표팀에서 활약해 화제가 된 선수가 있었는데 이 선수는 모 가전업체의 TV 광고 모델로 발탁됐을 정도다. 팀 전체가 모 스포츠 브랜드의 광고 촬영을 진행하기도 했다.

중국을 꺾은 여자 아이스하키를 보고 몇 년 전 일본 아이스하키 관계자가 '우리도 올림픽을 해봐서 아는데, 남자 아이스하키는 북미와 유럽의 벽을 넘기가 너무 힘들다. 그러나 여자는 투자와 지원에 따라 세계 정상권까지 단기간 내 근접할 수 있다'고 했던 말이 생각났다.

너무도 당연한 이야기겠지만 투자와 지원 없이 실력과 성적 향상은 불가능하다. 2013년 이전 여자 대표팀은 중국과 일본은 물론이고 북한에게도 1승을 거두지 못하는 약팀이었다. 실력 향상을 위한 투자와 제대로 된 지원을 받지 못한 까닭이다. 그러나 투자와 지원이 이뤄지자 불과 4년 만에 그 동안 한 번도 이기지 못했던 북한을 두 차례나 연파했다. 또한 과거 동계 아시안게임에서 네 차례 만나 2골을 넣고 75골을 허용한 중국까지 꺾었다.

이 모든 것이 단 4년 만에 이룩한 놀라운 성장이다. 당시 여자 대표팀은 국내에 연습 경기를 치를 상대도 없는 한계를 극복하기 위해 해외 전지훈련에 많은 투자를 했다. 카자흐스탄 같은 팀을 초청해서 국내에서 경기 경험을 쌓게 하는 프로그램도 진행됐다. 아이스하키 최고 선진국인 캐나다 출신의 지도자도 영입됐다. 이렇게 투자와 관심이 이뤄지자 여자 아이스하키 대표팀은 180도 달라진 모습을 보였다.

이러한 흐름은 거의 모든 나라 여자 아이스하키 대표팀에 적용된다. 적극적인 투자와 지원이 이뤄지면 가파른 상승 곡선을 그리다가도 지원이 빠지면 급격하게 추락한다. 카자흐스탄 여자 아이스하키는 현재 아시아권에서도 하위권에 머물고 있지만 2000년대 초 속칭 '리즈 시절'이 있었다.

2002 솔트레이크시티 동계 올림픽 본선에 출전했고 2005년, 2007년, 2009년에는 여자 아이스하키 세계선수권 톱 디비전에 출전했다. 그러나 추락을 거듭하더니 현재는 디비전 2 그룹 A와 디비전 1 그룹 B를 오가고 있다. 정부의 지원이 사라지며 훈련 여건이 열악해진 탓이다. 카자흐스탄 여자 대표팀

은 평창 올림픽을 준비하던 시절, 대한 아이스하키협회가 초청할 경우 반색을 했다. 재정 부담 없이 해외 전지훈련의 기회가 주어졌기 때문이다.

중국의 경우 2010년 밴쿠버 동계 올림픽을 앞두고 대대적인 투자를 했다. 여자 대표팀이 캐나다로 건너가 살다시피 하면서 현지 여자 주니어 팀과 연습 경기를 치렀다. 평창 올림픽에 출전했던 교포 선수 박은정(캐롤라인 박)이 이 당시 온타리오주의 미시사가 주니어 팀 소속으로 중국 여자 대표팀과 세 차례나 경기를 치렀다고 한다. 그런데 경기를 치를 때마다 선수들의 경기력이 발전해 있어서 크게 놀랐다는 경험담을 얘기한 바 있다.

중국은 이 같은 대대적인 투자로 2010 밴쿠버 올림픽 본선에 진출했다. 비록 조별리그에서 3전 전패 했지만 핀란드와 러시아를 맞아 접전 끝에 1-2로 패할 정도로 선전을 펼쳤다. 그러나 밴쿠버 올림픽 이후 지원이 이뤄지지 않자 결국 7년 만에 삿포로에서 한번도 져본 적이 없었던, 한때 20골 차이로 대승을 거뒀던 한국에 패배한 것이다.

일본의 경우도 마찬가지다. 여자 아이스하키 대표팀이 '스마일 저팬'이라는 별명을 얻으며 큰 인기를 얻자 스폰서가 폭증했고 이렇게 마련한 재원으로 해외 전지훈련을 하고 강팀을 초청해 일본 국내에서 친선 대회를 개최하며 전력을 꾸준히 업그레이드, 2017 삿포로 동계 아시안게임에서 처음으로 금메달을 땄고 3연속 올림픽 본선 진출(2014, 2018, 2022)에 성공했다.

그러나 그렇더라도 여자 아이스하키가 평창 올림픽 준비 기간만을 돌아보며 누워서 감 떨어지기를 기다려서는 안된다. '노력하는 사람에게 운도 따른다'고 했다. 실력, 노력이 결여된 채 요행수만을 바라는 사람은 절대로 성공할 수 없다. '스마일 저팬' 신드롬이 일어난 것은 일본 여자 아이스하키 대표팀이 열악한 환경을 뚫고 자력으로 2014 소치 동계 올림픽 본선 출전권을 획득(최종 예선 1위)했고, 소치 올림픽 본선에서 5전 전패를 하면서도 항상 밝은 자세와 미소를 잃지 않는 모습이 일본 국민들에게 감동을 줬기 때문이다.

한국 여자 아이스하키 선수들이 '스마일 저팬' 신드롬을 상기해 보고 앞으로 더욱 분발하기를 기대해 본다.

Period 2

번쩍했던
황홀한 순간들

다른 사람이 가보지 않은 길을 개척해 나간다는 것은 결코 쉬운 일이 아니다. 사업이나 스포츠에 모두 통용되는 이치다. 많은 사람이 걸었던 길은 목적지가 뚜렷하다. 그러나 가본 사람이 없는 길을 간다는 것은 과정도 힘들지만 이 길의 끝에 무엇이 기다리고 있는지 알지 못한다는 부담이 크다.

한국에서 인기가 떨어지고 대중들이 많은 관심을 갖지 않는 아이스하키 팀을 창단한 이후부터 나는 '내가 가야 할 길이 결코 평탄하고 쉬운 길이 될 리가 없다'는 것을 알고 있었다. 그러나 포기하지 않고 새로운 길을 개척해나간 탓에 30년째 HL 안양 구단을 유지해왔고 크고 작은 성취를 만들어낼 수 있었다.

30년 아이스하키 외길을 포기하지 않고 걸을 수 있었던 것은, 힘든 고비들을 이겨낼 수 있었던 것은 아이스하키를 통해 느꼈던 말로 형언할 수 없을 정도의 짜릿한 순간의 기억들 때문이다. 30년 아이스하키 인생 중 가장 짜릿했던 순간들을 돌이켜본다.

내 생애 최고의 드라마

일본과 손을 잡고 아시아리그 아이스하키를 출범시킨 초기 과정은 앞장에서 상술했다. 고쿠도와의 첫 경기에서 참패한 후 '10년 안에 우승을 달성하겠다는' 다짐을 이루기까지 과정은 결코 쉽지 않았다. 아시아리그 아이스하키 초기 성적이 썩 좋지 않았던 HL 안양은 2000년대 중반 극도의 슬럼프를 겪었다. 특히 2007~2008 시즌에는 정규리그 30경기에서 승점 44점에 그치며 5위에 머물렀고 플레이오프 1라운드에서는 일본제지 크레인스를 상대로 단 1승도 거두지 못하며 3연패로 탈락했다.

대대적인 팀 변화가 절실한 순간이었다. 일단 팀 변화를 이끌 사령탑 교체는 필수적이었다. 2007~2008 시즌 팀을 지휘한 이는 체코 출신의 오타카르 베보다 감독이었는데, 고국으로 돌려보내기로 했다. 새로운 사령탑을 물색하던 차에 당시 팀 총괄 매니저가 뜻 밖의 후보를 데리고 나타났다.

HL 안양 창단 초기 주포로 활약했던 심의식이었다. 지도자로서 경력은 많지 않지만 팀 체질 개선을 위해서 젊은 지도자를 앉혀 보는 것도 나쁘지 않겠다는 생각이 들었고, 감독을 맡겨 보라고 지시했다. 심의식 감독은 몹시 당황한 눈치였다.

심의식 감독 임명은 나중에 알고 보니 커뮤니케이션 오류에서 비롯된 결과였다. 구단에서는 심의식을 코치 후보로 선보이려고 했던 것인데, 감독 자리가 비어 있는 상황인지라 나는 새로운 감독 후보라고 생각한 것이다. 얼떨결에 사령탑 자리에 앉게 된 심의식 감독으로서는 당황할 수밖에 없었을 것이다.

스포츠계에서 흔히 하는 우스개 중에 '용장(勇將)보다는 지장(智將)이, 지장보다는 덕장(德將)이 낫고, 최고는 복을 타고난 복장(福將)'이라는 것이 있다. 살다 보면 유난히 운이 따르는 사람들이 있는 법이다. 심의식 감독이 그런 타입이었다. 그가 지휘봉을 잡은 후로 뭔가 운이 따르는 것 같았다. 당시 대학을 졸업한 신인 선수는 강원랜드와 HL 안양이 드래프트 방식으로 선발하고 있었다. 주사위를 굴려서 서로 한 명씩 번갈아 지명하는 방식이다. 이 때문에 꼭 데려오고 싶었지만 어쩔 수 없이 강원랜드에 넘겨준 선수가 여러 명이다.

당시는 역대 최고 유망주라는 찬사를 듣던 박우상과 김기성이 연세대를 졸업하고 아시아리그 아이스하키 데뷔를 준비하고 있던 시기였다. 원래대로라면 김기성과 박우상은 강원랜드와 HL 안양이 한 명씩 나눠서 영입해야 했다. 그런데 생각하지도 못했던 일이 벌어졌다. 김기성과 박우상 모두 강원랜드 입단을 거부한 것이다. 심지어는 HL 안양에 입단하지 못하면 일본 구단과 입단 교섭을 벌이겠다는 얘기까지 나왔다. 우여곡절 끝에 드래프트는 깨졌고 대졸 신인 영입은 FA방식으로 변경됐다. 김기성과 박우상 모두 HL 안양 유니폼을 입게 됐음은 물론이다.

김기성과 박우상은 당시 연세대는 물론이고 대표팀에서도 에이스급으로 기용되는 선수들로 전력 보강에 큰 임팩트가 될 것으로 기대됐다. 대부분의 아시아리그 아이스하키 관계자들이 '리그에서 즉시 통할 유망주'라고 평가했다. HL 안양으로서는 호박이 넝쿨째 굴러온 것이나 다름없었다.

다음은 당시 전력에서 차지하는 비중이 매우 컸던 외국인 선수를 보강할 차례였다. 팀을 이끌던 사령탑이 체코 출신이었기 때문에 2007~2008 시즌 외국인 선수들은 모두 체코 출신으로 채웠는데, 이 가운데 패싱력이 좋아서 동료들의 신망이 높던 패트릭 마르티넥을 제외하고 전원을 교체하기로 했다. 캐나다와 미국 선수들 중심으로 새로운 외국인 선수 영입을 알아보다 캐나다 출신으로 독일리그에서 활약한 경력이 있는, 키가 크고 예쁘장하게 잘생긴 장신의 공격수가 새롭게 영입됐다. 훗날 HL 안양의 레전드로 남을 브락 라던스키였다. NHL 드래프트에서 3라운드에 지명될 정도로 캐나다 시절 유망주로 꼽혔고 공격력이 빼어나다는 평가를 듣던 선수였다. 훗날 결과로 볼 때 라던스키와의 계약은 HL 안양은 물론 한국 아이스하키 전체의 행운이었다.

여기에 2005~06 시즌 득점왕을 차지했던 송동환까지 병역을 마치고 돌아왔다. '역대급 신인'이라는 평가를 받는 공격수가 2명이나 영입됐고 '원조 에이스'가 돌아왔다. 새로운 외국인 선수들에 대한 평가도 좋았다. 공격수 브락 라던스키 뿐 아니라 수비수로 영입된 존 아와 브래드 패스트도 공격적으로 빼어난 능력을 갖추고 있다는 평가였다. 강화된 화력을 바탕으로 2007~2008 시즌의 부진을 씻어낼 수 있다는 기대가 높아지며 2008~09 시즌 개막이 기다려졌다. 특히 새로운 공격 조합들이 실전에서 어떤 활약을 펼칠지가 궁금했다.

2008~09 시즌 개막일은 9월 20일이었다. 상대는 국내 라이벌 하이원이었고 고양어울림누리에서 치르는 원정 경기였다. 2007~2008 시즌 일본 팀은 물론 하이원에도 번번이 밀렸기 때문에 개막 2연전에서 국내 라이벌을 상대로 강화된 화력을 앞세워 설욕전을 펼치길 기대하고 있었다. 그러나 기대는 또다시 어긋났다. 첫 경기에서 4-5, 한 점 차로 패배한 것이다. 공격력은 확실히 강화된 모습이 뚜렷했는데, 이번에는 수비가 문제였다.

9월 21일 벌어진 2차전도 1차전과 비슷한 양상이었다. 골은 잘 넣는데 수비가 제대로 되지 않았다. 신인 김기성은 4골을 뽑아내는 대단한 활약을 펼쳤다. 그런데 경기 종료 직전 누르고 있던 내 화를 폭발시키는 사건이 벌어지고 만다.

난타전 양상으로 진행된 경기는 막판 6-5, 한 점 앞서고 있었다. 종료 직전 하이원 외국인 선수가 슈팅을 시도했고 분명히 퍽이 골라인을 넘기 전에 경기 종료 버저가 울렸다. 그런데 레퍼리가 득점 인정을 선언하는 것이었다. 아이스하키는 농구와 달라 버저비터 개념이 없다. 농구는 버저가 울리기 전에 선수의 손에서 공이 떠났느냐를 따지지만, 아이스하키에서는 버저가 울리기 전에 퍽이 골라인을 완전히 통과하느냐를 따진다.

내가 보기에는 퍽이 골라인에 이르기 한참 전에 이미 종료 버저가 울렸는데, 레퍼리는 1초 전에 골라인을 통과했다며 득점 인정을 했다.

새로운 시즌에 대한 기대가 컸던 만큼 첫 경기 패배와 난타전 양상으로 전개된 2차전 경기 내용에 불만이 많았는데, 동점골 판정으로 꾹꾹 누르고 있던 화가 폭발하고 말았다. 연장 피리어드를 앞두고 선수들에게 철수 지시를 했다. 불만족스러운 경기 내용에 치밀어 오르는 화를 애써 누르고 있었는데 판정과 운영까지 미숙한 현실에 순간적으로 과격한 결정을 내리고 만 것이다.

연장전으로 이어져야 했을 승부는 우리의 몰수패로 종료됐고, 결국 큰 기대를 했던 시즌 개막 2연전에서 승점조차 얻지 못하고 말았다. 여전히 화가 풀리지 않고 큰 실망감이 들었지만 선수들에게 철수 지시를 내린 상황이 은근히 부담스러워지기도 했다. 최선을 다해 경기를 치렀을 선수들에게 미안한 마음도 들었다. 그러나 이미 엎질러진 물을 어쩌랴.

2008~2009 시즌은 이처럼 기대에 미치지 못한 개막전 결과에 더해 좀처럼 볼 수 없는 돌발 상황까지 연출되며 불안하게 시작됐다. '올 시즌에도 큰 기대는 하지 말아야겠다'는 생각마저 들었다. 수비 불안을 하루이틀 안에 해

결하지 못하는 것은 모든 스포츠에 공통적으로 해당되는 사항이다. '올 시즌에도 마음 고생 좀 겪겠구나' 하는 비관적인 전망을 하게 하는 개막 2연전 결과였다.

그러나 10월 말부터 HL 안양은 상승세를 타기 시작했다. 점점 승점이 불어났고 순위가 높아지기 시작했다. 결국 36경기에서 승점 76점을 따낸 HL 안양은 아시아리그 아이스하키에 출전한 이후 처음으로 정규리그 우승을 차지하는 영예를 안았다. 강화된 공격력이 결정적인 역할을 했다. 36경기에서 HL 안양은 무려 150골을 넣는 파괴력을 보였다. 경기당 5골에 가까운 수치였다. 정규리그 첫 우승은 리그 참가 6년 만에 얻은 결실이었다. 정규리그에서 보여준 전력이라면 플레이오프 챔피언까지 노려볼 만했다.

4강 플레이오프 상대는 숙적 크레인스. 안양에서 열린 2연전에서 1승씩을 주고받았고 경기는 구시로 원정 3연전으로 이어졌다. 부담이 컸던 원정경기에서 HL 안양은 두 차례나 한 점 차 승리를 거두고 시리즈를 3승 2패로 앞서 나갔다. 연장 피리어드 끝에 박우상의 끝내기 결승골로 4-3으로 승리한 5차전은 구시로 원정 시리즈의 백미였다. 당시는 지금과 달리 4강 플레이오프와 파이널이 7차전 시리즈로 치러지던 시절이다.

안양에서 치러지는 2경기에서 1승만 추가하면 정규리그 우승에 이어 파이널에 진출, 챔피언 등극에 도전할 수 있다는 생각을 하니 가슴이 설레기까지 했다. 그러나 홈에서 치러진 6차전과 7차전에서 믿기지 않는, 악몽 같은 일이 벌어졌다.

3월 6일 벌어진 6차전에서 연장 피리어드 접전 끝에 결승골을 내주고 2-3으로 진 데 이어, 7일 열린 마지막 7차전에서 정규 피리어드 종료 직전 실점하며 2-3으로 2연패, 시리즈를 3승 4패로 역전당한 것이다.

'마지막 고비를 넘기가 이렇게 쉽지 않구나'라는 생각이 들었고, 아쉬운 마음이 너무나도 커서 잠을 이루기 어려울 정도였다. 아쉬움은 컸지만

2008~2009 시즌 팀이 얻은 많은 소득들을 생각하며 다음 시즌을 기다리기로 했다. 특히 팀에 새롭게 합류한 선수들이 좋은 활약을 펼치며 중심으로 자리잡았고, 이들의 활약을 바탕으로 처음으로 아시아리그 아이스하키 정규리그 정상에 올랐다는 것은 의미를 부여하기에 충분한 일이었다. 마지막 고비를 넘지 못했지만 플레이오프에서도 충분히 정상에 오를 수 있다는 가능성을 확인하고 선수들의 자신감이 높아진 것도 다음 시즌에 대한 희망을 키우기에 충분한 요소였다.

2008~2009 시즌 정규리그 우승과 플레이오프 접전으로 축적된 경험과 다져진 선수들의 자신감은 2009~2010 시즌으로 이어졌다. HL 안양은 두 시즌 연속 정규리그 정상에 올랐다. 한 시즌을 함께 치러본 선수들의 팀 케미스트리(Team Chemistry)는 더욱 끈끈해졌고, 공격라인의 파괴력도 한층 높아진 모습을 보였다. HL 안양은 정규리그 36경기에서 승점 79점을 따내며 총 180골을 뽑아내는 압도적인 화력을 과시했다. 고쿠도와의 첫 경기에서 대량 실점하며 당황하던 시절이 떠올랐고 확실히 팀의 클래스가 달라졌다는 생각이 들면서 여기 오기까지 팀을 위해 헌신한 관계자들과 열심히 뛰어준 선수들에게 고마운 마음이 들었다.

그러나 두 시즌 연속 정규리그 우승 달성에 마냥 뿌듯해할 수만은 없었다. 정규리그 정상은 물론 큰 의미가 있지만 종목 불문하고 플레이오프 제도가 시행되는 리그에서 '최후의 승자'로 공인되는 팀은, 플레이오프에서 마지막까지 살아남은 팀이다. 높아진 지구력으로 장거리 레이스에서 정상에 올랐다면 이제 플레이오프라는 마지막 고비를 넘기 위한 집중력과 단거리 레이스에서 상대를 제압할 수 있는 폭발력이 필요한 순간이었다. 결승 진출까지 필요한 마지막 1승을 더하지 못했던 지난 시즌의 아쉬운 결말을 또 다시 경험하고 싶지는 않았다.

4강 플레이오프에서 하이원을 제압하고 사상 처음 아시아리그 플레이오프 '마지막 승부'가 벌어지는 무대에 올랐다. 2009~2010 시즌부터 아시아리그 아이스하키의 모든 플레이오프 시리즈는 5전 3선승제로 단축됐다. '마지막 승부'의 상대는 지난 시즌 플레이오프에서 아픔을 안겼던 일본제지 크레인스. 부담스러운 상대였다.

안양에서 열린 1차전과 2차전 모두 연장까지 가는 혈투가 펼쳐졌고 두 경기 모두 짜릿한 한 점 차 승리를 거두며 2003년 11월 15일 일본 신요코하마에서 다짐한 정상 등극 목표 달성이 코 앞으로 다가왔다. 지난 시즌 플레이오프를 경험해본 탓인지 선수들의 집중도가 확실히 높아진 상태였다. 가능하면 일본 원정까지 가지 않고 안양에서 열리는 3차전에서 시리즈가 마무리되길 바랐지만, 크레인스는 호락호락하지 않은 팀이었다. 3차전에서 크레인스가 5-2 승리를 가져가며 결국 시리즈는 크레인스의 프랜차이즈인 일본 홋카이도 구시로로 이어졌다.

구시로에서 열린 4차전은 2008~2009 시즌 플레이오프의 악몽을 떠올리기 충분한, 너무나도 아쉬운 승부였다. HL 안양이 2-1로 앞선 가운데 경기는 막판으로 접어들었다. 크레인스는 경기 종료 1분가량을 남기고 골리를 빼고 추가 공격수를 투입하며 마지막 승부수를 던졌다.

상대 골리가 빠진 빈 골대에 퍽을 꽂아 넣거나 크레인스의 최후 공세를 버텨내면 꿈에 그리던 아시아리그 아이스하키 챔피언에 등극하게 되는 순간이었다. 스코어보드의 시간이 줄어드는 것과 함께 내 심박수도 빨라졌다. 남은 시간은 30초, 20초, 10초로 줄어들어갔다. 마침내 정상에 서는 목표가 이뤄졌다는 생각에 환호할 생각으로 자리에서 일어나 있었고 경기장으로 뛰어 들어갈 준비를 했다. 이 순간 다시 한번 믿기 어려운 일이 일어났다.

경기 종료를 단 2초 남기고 크레인스가 날린 마지막 슈팅이 HL 안양 골대로 빨려 들어간 것이다. 2분도, 20초도 아닌 2초를 남기고 벌어진, 허탈하기 그지없는 상황이었다. 앞에서도 설명했지만 아이스하키는 농구와 달리 '버저

꿈만 같은 아시아리그 아이스하키 첫 정상 등극 후 선수, 팀 프런트와 함께 기쁨을 나누고 있다.

비터'가 인정되지 않는다. 경기 종료 전 골라인을 완전히 통과했을 때만이 득점으로 인정된다. 크레인스의 마지막 슛은 단 2초를 남기고 HL 안양 골라인을 통과한 것이다.

이렇게 경기 종료 2초를 남기고 실점해 연장 피리어드로 끌려 들어가는 어이없는 상황은 아이스하키 팀을 창단한 이래 처음 겪는 일이었다. 너무나도 아쉬운 순간이었다. 연장 피리어드에 대한 걱정도 밀려왔다. 보통 아이스하키에서는 한쪽 팀의 분위기가 살아나면 이를 끊는 것이 쉽지 않다. 우승이 걸려 있는 플레이오프 파이널 같은 큰 승부에서는 더욱 그렇다. 2초를 버티지 못해 연장 피리어드로 끌려간 팀과 2초를 남기고 마지막 공격에서 천금 같은 동점골을 넣은 팀의 승부에서 어느 쪽이 좋은 흐름과 분위기를 탈지는 불 보듯 뻔했다.

우려는 현실이 됐다. 연장으로 이어진 승부는 6분여 만에 크레인스가 결승골을 넣으며 종료됐다. 마지막 2초를 버텨내지 못해서 우승을 확정 짓지 못한 상황은 말로 설명이 안 될 정도로 아쉬운 것이었다. 지난 시즌 크레인스에 당한 플레이오프 역전패를 떠올리지 않을 수 없었다.

5차전 경기에 대한 걱정도 커졌다. 단기전 승부에서 가장 중요한 것이 집중력 유지인데, 상황은 선수들이 정신적으로 흔들리고 심리적으로 큰 부담을 느낄 수밖에 없는 방향으로 흐르고 있었다. 마지막 5차전은 일요일이었던 3월 28일 오후 6시에 열렸다. 경기 초반 분위기는 불길한 예감대로 크레인스 쪽이 주도했다. 2피리어드 종료까지 크레인스가 3-2로 앞서 나갔다. 속이 타 들어가는 심정이었다. 지난 시즌 플레이오프 당시의 기억도 떠올랐다. 2연승을 거두고 3연패로 우승을 빼앗긴다고 생각하니 너무나도 억울하고 분한 심정이었다. 마지막 3피리어드에서 경기가 뒤집히기를 정말 간절하고 절실하게 기도했다.

3피리어드 5분여 만에 박우상의 득점포가 터지며 경기는 다시 원점으로 돌아갔다. 팽팽하게 펼쳐지는 마지막 승부에 경기장의 모든 관중이 몰입했다. 통상 이렇게 팽팽하게 이어지는 승부는 균형을 깨는 골을 먼저 터트리는 쪽이 승리하기 마련이다. 역전골이 터지기를 바라며 선수들이 마지막까지 집중력을 잃지 않기를 간절히 응원했다. 체력적으로, 정신적으로 이미 선수들은 임계치에 도달한 상황이었다. 이런 경우 먼저 실점하면 경기를 뒤집기란 불가능에 가까울 정도로 어려워진다.

어느 쪽도 균형을 깨지 못한 승부는 막판으로 접어들었다. 남은 시간은 단 3분. 무조건 다음 한 골을 뽑아내는 팀이 우승을 차지하게 되는 분위기였는데, 크레인스가 날린 슈팅이 우리 골 네트에 꽂혔다. 여러 정황을 고려할 때 경기를 뒤집을 가능성은 희박했다. 지난 시즌에 이어 또 이렇게 허무하게 플레이오프에서 물러날 생각을 하니 허탈감이 몰려왔다. 경기 시간은 빠르게 줄어 들고 있었고, 경기 마지막 잔여 시간 1분을 알리는 장내 아나운서의 멘트가 방송됐다.

HL 안양 벤치는 마지막 실낱 같은 동점골의 가능성을 높이기 위해 수문장을 빼고 추가 공격수를 투입했다. 이때, 기적 같은 일이 일어났다. 상대 문전에 퍽을 투입해 마지막 공세를 펼치던 가운데 김기성이 날린 슈팅이 크레인스 골 네트로 빨려 들어간 것이다. 경기 종료 단 16초를 남긴 가운데 벌어진 드라마 같은 장면이었다. 4차전에 우리가 당한 상황이 이번에는 역으로 크레인스에 벌어진 것이다. 꺼져 가던 우승을 향한 희망의 불씨가 되살아나는 순간이었다.

승부는 또 다시 연장으로 이어졌다. 끝까지 포기하지 않고 싸워준 선수들이 대견스러웠다. 꺼져 가는 역전의 불씨를 극적으로 되살려 연장까지 승부를 끌고 갔다는 점에서 연장 피리어드는 HL 안양 쪽에 유리하게 전개될 수 있는 분위기였다. 그토록 번번이 외면하던 승리의 여신이 마지막에 드디어 우리 쪽에 미소를 던진다는 생각이 들었다.

마지막 고비를 넘을 수 있기를 간절히 빌었다. 격전을 치르느라 지칠 대로 지친 선수들이 마지막 힘을 낼 수 있도록 응원의 목소리도 높였다. 긴장 속에 진행된 연장 피리어드 4분 33초, 드디어 내 인생 최고의 드라마가 해피 엔딩으로 막을 내렸다.

김기성이 크레인스 공격 진영 오른쪽에서 퍽을 잡은 후 블루라인 쪽으로 내줬다. 문전에서는 장신 공격수 브락 라던스키가 스크린을 걸어 상대 골리의 시야를 방해하고 있었다. 김기성의 패스를 연결 받은 김우재는 주저 없이 문전으로 강력한 슬랩 샷을 날렸고 퍽은 크레인스 골 네트로 빨려 들어갔다. 마침내 HL 안양이 아시아리그 아이스하키 정상에 오르는 감격적인 순간이었다. 나도 모르게 허공으로 양팔을 치켜 들었고 환호성이 끊이지 않았다. 어려운 상황에서도 끝까지 희망을 잃지 않고 싸운 선수들이 정말 자랑스러웠다.

한국 아이스하키 역사를 통틀어 일본을 상대로 거둔 첫 번째 우승이기도 했다. 그때까지 한국 아이스하키는 일본에 철저히 밀리고 있었다. 남자 대표팀은 일본을 상대로 한 공식 대회에서 단 한번도 승리한 적이 없었다. 여자 대표팀은 30골 가까운 점수 차로 패할 정도로 일본의 상대가 되지 않던 시절이다. 아시아리그 아이스하키가 출범한 이후에도 한국 팀은 플레이오프에서 단 한 번도 일본 팀에 승리를 거두지 못했다.

일본 팀이 연습 경기도 치러주지 않을 정도로 우리 팀을 무시하던 창단 초기부터 한국에 홀로 남겨져서 일본에 연합리그 창설을 부탁하던 일, 2004년 11월 신요코하마에서 고쿠도에 황당한 1-11의 참패를 당했던 첫 경기를 비롯해 일본 팀에 당한 패배로 자존심 상하고 안타까웠던 순간들이 주마등처럼 기억을 스쳐 지나갔다.

무엇보다 스스로와의 약속과 다짐을 지켜냈다는 사실이 뿌듯했다. 고쿠도에 참패한 후 1년에 한 골씩 격차를 줄여 나가 10년 안에 리그 정상에 서 보자는 다짐을 지켜낸 것이다.

정규리그에서 두 시즌 연속 정상에 올랐고 플레이오프에서 챔피언에 오르자 우리 팀을 대하는 일본 아이스하키 관계자들의 태도도 눈에 띄게 달라져 있었다. 물론 강자를 우러르는 일본 특유의 문화 탓도 있겠지만 크레인스 팀 관계자들은 구시로 현지에서 열린 팀 우승 축하 뒤풀이 자리까지 찾아와서 정중하게 축하 인사를 전하는 등 최대한 예우하는 모습이었고 팀이 귀국할 때는 직접 배웅까지 나왔다. 더 이상 우리를 깔보거나 무시하는 태도가 아니었다.

스포츠계에서 '리스펙트'를 받으려면 실력을 갖춰야 한다는 사실을 다시 한번 확인하는 순간이었다. 대한아이스하키협회 회장을 할 때도, 그 이전에 대표팀의 세계선수권에 동행해서도 여러 차례 느낀 것이지만 국제스포츠계는 외교 무대와 같다. 제대로 된 대접과 존중, 존경을 받으려면 무조건 힘을 갖춰야 한다. 스포츠계에서의 힘은 실력이고 이를 증명할 수 있는 성적이 뒷받침되어야 한다.

HL 안양은 파이널에서 명승부를 펼친 상대인 크레인스 관계자들의 극진한 환송까지 받으며 금의환향했다. 그때까지의 내 인생을 통틀어 가장 보람 있고 기분 좋은 귀국길이었다. 이런 경사를 축하하기 위한 자리를 열지 않을 수 없었다. 큰 잔치를 벌여 기왕이면 많은 사람들과 이 기쁨을 함께 나누고 싶었다. 한국에서의 우승 축하연은 그룹 사옥이 위치한 송파구 잠실 인근의 한 대형 호프집을 통째로 빌려서 열었다. 아이스하키 관계자들과 선수 가족, 임직원 등을 초대했고 맥주잔을 기울이며 이 큰 경사의 기쁨을 함께 했다. 대형 스크린에는 드라마 같았던 마지막 파이널 5차전 경기 영상이 방영됐다. 아무리 보고 또 봐도 질리지 않는, 감동스러운 장면이었다.

우리의 드라마틱한 아시아리그 우승 소식은 〈조선일보〉와 〈한국일보〉 등 유력 언론을 통해 대대적으로 보도됐다. 두 매체 모두 당시 스포츠면 톱 기사로 HL 안양의 기적 같았던 5차전 우승 소식을 전한 것으로 기억된다. 우리나라에 잘 알려지지 않은 아이스하키라는 종목을 많은 사람에게 알릴 수 있는 계기를 만들었다는 것도 참으로 뿌듯한 일이었다.

크리니카에 울려 퍼진 애국가

2012년 4월 폴란드 크리니카에서 열렸던 2012 국제아이스하키연맹 (IIHF) 세계선수권 디비전 1 그룹 B 우승은 HL 안양의 2010년 아시아리그 아이스하키 첫 우승만큼이나 강렬하고 감동적인 기억으로 남아 있다. 나는 2009년 무렵부터 단장 자격으로 남자 국가대표팀의 세계선수권에 동행하기 시작했다. 국제 무대에 나가보니 아시아리그 아이스하키 출범 초기 우리가 받던 대접과 크게 차이가 없었다. 경쟁력을 갖추지 못한 대표팀은 국제 외교 무대에 내팽개쳐진 약소국 신세와 다를 바 없었다.

2010년 아시아리그 아이스하키 첫 우승을 이루고 2011년 동일본 대지진으로 파이널이 취소되며 도호쿠 프리블레이즈와 공동 우승으로 시즌이 마무리돼 리그 2연속 챔피언이라는 성과를 낸 후 명색이 2018년 동계 올림픽 개최국인 한국 아이스하키 대표팀이 국제 무대에서 푸대접을 받는 일은 없어야겠다는 생각이 들었다. 그러기 위해 절실한 것은 역시 힘이었다. 당시만 해도 한국 아이스하키 대표팀이 출전하는 유일한 국제 대회였던 IIHF 세계선수권에서 좋은 성적을 내는 것만이 국제무대에서 찬밥 대우를 받지 않는 유일한 길이었다. 다행스럽게도 HL 안양이 아시아리그 아이스하키에서 좋은 성적을 내기 시작하면서 남자 대표팀도 조금씩 상승세를 타고 있었다.

그런데 2012년 또 다시 한국 아이스하키가 국제 무대에서 푸대접을 받고 있음을 증명하는 일이 벌어졌다. IIHF는 수평 운영하던 세계선수권 디비전 1의 포맷을 2012년부터 수직 구조로 변경했다. 16개 팀이 출전하는 월드챔피언십(톱 디비전) 아래 단계 세계선수권으로 디비전 1 그룹 A를 배치하고 그 아래 디비전 1 그룹 B를 편성한다는 계획이었다.

원칙대로라면 한국은 2012년 세계선수권에서 디비전 1 그룹 A에 배치되고 일본이 디비전 1 그룹 B에 편성되야 마땅했다. 한국이 2011년 세계선수권 디비전 1 그룹 A에서 3위에 오른 반면, 일본은 동일본 대지진이라는 국가적 재앙 탓에 2011년 세계선수권에 대표팀을 파견하지 못했기 때문이다. 아무리 특수한 상황을 고려한다고 하더라도 내 생각에는 우리 대표팀이 디비전 1 그룹 A의 한 자리를 차지해야 마땅했다.

그러나 IIHF는 일본이 불가피한 사유로 2011년 세계선수권에 불참했음을 고려했다는 배경 설명 아래 일본 대표팀을 2012년 세계선수권 디비전 1 그룹 A에 배정하고, 한국을 한 단계 아래 그룹인 디비전 1 그룹 B에 편성했다. 이 같은 부당한 대우를 받지 않기 위해서는 힘을 키우는 수밖에 없었다.

게다가 2012년 세계선수권은 한국 아이스하키에 각별한 의미를 갖는 대회였다. 한국 아이스하키를 불신하던 IIHF가 2018년 평창 올림픽 출전권 지급을 조건부 유예했다는 점이었다. 앞에서도 언급했던 부분이지만 IIHF는 당시 '평창 올림픽 출전권을 받으려면 남자 대표팀 랭킹을 최소한 18위까지 끌어 올리라'고 요구하고 있었다.

이러한 상황에서 맞는 2012년 IIHF 아이스하키 세계선수권 디비전 1 그룹 B에서 우리 대표팀은 무조건 좋은 성적을 내야 했다. 선수들은 비장하게 나섰고 경기력을 끌어 올리기 위해 대회 장소인 폴란드 입국 전에 유럽에서 손꼽히는 아이스하키 강국 중 하나로 폴란드 접경국인 슬로바키아에서 전지

훈련으로 전력을 끌어 올리고 유럽에 적응한 후 결전지에 입성하는 계획까지 마련됐다. 당시 슬로바키아 전지훈련은 현지에 거주하는 한국 교포가 숙소와 일정 등을 짠 것으로 기억되는데, 아쉽게도 현지 훈련 여건이 썩 좋지는 않았다. 마땅한 '스파링 파트너'를 찾기도 쉽지 않아, 평가전 스케줄을 짜는 데도 어려움을 겪었다.

결정적인 단점은 지리적 위치였다. 슬로바키아가 폴란드와 국경을 접한 이웃나라기는 해도 우리가 전지훈련 장소로 택한 브라티슬라바에서 대회 장소인 크리니카까지 이동하려면 적잖은 시간이 소요됐다. 비행기를 이용하기도 애매한 상황이라 결국 버스를 대절해 폴란드로 이동하기로 결정했는데 버스 운전 기사가 폴란드 크리니카로 향하는 도중에 길을 잃고 헤매는 황당한 일까지 벌어졌다. 결국 선수들의 컨디션과 경기력이 제대로 오르지 않은, 아니 오히려 저하된 상태에서 한국 아이스하키의 미래를 좌우할지도 모르는 중요한 대회 개막을 맞게 됐다.

그나마 첫 상대가 대회 참가국 가운데 가장 전력이 떨어진다고 평가되는 호주라는 점이 다행스러웠다. 그런데 막상 뚜껑을 여니 호주의 전력이 만만치 않았다. 1피리어드부터 난전이 펼쳐졌다. 경기 시작 후 5분여 남짓한 시간에 한국이 두 골을 뽑아내 앞서 나갈 때만 해도 무난히 승리할 듯했으나 이후 치고 받는 난타전이 펼쳐졌다. 1피리어드 공방은 3대 3으로 막을 내렸고 2피리어드에도 한 골씩 주고받으며 팽팽한 승부가 이어졌다. 당황스러운 순간이었다. 다행스럽게도 3피리어드 후반 들어 소나기 골이 터지며 경기는 우리 대표팀의 8-4 승리로 막을 내렸지만, 이번 대회에서 만만히 볼 수 있는 상대가 없음을 확인할 수 있는 경기였다.

다행히 호주와의 첫 경기에서 겪은 뜻밖의 고전은 대표팀에게 보약으로 작용하는 듯이 보였다. 리투아니아와의 2차전에서 3-0, 루마니아와의 3차전에서 6-1로 무난한 승리를 거두며 팀이 안정을 되찾는 듯한 모습이었다. '재앙적 결과'로 작용할 수도 있는 강등권에서도 완전히 벗어났다. 당시 IIHF에서 올림픽 출전권을 부여받기 위한 랭킹 상승을 독촉하는 마당에 세계선수권 디비전 1 그룹 B에서 디비전 2 그룹 A로 추락한다는 것은 한국 아이스하키에는 사형 선고나 진배없는 결과였다.

남은 경기 상대는 네덜란드와 개최국 폴란드였다. 네덜란드는 충분히 해볼 만한 상대로 여겨졌으나 개최국 폴란드와의 최종전이 문제였다. 비록 세계선수권 디비전 1 그룹 B에 머물고 있는 폴란드였지만 한때 월드챔피언십과 동계 올림픽 본선에 진출했던 만만찮은 아이스하키 전통을 지닌 나라다. 특히 폴란드 아이스하키 대표팀은 국제 대회에서 아이스하키 강국을 상대로 '대형 사고'를 치는 것으로 유명한데 1976년 월드챔피언십에서 당시 세계 최강으로 군림하던 소련 대표팀을 6-4로 꺾은 것은 여전히 전설로 회자되고 있고, 1980년 레이크 플래시드 동계 올림픽 본선에서는 유럽을 대표하는 아이스하키 강국인 핀란드를 5-4로 물리치는 이변을 만들기도 했다.

한국과의 대표팀간 대결에서도 폴란드가 압도적인 우위를 점하고 있었기 때문에 부담을 느끼기에 충분한 상대였다. 개최국으로서 누릴 홈 어드밴티지는 폴란드와의 마지막 대결에 대한 부담을 가중시키는 요소였다. 우리 선수들이 현지 적응에 어려움을 겪으며 호주와의 첫 경기 초반 고전한 것과는 달리, 폴란드는 첫 경기에서 리투아니아를 9-0으로, 2차전에서 루마니아를 10-0으로 대파하는 완벽한 모습을 보이고 있었다.

네덜란드와의 4차전 승부는 의외로 어렵게 진행됐다. 2피리어드까지 3-1로 앞서며 무난히 승리하는 듯했지만 3피리어드 들어 2골을 거푸 허용하며 경기가 연장 피리어드로 이어졌다. 아이스하키 세계선수권은 3포인트 시스템이라는 승점 체계가 적용된다. 정규 피리어드에서 승리하면 승점 3점, 연장전 또는 페널티숏아웃에서 승리하는 팀에는 승점 2점을 부여하고, 연장전이나 페널티숏아웃에서 패배한 팀에게도 승점 1점이 주어진다. 따라서 네딜란드전에서 패배한다고 해도 승점 1점을 추가할 수 있기 때문에, 폴란드와의 마지막 경기에서 승리하면 우승을 차지할 수 있는 상황이기는 했다.

그러나 선수들의 상승세를 이어 가고 집중력을 유지하기 위해서는 네덜란드전에서도 승리가 절실했다. 다행스럽게도 연장 피리어드에서 끝내기 결승골이 터지며 우리 대표팀의 4-3 승리로 끝났다. 여태까지의 성적만으로도 최근 세계선수권 중에 가장 훌륭한 성과였다.

비록 하부리그 세계선수권이었지만 내가 대표팀 국제 경기에 동행한 이후 우리 대표팀이 은메달을 목에 걸고 귀국한 적은 단 한 번도 없었다. 분명히 우리 대표팀은 과거에 비해 진일보한 모습이었다. 그러나 기왕이면 폴란드와의 마지막 경기에서까지 승리를 거뒀으면 싶었다. 한국 아이스하키에 대한 국내외의 무관심에서 벗어나기 위해서라도 대회 우승이 절실했다. 유럽 선수들이 경기 후 관례인 악수도 안 받아주고, 랭킹에 따라 배정된다는 규칙에 따라 초라하고 불편한 락커룸을 사용할 수밖에 없었던 시절도 떠올랐다. 이 모든 것이 실력을 입증하지 못해서 겪은 설움과 불이익이었다.

HL 안양의 아시아리그 아이스하키 연속 우승에 이어, 비록 하부 대회이긴 하지만 세계선수권에서 대표팀이 우승을 차지한다면, 비인기 종목인 아이스하키를 한다는 이유로, 경쟁력이 떨어지는 약팀이라는 이유로 국내외에서 받았던 홀대가 조금이라도 개선될 것으로 기대했다.

선수들은 연일 경기를 치르느라 매우 지친 상태였다. 관심을 보이는 사람도 많지 않은 환경에서 먼 유럽 땅까지 날아와 대표 선수의 자존심을 지키기 위해 최선을 다하는 모습이 안쓰러웠다. 우리나라 아이스하키 전체를 위해서도, 선수들 개개인의 보람을 위해서도 마지막 폴란드와의 일전에서 반드시 승리했으면 싶었다.

어렵고 외로운 싸움을 벌이고 있는 선수들에게 힘을 보탤 수 있는 방법을 생각하던 중, 선수들과 벤치에서 마지막 경기를 함께 해야겠다는 생각이 들

한국 아이스하키 대표팀이 22일(한국시간) 폴란드 크라쿠바에서 열린 국제아이스하키연맹(IIHF) 세계선수권 디비전 1 B그룹(3부 리그) 대회에서 5전 전승으로 정상에 오른 뒤 우승 메달을 들고 환호하고 있다.   연합뉴스

한국 아이스하키 '빙판의 기적' 일궜다

1980년 미국 레이크 플래시드에서 열린 동계 올림픽 아이스하키 대표팀으로 구설과 미국 국가대표팀을 소련의 무패 행진에 제동을 걸며 금메달을 따냈는 바탕을 일으켰다. '빙판의 기적'이라고 불리는 이변은 두 차례나 영화로 만들어지기도 했다. 열띤 라 환경 속에서 한국 아이스하키가 이뤄낸 성과로 빙판의 기적에 부끄럽지 않은 성과였다.

한국 아이스하키 남자 대표팀이 폴란드 크라쿠바에서 열린 국제아이스하키연맹(IIHF) 세계선수권 디비전 1 B그룹(3부리그) 대회에서 5전 전승으로 우승을 차지했다. 국제 무대에서 거둔 역대 최고 성적이다.

디비전 1 A그룹 진입, 사상 첫 경사

변방의 설움에 이어는 2009년까지 대표팀은 22일 오전이(한국시간) 이 대회 종전에서 폴란드에 3-2 역전승을 거뒀다.

삼업 팀 2개 취약한 저변 속
IIHF 세계선수권 디비전 1B그룹
5전전승으로 금메달 '쾌감'
내년 대회 디비전 1 A그룹 승격

취약한 저변에도 눈부신 성장

아이스하키는 국내에서 저변이 되는 삼업 팀은 종목이다. 대표팀의 기반이 되는 삼업 팀은 고작 2개. 대표 팀은 5개에 불과하다. 아직 열악한 환경에서도 국제 무대에서 무한히 성장을 거듭하며 기적을 만들어내고 있다. 아이스하키는 지난 실력 차가 커서 세 계선수권을 6개 그룹으로 나뉘어 치르는 '강등제'를 실시한다.

한국 아이스하키는 2009년까지 디비전 2(3부 리그)와 디비전 1(2부 리그)을 오르 내렸다. 디비전 1에서 1승이 아쉬웠다.

2010년 슬로베니아에서 열린 디비전 1 선수권 최종전에서 오스트리아에 졌고 처음으로 2등을 면했고, 지난해 형가리 대회에서는 승점 4점을 획득하며 동메달을 따냈다. IIHF는 올해 디비전 1 수준에 따라 A그룹과 B그룹으로 세분했는데 한국은 B그룹에서 우승을 차지하며 A그룹 승격의 금자 탑을 안겼다. 한국이 A그룹에서 상대해야 할 국가는 일본, 형가리, 영국 등이다.

취약한 저변에도 아이스하키 대표팀이 국 제 무대에서 좋은 성적을 거두는 배경에는 아이스하키 아시아리그(ALIH)가 자리한다. 한국과 일본, 중국의 연합 리그인 ALIH는 2003년 출범했다. 한국 팀은 리그 출범 초기부터 일본 팀에 10승 차로 뒤처졌으나 승수를 늘려나가 최근에는 어깨를 나란히 하고 있다. ALIH의 성과가 국제 성적으로 직결되고 있다는 것이 아이스하키인들의 평가다.

평창 올림픽까지 갈 길은 멀다

한국 아이스하키의 당면 과제는 2018년 평창 동계올림픽 출전이다. 아이스하키의 올림픽 개최국 자동 출전권은 2006년 이탈리아 토리노 대회 이후 폐지됐다. 2010년에 UK로, 2014년 밴쿠버 동계 올림픽 주최국은 전통의 아이스하키 강국에만 출전에 지장이 없었다. 그러나 한국이 A그룹에 상대적 으로 12위 밖에 주리는 출전권을 타진하는 것은 현실적으로 불가능하다.

로버 카렐 IIHF 회장은 최근 "한국 아이스하키가 세계 랭킹 18위 내외일 경우 '평창 자동 출전권 부여를 추진하겠다'고 말했다. 평창 대회 출전 꿈을 이루기 위해서는 아직 갈 길이 멀다. 디비전 1 B그룹 우승은 열악한 환경에서 이뤄낸 눈부신 성과지만 여기에 만족할 수 없어 계속 꿈을 향해 달리는 것이 한국 아이스하키가 처한 냉정한 현실이다.

김철현기자 gcewla@hk.co.kr

한국 남자 아이스하키의 2012 IIHF 아이스하키 세계선수권 디비전 1 그룹 B 우승을 '빙판의 기적'이라고 표현한 〈한국일보〉 지면.

었다. 최대한 가까운 곳에서 응원하고 격려해주고 싶은 심정이었다. 그러나 규정상 내가 벤치에서 경기를 지켜보는 것은 불가능했다. '심정은 이해하지만 특히 HL 안양 소속의 대표팀 주축 선수들에게는 부담으로 작용해 역효과가 날 수 있으니 고정하시라'는 대표팀 관계자들의 만류도 이어졌다.

벤치에 들어갈 수 없다면 최대한 가까운 곳에서 선수를 응원하고 싶었다. 그래서 관중석에서 경기를 보는 대신에 최대한 벤치에 가까운, 보드 옆 공간에서 경기를 지켜보기로 결정하고 자리를 잡았다. 나도 모르게 선수들과 함께 싸우고 있다는 비장한 심정으로 경기 시작을 기다렸고, 선수들이 입장할 때 격려하는 뜻에서 모든 선수들과 주먹을 부딪치며 선전과 승리를 기원했다. 대표선수들이 경기장에 들어올 때 응원을 위해 주먹을 부딪치는 것은 지금도 내가 세계선수권에 동행할 때마다 경기 시작 전 치르는 일종의 '프리 게임 세리머니'다.

예상대로 폴란드는 어려운 상대였다. 경기 시작과 함께 폴란드의 맹공이 펼쳐졌고 1피리어드 초반 선제골과 추가골을 잇달아 허용하며 끌려 갔다. 그러나 포기하기에는 이른 시간이었고, 내 머리 속에는 크레인스를 물리치고 첫 우승을 차지하던 2010년 아시아리그 아이스하키 파이널 5차전이 떠올랐다. 경기 종료 때까지 선수들과 함께 싸운다는 자세로 힘을 불어넣겠다는 결연한 각오가 생겼고 자연스럽게 내 응원 목소리의 데시벨도 높아져갔다.

한국의 만회골이 터지자 나도 모르게 함성이 터져 나왔다. 한 골 차로 따라붙으며 1피리어드가 종료됐다. 현재 같은 흐름이라면 충분히 이변 연출을 기대해볼 만한 분위기였다. 경기의 중요성을 누구보다 잘 알고 있고, 누구 보다 승리가 절실할 선수들도 어느 때보다 높아진 집중력과 비장한 자세로 경기에 임하고 있었다.

2피리어드 초반 들어 동점골마저 터지며 승부는 원점으로 돌아갔다. 나도 모르게 주먹에 불끈 힘이 들어갔다. 한국과 폴란드는 여러 차례 파워 플레이 기회를 주고받았지만 양팀 모두 기회를 마무리 짓지 못했다. 추가 골이 나오지 않으면서 2피리어드가 2-2로 종료됐고 락커로 향하는 우리 선수들 모두와 일일이 주먹을 부딪치며 필승의 의지를 함께 나눴다. 어려운 상황에서도 끝까지 최선을 다하고 있는 선수들의 모습이 믿음직스러웠다.

긴장되는 팽팽한 승부가 이어졌다. 플레이오프와 마찬가지로 세계선수권 같은 단기전, 특히 우승이 결정되는 단판 승부 같은 중요한 경기 후반에는 리드를 먼저 잡는 팀이 절대적으로 유리하다. 3피리어드가 시작된 지 10분 남 짓 흘렀을 무렵, 한국의 역전골이 터져 나왔다. 온몸에 소름이 돋을 정도로 짜릿한 순간이었다. 아시아리그 아이스하키에서와 마찬가지로, 한국 아이스 하키는 분명히 과거와는 달라져 있었다.

경기가 종반으로 접어들수록 폴란드의 공세 수위가 높아져갔다. 한국 골 네트로 폴란드의 슈팅이 빗발쳤다. 긴장되는 순간이었다. 사력을 다해서 버 텨 내기를 바랐고 다행스럽게 폴란드의 만회골이 나오지 않으며 경기 종료 버저가 울렸다. 우승이 확정된 선수들은 한데 엉켜 환호했다. 한국 아이스하 키가 세계선수권에서 단 한 번도 꺾어보지 못한 상대를 누르고 차지한 감격 적인 우승이었다.

우승 메달을 수여받기 위해 시상대에 오른 선수들은 태극기가 게양되자 애국가를 합창하며 눈물을 쏟아 내기 시작했다. 그간 대표팀에서 겪었던 설 움이 폭발하는 듯 오열하는 선수도 있었다. 크리니카 하늘에 올라가는 태극 기를 보자 나도 모르게 눈시울이 뜨거워졌다. 아이스하키 대표팀 선수들이 그간 받았을 설움은 누구보다도 잘 이해가 됐다.

비인기 종목이라는 이유로 아이스하키 대표팀 선수들은 국가대표 선수로 제대로 인정받지 못했다. 축구나 야구처럼 많은 팬들의 응원을 받으며 경기 를 치러보는 것이 이들의 소원이었다. 아이스하키가 대중적인 관심을 받지 못하니, 자연히 대표팀을 관리하는 대한아이스하키협회의 살림도 펼 날이 없었다. 부족한 예산 탓에 세계선수권 준비를 위한 현지 적응 훈련이나 사전 전지 훈련 등은 언감생심이었다. 세계선수권 대회에 나설 때마다 라면을 준 비해 숙소에서 끓여 먹는 것은 선수들의 일상이었다.

한국에 동계 올림픽 개최 바람이 불 때도 아이스하키 대표팀은 소외를 받 았다. 메달을 따낼 수 있는, 이른바 '효자종목'이 아니라는 이유에서다. 우여 곡절 끝에 한국이 동계 올림픽 유치에 성공했지만 안방에서 열리는 올림픽 출전에 대한 꿈을 유일하게 이야기할 수 없는 종목이기도 했다.

감격에 겨워 눈물을 흘리는 선수들을 보며 나는 이들을 위해, 한국 아이스하키의 올림픽 출전권을 위해 뭔가를 해야 한다고 마음먹었다. 많은 관중들의 응원과 관심을 받으며 경기를 치르고 싶은, 이들의 소박한 꿈을 이루기 위해서는 안방에서 열리는 2018년 평창 동계 올림픽은 결코 놓칠 수 없는 기회였다. 나는 한이 맺힌 듯 시상대 위에서 눈물을 쏟아내는 선수들이 안방에서 열리는 올림픽에서 만원 홈 관중들의 응원 속에 세계적인 강호들과 싸우는 모습을 그려보며 대표팀 전력 강화를 위해 움직이기로 했다. 후술하게 될 '핀란드 프로젝트'가 2012년 시작되고 이어서 내가 심사숙고 끝에 2013년 대한아이스하키협회장 선거에 나서게 된 계기다.

사실 2018 평창 올림픽 개최가 확정된 후, 아이스하키 관계자를 포함한 여러 체육계 인사들이 나를 찾아와 대한아이스하키협회 회장으로 추대하겠다는 뜻을 전해왔다. 하지만 선뜻 받아들이기가 쉽지 않았다. 여러 상황을 종합했을 때, 올림픽 출전권 획득을 장담하기 어려운 여건에서 무거운 책임을 떠안는다는 부담이 적지 않았던 탓이다.

그러나 폴란드 크리니카에서 울려 퍼진 애국가와 선수들의 눈물은 내 마음에 깊은 울림을 전해왔고, 결국 올림픽 출전권 획득을 향한 도전을 내게 주어진 소명으로 기꺼이 받아들이기로 마음먹었다.

부다페스트의 불타는 토요일

    2012년 세계선수권 디비전 1 그룹 B에서 감동적인 우승을 차지하며 디비전 1 그룹 A로 승격한 남자 아이스하키 대표팀에 2013년 세계선수권은 2012년 이상으로 중요한 의미를 갖고 있었다. 디비전 1 그룹 A정도에만 머물 수 있다고 해도 2018 평창 올림픽 본선 출전권을 요청할 수 있는 논리적 근거로 작용하기 때문이다. 2013년 당시 세계선수권 디비전 1 그룹 A에 속해 있던 일본은 1998년, 이탈리아는 2006년 각각 개최국 자격으로 동계 올림픽 본선에 출전한 이력을 갖고 있기 때문이다. 한국 아이스하키가 디비전 1 그룹 A에서 생존한다면, 올림픽 본선에 개최국 자격으로 자동 출전권을 얻을 만한 자격이 있음을 입증하는 셈이었다.

    이런 까닭에 무조건 살아남는 것을, 어떻게든 생존하는 것을 목표로 설정했다.

    당시 대회는 헝가리 부다페스트에서 열렸고 맞불을 상대는 카자흐스탄, 일본, 헝가리, 영국, 이탈리아였다. 아이스하키 세계선수권에서 강등을 모면하기 위해 필요한 승점은 6점이다. 물론 경우에 따라서 4점이나 5점으로도 최하위를 모면하는 경우도 있지만 6점이라면 해당 세계선수권 디비전에 잔류할 가능성은 100퍼센트라고 봐도 좋다. 문제는 디비전 1 그룹 A부터의 상대들은 과거와는 레벨이 완전히 달라진다는 점이다.

2012년 올림픽 예선에서 붙어본 경험이 있는 영국과 일본은 충분히 상대해볼 만하다고 여겨졌다. 월드챔피언십 승격과 강등을 반복하는 카자흐스탄과 이탈리아는 승점을 기대하기에는 버거운 대상이었고 헝가리는 세계선수권에서 몇 차례 붙어봤지만 아직 승리한 경험이 없는 만만찮은 상대였다. 대표팀 전력을 끌어 올리기 위한 확실한 카드가 필요한 상황이지만 저변이 취약한 한국 아이스하키에서 대표팀 전력을 상승시킬 새로운 선수가 배출되는 것은 결코 쉬운 일이 아니었다. 대학 팀에 가능성 있는 젊은 선수들이 없는 것은 아니었지만 대표팀의 전력을 일거에 상승시켜 강등을 막아낼 수 있는 '확실한 카드'가 필요했다.

묘책이 제기됐다. 과거 동계 올림픽 개최국 자동 출전권을 받았고, 2013년 세계선수권에서 우리와 맞붙을 일본과 이탈리아의 사례를 벤치마킹하자는 것이었다.

일본은 1998년 나가노 동계 올림픽을 앞두고 NHL 선수들이 총출동하는 상황에서 전통 아이스하키 강국과의 전력 격차를 줄이기 위해 북미 출신 선수 7명을 귀화시켜 아이스하키 대표팀에 기용했고, 2006년 이탈리아는 한 술 더 떠 팀 로스터의 절반에 가까운 무려 11명의 귀화 선수를 기용했다. 외국인 선수를 귀화시켜 대표팀에 활용하는 것은 현실적으로 단기간에 대표팀 전력을 강화시킬 수 있는 유일한 방법으로 여겨졌다. 2010년 5월 국적법 개정으로 각 분야에서 눈에 띄게 우수한 재능을 지닌 외국인에게 한국 국적을 부여하는 길이 열렸는데 이 가운데는 체육 분야 우수 인재도 포함돼 있었다.

IIHF 규정을 확인한 결과 국적을 부여해 당장 대표팀에서 활용할 수 있는 선수는 HL 안양의 에이스 브락 라던스키와 하이원 디펜스라인의 중심을 잡는 브라이언 영이 있었다. 본인들의 의사를 확인한 결과 다행히 두 사람 모두 국적을 취득해 한국 아이스하키 대표팀에서 활약하는 것에 긍정적인 반응을 보였다. 라던스키와 영이 국적을 취득해 대표팀에 합류하면 2013년 세계 선수권 디비전 1 그룹 A 생존 가능성이 높아지는 데 더해 한국을 불신하는 IIHF에 '올림픽 출전을 위해 백방으로 노력을 기울이고 있다. 한국 체육 역사상 사례가 전무한 외국인에게 한국 국적을 부여해 대표팀에 기용할 정도다'라고 어필하는 부수적인 효과도 기대해볼 수 있었다.

그러나 브라이언 영은 대한체육회 심의를 통과하지 못했다. '한국 국적을 취득하기 위한 준비가 미흡해 보인다'는 이유에서 내려진 결정이었다. 우리 대표팀의 아킬레스건이 수비 라인이라는 점에서 몹시 아쉬운 결정이었지만 받아들일 수밖에 없었고 그나마 결정력이 빼어난 공격수 라던스키라도 심의를 통과한 것을 다행스럽게 여겨야 했다. HL 안양의 아시아리그 아이스하키 첫 우승은 라던스키의 맹활약에 힘입은 바가 컸다. 특히 중요한 순간에 결정적인 활약을 펼쳤다. 크레인스와의 파이널 1차전과 2차전 연장전에서 잇달아 결승골을 뽑아냈고 5차전 연장전에서도 김우재의 끝내기 결승골을 어시스트했다.

라던스키의 국적 취득 작업은 일사천리로 진행됐고 한국 체육사상 최초의 귀화 대표 선수인 그에게 언론은 '푸른 눈의 태극 전사'라는 별명을 붙여줬다. 당시 가장 우려했던 것은 언론의 반응과 국민 여론이었다. 외국 출신 선수의 대표팀 발탁은 한국 체육사에 단 한번도 없는 사례였다. '유독 혈통에 대한 자부심 강한 우리나라 국민 정서에 반하는 일까지 해가며 올림픽 출전권을 확보해야 하느냐'는 반응이 나오지는 않을까 걱정스러웠다. 다행히 언론은 평창 올림픽 출전권을 확보하지 못한 상태에서 '엷은 저변'이라는 한계를 넘어서기 위한 어쩔 수 없는 선택으로 이해해줬다.

HL 안양 선수들이 대표팀에서 많이 뛰고 있기 때문에 라던스키가 새로운 환경에 적응하는 데도 큰 어려움을 겪지 않으리라 전망됐다. 중요한 대회에서 성적을 내기 위해 일부 선수들은 예정된 군 입대를 연기하기도 했다. 그만큼 2013년 세계선수권은 한국 아이스하키에 절박한 대회였다.

당시는 평창 동계 올림픽 출전권을 확보하기 위한 대한아이스하키협회의 다채로운 노력과 시도가 언론의 관심을 끌기 시작할 때였다. 이례적으로 세계선수권에 출전하는 대표팀이 출국하는 모습을 담기 위해 공항에 사진 기자가 취재를 나오기도 했고 대회 현장에는 TV 조선 취재진이 동행했다. 스포츠 전문 다큐멘터리 감독도 아이스하키를 주제로 한 다큐멘터리 필름 제작을 위해 대회 현장을 방문했다. 한국 아이스하키의 대중화를 위해서라도 반드시 좋은 성적을 내야 할 대회였다.

어느 정도 예상을 했지만 대회 수준은 지난해 우승을 차지했던 디비전 1 그룹 B와는 비교할 수가 없이 높았다. 특히 유럽 선수들과 피지컬의 격차는 극복하기 어려운 수준으로 보일 정도였다. 이탈리아와의 첫 경기에서 0-4로 완패한 우리는 2차전에서도 개최국 헝가리를 맞아 어려운 경기를 펼쳤다. 1피리어드에만 3골을 허용하며 밀렸다. 헝가리 선수들은 페널티는 아랑곳하지 않는다는 듯 거침없이 보디 체킹을 가하며 밀고 들어왔고 2피리어드 초반 한 골을 따라붙었지만 곧바로 실점하면서 점수 차는 1-4로 벌어졌다.

헝가리 선수의 과격한 보디 체킹에 수비수 한 명이 큰 부상을 입고 병원으로 후송되는 안타까운 광경도 연출됐다. 경기장을 가득 메운 헝가리 홈 팬들은 '웅가리아!'를 연호하며 열정적인 응원전을 펼쳤다. 이렇게 많은 홈 팬들의 지지와 응원을 받으며 경기를 펼치는 헝가리 대표팀이 부럽기도 했다. 2피리어드까지의 상황을 고려할 때 흐름은 남은 시간 동안 바뀌기 어려울 것 같았다.

그런데 3피리어드 들어 경기 양상이 급변하기 시작했다. 우리 선수들 특유의 빠른 스케이팅이 살아나기 시작하며 한국은 차근차근 헝가리를 따라붙기 시작했다. 2피리어드까지 경기를 지배했던 헝가리 선수들은 예상치 못한 우

2013 IIHF 아이스하키 세계선수권 디비전 1 그룹 A 최종전에서 영국을 꺾은 후 촬영한 사진. 최종순위 5위였지만 우승한 것만큼이나 기뻤다.

리의 조직적인 반격에 당황하는 모습이 역력했다.

김기성의 만회골로 포문을 연 한국은 잇달아 득점포를 작렬하며 3피어어드 10분께 마침내 4-4 동점을 만드는 데 성공했다. 2피리어드까지 일방적인 경기가 진행되며 열광적인 응원을 펼치던 헝가리 관중들도 동요하는 기색이 역력했다. 현장에서 관전하고 있으면서도 좀처럼 믿어지지 않는 무서운 뒷심이었다. 우리 선수들이 다양한 경험을 쌓아가며 경기력뿐 아니라 정신적, 심리적으로도 성숙했음을 실감할 수 있었다. 결국 정규 피리어드에서 가려지지 않은 승부는 연장을 거쳐 페널티슛아웃으로 이어졌다.

페널티슛아웃의 첫 번째 슈터는 대표팀에 새롭게 수혈된 브락 라던스키였고 침착하게 슈팅을 헝가리 골 네트에 꽂아 넣었다. 헝가리의 첫 번째 슈터도 페널티샷을 성공시킨 가운데, 양팀 2번, 3번 슈터들이 모두 페널티샷에 실패했다. 이어서 한국의 4번 슈터로 나선 김기성의 스틱을 떠난 퍽이 헝가리 골네트에 꽂히고 헝가리 마지막 슈터가 페널티샷에 실패하면서 경기는 우리의 드라마틱한 5-4 역전승으로 막을 내렸다. 절박한 상황의 한국 아이스하키에는 천금과 같은 가치를 지닌 승점 2점이자, 남자 아이이스하키 대표팀이 헝가리를 상대로 9연패 끝에 기록한 첫 승리였다. 드라마틱한 승리를 국내외 언론은 '부다페스트의 기적'이라고 표현했다.

결국 한국은 이 대회 마지막 경기에서 영국을 4-1로 꺾고 승점 3을 추가하며 목표로 했던 세계선수권 디비전 1 그룹 A 잔류에 성공했다. 목표를 이룬 팀 분위기는 우승을 차지한 팀 못지않았다. 빙판에 모인 선수단과 함께 당시 대표팀 구호였던 '원바디(One Body)!'를 외치며 집게 손가락을 곧게 펴는 포즈로 단체 사진을 촬영했다. 사실 이 포즈는 챔피언에 오르는 팀들이 주로 사용하는 것으로, 우리의 단체 사진 모습을 본 일부 다른 팀 관계자들이 '5위에 그친 팀이 왜 저런 포즈를 취하며 단체 사진 촬영을 하고 저렇게 기뻐하지'라는 질문을 하며 의아해 했다고 한다. 그러나 우리로서는 처음 올라온 세계선수권 디비전 1 그룹 A 무대에서 살아남은 것만 해도 충분히 만족스러운 성과였다. 마침 대회가 끝난 날은 토요일이었고 목표 달성을 축하하기 위한 뒤풀이를 부다페스트 시내에서 갖기로 했다.

당시 분위기는 아시아리그 아이스하키에서 첫 우승을 차지한 2010년 회사 사옥 인근에서 열었던 축승 파티 이상이었다. 참가자 중에 가장 기억에 남는 사람을 들라면 단연 새롭게 대표팀에 선발돼 첫 번째 세계선수권을 치른 브락 라던스키의 가족들이다. 라던스키의 아버지와 형은 한국 대표로 처음 나서는 브락을 응원하기 위해 캐나다에서 날아와 경기 내내 태극기와 캐나다 국기를 양손에 든 채 열정적인 응원을 펼쳤고 라던스키는 5경기에서 3골 2어시스트를 기록하는 좋은 활약으로 대표팀의 생존에 기여했다. 가족을 응원하기 위해서라고 해도, 멀리서 방문해 한국 대표팀을 열렬히 응원했다는 것은 감사한 일이기에 부다페스트에서 열린 '생존 기념 파티'에 이들도 초대했다. 폴란드 사업장에서 온 회사 임직원 응원단도 합류했다.

당시 대회 1, 2위를 차지해서 2014년 월드챔피언십 승격에 성공한 이탈리아나 카자흐스탄 팀도 우리의 흥겨움을 따르지 못했을 것이다. 매년 성장하고 있는 남자 아이스하키 대표팀이 그렇게 대견스러울 수 없었다. 유럽에서 손꼽히는 아름다운 도시 부다페스트의 토요일 밤은 흥겹고도 뜨겁게 타올랐다. 유쾌하기 그지없던 '생존 기념 파티'는 결국 식당이 보유하고 있던 모든 종류의 주류를 모조리 동낸 뒤에야 파했다.

아아 잊으랴 어찌 우리 그날을

좀처럼 끝날 기미가 보이지 않고 장기전으로 진행되고 있는 러시아와 우크라이나 전쟁 관련소식을 접할 때마다 안타깝기 그지없다. 한국 아이스하키에 영원히 기록될 기억이 만들어진 장소가 전쟁으로 인해 폐허가 되고 있어서 더 마음이 아프다. 우크라이나 수도 키이우에서 열린 2017 세계선수권 디비전 1 그룹 A에서 2위에 오르며 '꿈의 무대' 월드챔피언십 승격에 성공한 후 아이스하키 대표팀 선수들은 잠깐이나마 인기 스포츠 스타에 버금 가는 대접을 받으며 '많은 사람들의 관심과 응원을 받고 싶다'는 소망을 이뤘다.

세계 최고 스포츠 브랜드의 후원을 받으며 광고 모델로 기용됐고, 스포츠 스타 가운데서도 김연아, 손흥민, 박찬호, 박지성급이 아니라면 어렵다는 유명 식품사 TV 광고 모델로도 출연했다. 국내외 언론으로부터 취재요청이 빗발쳤고 지상파 공영방송이 아이스하키 대표팀의 스토리를 다룬 연작 다큐멘터리를 제작하기도 했다.

〈동아일보〉, 〈조선일보〉, 〈중앙일보〉 같은 유력 매체의 1면과 종합 2면에 아이스하키 대표팀 소식이 다뤄졌고 해외에서 치르는 아이스하키 대표팀의 친선 경기가 국내 TV를 통해 생중계됐다. 대표팀 미디어데이에 수백명의 취재진이 몰려 성황을 이루기도 했다. 비록 오래 가지 못했다는 점이 아쉽지만 잠시나마 팀 스포츠 가운데서도 국민적인 지지를 받는 월드컵 축구 대표팀이나 WBC 야구 대표팀 정도나 누릴 수 있을 법한 경험을 했다.

나는 '한번이라도 많은 팬들의 응원과 관심 속에서 경기를 치르고 싶다'는 우리 선수들의 염원이 풀렸다는 점에서 이 당시를 회상할 때마다 흐뭇한 심정이다.

아이스하키 대표팀이 잠시나마 누렸던 꿈 같은 경험의 단초가 된 것이 바로 일명 '키이우의 기적'으로 불리는 2017 IIHF 세계선수권에서의 선전이다.

평창 동계 올림픽이 1년 앞으로 다가오면서 대표팀의 스케줄은 빡빡하게 짜이기 시작했다. 특히 2017년 상반기에는 중요한 대회와 행사가 집중됐다. '선수들이 체력적으로 버텨낼 수 있을까'는 걱정이 될 만큼 타이트했다. 2월에는 6년 만에 열리는 동계 아시안게임이 일본 삿포로에서 개최됐다. 금메달을 따낼 경우 선수들이 병역면제 특례를 받을 수 있다는 점에서 최정예 대표팀이 파견될 예정이었다.

3월에는 평창 올림픽 아이스하키 경기장으로 사용될 강릉하키센터 준공을 기념한 러시아 25세 이하 대표팀과의 친선 경기가 예정돼 있었다. 역시 진정한 아이스하키 강국을 상대로 경험을 쌓을 수 있다는 점에서 놓치기 아까운 기회였다. 이후 4월에는 연중 가장 중요한 대회라고 할 수 있는 아이스하키 세계선수권이 기다리고 있었다.

가용할 수 있는 자원이 제한적인 한국 아이스하키의 특성상 3개 대회 모두 동일한 선수로 치를 수밖에 없는데, 여기에 아시아리그 아이스하키까지 더해질 경우 일정은 더욱 타이트해진다.

내심 금메달을 기대했던 삿포로 동계 아시안게임에서는 카자흐스탄에 패배하며 은메달에 머물렀다. 물론 아시안게임 역대 최고 성적으로 높이 평가되어야 마땅한 성과였으나 여러모로 봤을 때 아쉬움이 남는 결과였다.

3월 18일과 19일, 강릉하키센터 완공 기념 러시아 25세 이하 대표팀과의 친선 경기를 앞두고는 걱정이 앞섰다. 우리가 러시아 수준의 진정한 세계 최강을 상대한 경험이 한 번도 없기도 했고 비록 25세 이하라고는 해도 세계 2위 리그로 평가받는 KHL에서 활약하는 선수들로 구성돼 우리에 비해 개인 기량이 월등할 것으로 예상됐다.

내한하는 선수들 중에 세르게이 슈마코프, 아나톨리 골리셰프, 비아체슬라프 레셴코 등은 KHL 내에서도 상당한 지명도가 있는 선수들이라는 내부 보고를 받고 걱정은 더 커졌다. '평창 올림픽 예행 연습 차원에서 TV로 생중계될 경기에서 참담한 점수 차로 패하는 망신을 당하지나 않을까' 하는 우려를 하지 않을 수 없는 상황이었다. 그렇지 않아도 타이트한 스케줄을 소화하고 있는 선수들이 참패를 당하며 사기가 떨어지고 자신감을 잃지나 않을까 하는 점도 걱정스러웠다.

하지만 내 모든 걱정은 '기우'에 불과했다. 비록 승리하지는 못했지만 우리 대표팀은 전원이 KHL 소속 선수들로 구성된 러시아 25세 이하 대표팀을 상대로 대등한 경기를 펼쳤다. 1차전에서 3 대 4로 패배했지만 나는 우리 선수들이 또 한 단계 성장했다는 대견함과 여러가지 걱정들이 해소됐다는 안도감에 아낌없는 박수 갈채를 보냈다.

특히 세계 최강을 상대하면서도 기죽지 않고 정상적인 플레이를 펼치며 추격전을 펼쳤다는 점이 자랑스럽기만 했다. TV로 생중계된 경기에서 이렇게 좋은 플레이를 펼쳤다는 것이 더더욱 대견스러웠다. TV 전파를 많이 타는 프로 종목과 달리, 대중에 노출될 기회가 적은 아이스하키 같은 종목은 오랜에 방송 중계될 경우 선수들이 심리적으로 부담을 느낄 가능성이 높다. 그러나 우리 대표팀은 경기 초반 실점에도 불구, 후반으로 갈수록 좋은 경기력을 보이며 한 골 차까지 따라 붙는 선전을 펼쳤다. 긴장하거나 흥분한 모습은 전혀 볼 수 없었다.

평생 잊지 못할 아이스하키 월드챔피언십 승격의 순간, 말로 형언하기 어려운 감동을 양승준 올림픽준비기획단장(왼쪽)과 필자의 표정이 잘 설명해준다.

평점을 준다면 10점 만점에 10점을 주고 싶을 정도로 만족스러웠던 1차전에 이어 열린 2차전 결과는 2 대 5 패. 역시 망신스러운 수준은 아니었고 2골이나 성공시키며 대등하게 맞섰다. 1차전 선전이 결코 우연히 만들어진 것이 아니라는 사실이 확인된 셈이다. 우리 대표 선수들이 또 한 단계 성장했음을 확인한 나는 다음달 열릴 2017 세계선수권 디비전 1 그룹 A가 기다려졌다.

우크라이나 키이우에서 열리는 대회 상대는 카자흐스탄, 오스트리아, 헝가리, 폴란드, 개최국 우크라이나였다. 만만히 볼 수 있는 상대는 없었지만 러시아 25세 이하 대표팀과의 친선 경기에서 보여준 모습이라면 이기지 못할 팀도 없다는 생각이 들기도 했다. 일부에서 '쉬운 상대가 하나도 없고 우크라이나 키이우까지 장거리 이동이 부담스러운 상황에서 대표팀을 소집해서 훈련할 시간도 부족하다'는 이유로 너무 높은 기대를 갖지 말라는 충고를 건네기도 했지만 강릉하키센터 개장 기념 경기에서 내 눈으로 직접 확인한 우리 대표팀의 실력은 세계선수권에 대한 내 기대치를 높이기에 충분한 것이었다.

첫 상대는 폴란드였다. 2012년과 2016년 적지에서 치른 세계선수권에서 꺾은 상대라는 점에서 충분히 승산이 있었다. 경기 결과는 4-2 승리.

한국 남자 아이스하키 대표팀이 디비전 1 그룹 A로 승격한 후 세계선수권 첫 경기에서 승리하기는 처음이었다. 기대대로 러시아 25세 이하 대표팀과의 경기에서 자신감 넘치는 플레이를 펼쳤던 선수들이 폴란드전에서도 활기 넘치는 플레이로 승리를 주도했는데 이 경기의 백미는 3-1로 앞선 3피리어드 초반 터진 김상욱의 쐐기골이었다. 상대 공격지역 왼쪽에서 문전까지 퍽을 끌고 들어가 침착한 스틱워크으로 폴란드 수문장의 중심을 무너뜨린 후 백핸드샷으로 마무리했다. 과거 우리 선수들에게는 찾아볼 수 없었던, 세련되고 침착한 마무리였다. 선수들이 확연하게 높아진 자신감을 갖고 대회에 임하고 있음을 다시 한번 확인할 수 있는 멋진 장면이었다.

두 번째 경기 상대는 대회 최강으로 꼽히는 카자흐스탄과의 대결이었다. 앞서 열린 삿포로 동계 아시안게임에서 카자흐스탄에 패하며 금메달 기회가 날아갔던 만큼, 반드시 설욕전을 하고 싶었지만, 카자흐스탄은 KHL 소속 선수들을 주축으로 NHL 출신의 캐나다, 미국 귀화 선수 5명까지 대회에 출전시켜 삿포로 동계 아시안게임 당시와는 비교할 수도 없을 정도로 전력이 강화된 상태였다. 특히 브랜든 보첸스키라는 미국 출신 공격수는 2007년 IIHF 월드챔피언십에 미국 대표팀의 일원으로 출전한 경력까지 지니고 있었다.

예상대로 쉽지 않은 경기가 진행됐다. 1피리어드 8분께 미국 대표 출신 귀화 선수 보첸스키가 선제골을 뽑아냈다. 그러나 우리도 곧바로 만회골을 터트리며 응수했다. 러시아와의 친선 경기부터 유독 좋은 컨디션을 보이던 안진휘가 김기성의 어시스트를 받아 동점골로 마무리했고, 1피리어드는 1-1로 맞선 채 종료됐다. 전반적으로 카자흐스탄 쪽에 좀 더 점수를 줄 수 있는 경기 내용이었지만, 과거와 같이 눈에 띄게 커다란 힘의 차이가 느껴지지 않던 1피리어드였다. '잘 하면 대어를 잡을 수도 있겠다'는 기대감이 생기기 시작했다.

2피리어드에 카자흐스탄이 추가골을 만들어냈다. 이번에도 캐나다와 미국 귀화 선수들이 골과 어시스트를 기록했다. 2피리어드에도 밀리기는 했지만 준수한 경기력이었고 선수들은 크게 흔들리지 않는 모습을 보인 터라 3피리어드에 희망을 걸어볼 만한 상황으로 보였다.

카자흐스탄과의 경기 마지막 3피리어드는 내 아이스하키 인생을 통틀어 최고의 20분이라고 표현해도 좋을 만큼 통쾌했다.

12번 붙어서 한 번도 이기지 못했던 카자흐스탄에 소나기 펀치를 날린 끝에 시원한 KO승을 거뒀다. 3피리어드 초반 경기장의 A보드가 찢겨 나가면서 경기가 5분여 정도 중단이 됐는데, 이게 묘한 모멘텀으로 작용하며 경기 흐름이 급반전 됐다. 경기가 재개된 직후 한국에 동점골을 내주며 카자흐스탄은 갑자기 팀 전체가 흔들리기 시작했다.

한국은 신상훈의 득점포로 경기를 3-2로 뒤집었고 카자흐스탄을 일방적으로 몰아치기 시작했다. 카자흐스탄 문전에 우리 선수들이 날리는 슈팅이 한여름 소나기처럼 세차게 쏟아졌고 카자흐스탄은 한국의 무서운 뒷심 발휘에 당황하는 기색이 역력했다. 캐나다 출신 디펜스 알렉스 플란트의 추가골까지 터져 한국은 4-2로 달아났고 카자흐스탄 선수들은 신경질적인 반응을 보이기 시작했다. 아마 지금까지 한 번도 져본 경험이 없는 한국을 상대로, 캐나다와 미국 출신 귀화 선수까지 5명이나 합류한 가운데 이렇게 고전하리라는 예상은 전혀 하지 못했을 것이다.

3피어어드 11분께 카자흐스탄 선수들이 신경질적이고 거친 플레이로 잇달아 퇴장당하며 5 대 3 파워플레이가 시작됐다. '피니쉬 블로우'를 날릴 절호의 기회였다. 공격 지역에서 일사불란하게 연결되던 퍽은 절정의 감각을 보이 던 김기성의 스틱 블레이드에 걸렸고 카자흐스탄 골 네트에 시원하게 날아가 꽂혔다.

8분 남짓한 잔여 경기 시간과 흐름을 고려할 때 세 골 차이는 좁혀지지 않을 것 같았다. 마침내 경기 종료 버저가 울렸다. 누구도 예상하지 못했던 5-2의 '깜짝 승리', 카자흐스탄과의 맞대결에서 12차례 내리 패배한 끝에 만들어 낸 시원한 설욕전이었다. 10년 묵은 체증이 내려가는 듯 통쾌했다.

우승 후보를 상대로 완승을 거두는 이변을 연출해내자 한국 언론과 대중들의 반응이 뜨거워지고 있다는 말을 전해 들었다. 대회 최강 팀을 잡았으니 당연히 목표도 상향 조정되어야 할 일이었다. 휴대폰으로 한국 포털사이트 뉴스를 검색해보니 남자 아이스하키 대표팀의 이변 연출에 대한 보도가 헤아릴 수 없을 정도로 많았다. 스포츠는 역시 잘하고 볼 일이라는 생각이 들었다. 우승 후보 1순위를 꺾었으니 이제 더 이상 두려워할 팀은 없었다. 월드챔피언십 승격이라는 꿈 같은 일이 현실로 다가올 수 있다고 생각하니 가슴이 두근거렸다.

3차전 상대는 헝가리. 세계선수권은 물론 친선 대회에서도 많은 경기를 치러서 아주 익숙한 팀이었다. 카자흐스탄전에서 폭풍 같은 역전승을 거두며 상승세를 탄 우리 선수들의 기세는 헝가리를 상대로도 꺾이지 않았다. 선제골을 내주며 불안하게 출발했지만 김기성의 동점골로 승부는 원점으로 돌아갔고, 신상훈과 신상우 형제가 3피어어드에서 나란히 득점을 올리며 경기는 3-1 승리로 끝났다.

카자흐스탄전 역전승의 효과는 엄청났다. 헝가리전은 한국 시간으로 밤 11시에 시작됐는데, 인터넷 포털사이트에서 라이브 중계를 지켜본 사람만 2만여 명에 달했다고 한다. 구독자 100만 명을 거느린 유튜버가 부지기수인 요즘 세상에서 라이브 중계 시청자 2만 명이 뭐 그리 대단하냐고 반문하는 독자도 있을 수 있다. 하지만 '아이스하키 불모지', '비인기 종목 아이스하키'라는 수식어만 지겹도록 반복되는 한국에서 심야에 중계되는 아이스하키 대표팀 경기를 2만여 명이 지켜봤다는 것은 깜짝 놀랄 만한 일이었다.

헝가리전에서 가장 화제가 된 것은 신상훈의 결승골이었다. IIHF 인터넷 홈페이지의 표현을 빌리자면 '자신의 골을 자신이 어시스트한 희한한 골'이었다. 뉴트럴존에서 패스를 연결 받은 신상훈은 헝가리 문전으로 돌진해 들어갔고 헝가리 골 네트 뒤쪽으로 강한 슬랩 패스를 날렸다. 퍽은 보드를 맞고 다시 신상훈 쪽으로 흘러나왔고 신상훈은 되돌아온 퍽을 강력한 슬랩 샷으로 마무리, 헝가리 골 네트에 꽂아 넣었다.

헝가리전까지 세계선수권 3경기에서 승점 9점을 따내며 중간 순위 선두로 나서자 우리는 강력한 대회 우승 후보로 급부상했다. 그러자 IIHF 홈페이지에서 우리 대표팀 소식을 상세하게 전하기 시작했고 IIHF 관계자들이 우리 대표팀 관계자를 대하는 태도가 달라졌다. 나도 모르게 어깨가 펴지고 입꼬리가 올라가는 순간이었다.

언론 반응은 그야말로 폭발적이었다. 한국 아이스하키의 '깜짝 성과'에 대한 보도가 쏟아지고 있었다. 백지선 아이스하키 대표팀 감독은 2002 한일 월드컵에서 4강 신화를 이룩한 거스 히딩크 감독과 비견되고 있었고 '백지선 매직'이라는 표현까지 등장했다. 몇 년 전만 해도 극소수 매체를 제외한 대부분의 언론이 아이스하키를 관심 밖 종목으로 취급됐는데, 이제는 거의 모든 매체에서 아이스하키 대표팀의 세계선수권 3연승을 보도하고 있었다.

가용자원이 제한적인 상황에서 타이트한 일정을 견디고 매 경기 뒷심을 발휘해준 선수들이 기특하고 고마웠다. 남은 것은 '화룡점정', 2경기에서 승점 3점 이상을 따내면 2위를 확보할 수 있었다. 꿈의 무대로 여겼던 월드챔피언십 승격이 코 앞으로 다가왔다. 하지만 점점 고갈돼 가는 선수들의 체력이 걱정이었다. 이미 우크라이나에 오기 전 타이트한 스케줄을 소화한 데다가, 3연승을 거뒀다고는 하지만 피지컬 면에서 한국을 압도하는 폴란드, 카자흐스탄, 헝가리를 상대로 격전을 펼쳐 체력적인 부담이 가중된 상태였다. 오스트리아와의 4차전을 앞두고 주어진 하루의 휴식일에 최대한 컨디션이 회복되기를 기원해 보는 수밖에 없었다.

그러나 바닥이 드러나기 시작하던 선수들의 체력이 회복되는 데 하루의 휴식일은 턱도 없이 부족한 것이었다. 오스트리아와의 4차전에서 우려는 현실이 됐다. 0-5의 완패. 1피리어드에만 3골을 허용하는 등 시종일관 무거운 몸으로 오스트리아에 끌려 다녔다. 2피리어드 초반 오스트리아가 4번째 골을 넣자 백지선 감독은 전략적 결단을 내린 듯했다. 선발 골리 맷 달튼을 벤치로 불러들이고 백업 골리 박성제를 출전시켰다. 피로가 누적된 모습이 역력한 주전 수문장 맷 달튼에게 휴식을 배려하며 우크라이나와의 마지막 일전을 대비하기 위한 포석이라는 생각이 들었다.

한국 아이스하키에 건곤일척의 한판 승부가 될 우크라이나와의 마지막 경기는 오스트리아와의 4차전 이튿날인 4월 28일 열리는데, 비록 우크라이나가 대회에서 승점을 올리지 못하고 있었지만 오스트리아에 0-1, 폴란드에 1-2로 석패하는 등 내용을 뜯어보면 결코 만만하게 볼 수 있는 상대는 아니었다. 게다가 우리는 대부분의 선수들이 체력적으로 방전된 상태, 설상가상으로 오스트리아전에서 크고 작은 부상 선수들마저 여럿 나왔다. 가장 우려되는 것은 수비라인의 키플레이어 에릭 리건의 결장이었다.

우크라이나와의 마지막 경기는 예상대로 쉽지 않았다. 꿈의 무대로 진입하는 마지막 관문 통과만을 앞둔 선수들은 부상에도 불구, 경기 출전을 강행하며 투혼을 발휘했지만 우크라이나 골문은 좀처럼 열리지 않았고 1-1로 맞선 채 경기는 종료로 치닫고 있었다.

마이클 스위프트, 조민호, 신상훈(이상 왼쪽부터)이 카자흐스탄과의 2017 IIHF 세계선수권 2차전에서 승리한 후 환호하고 있다.

경기 막판 절호의 끝내기 찬스가 찾아왔다.

3피리어드 종료 49초를 남겨두고 우크라이나 선수 한 명에게 마이너 페널티가 선언된 것이다. 5분간 '서든 데스(득점시 경기 즉시 종료)'를 적용해 진행하는 아이스하키 연장전은 정규 피리어드와 달리 스케이터를 셋으로 줄이는데 활용할 공간을 넓혀서 득점 가능성을 높이기 위한 조치다. 페널티가 발생할 경우, 아이스하키 규칙상 최소 세 명의 스케이터는 빙판에 남아야 하기 때문에, 반칙을 저지른 팀 선수를 퇴장시키는 대신에 반칙을 당한 팀 스케이터를 한 명 더 투입한다. 즉 4 대 3 파워플레이가 진행되는 것이다. 5 대 4 파워플레이와 비교할 때 4 대 3 파워 플레이는 공격 측에 유리하다. 양팀의 인원을 합하면 5 대 4 플레이 때보다 2명이 줄어들어 공격 지역을 더욱 넓게 활용할 수 있기 때문이다.

꿈의 무대로 올라서기 위한 마지막 1승을 마무리할 수 있는 절호의 기회를 잡은 채 승부는 연장으로 이어졌다. 그러나 한국은 득점 기회를 살리지 못했다. 기도하는 심정으로 지켜본 연장 5분이 끝내도록 애타게 기다리던 결승골은 터지지 않았다.

승부는 페널티슛아웃으로 넘어 갔다. 앞서 카자흐스탄은 헝가리와의 마지막 경기에서 3-1로 승리하며 승점 11점으로 대회를 마감한 상황. 만약 우리가 우크라이나에 이기지 못해 승점 10점에 머물면 카자흐스탄이 2위로 내년 월드챔피언십으로 승격한다는 계산이 나왔다. 그러나 페널티슛아웃에서 우크라이나에 승리한다면 카자흐스탄과 승점에서 동률을 이루지만 승점이 같은 팀이 발생할 경우 상호간 전적을 우선 적용하는 IIHF 규정상 카자흐스탄전에서 승리한 우리가 2위, 카자흐스탄이 3위가 된다.

페널티슛아웃 1번 슈터로는 캐나다 출신 복수국적 선수인 마이클 스위프트가 나서 성공시켰다. 출발이 좋았다. 축구 승부차기와 마찬가지로 아이스하키 페널티슛아웃도 첫 번째로 나서는 선수의 성공 여부가 가장 중요하다. 한국의 2번 슈터 조민호의 슈팅은 빗나갔다. 우크라이나의 페널티샷을 수문장 맷 달튼이 철통같이 막아내고 있는 가운데 세 번째 슈터로 신상훈이 투입됐다. 빠른 순간 스피드와 슈팅 능력이 일품인 공격수다. 신상훈은 쏜살같이 우크라이나 골대로 쇄도해 들어갔고 강하게 날린 퍽은 우크라이나 골 네트로 빨려 들어갔다. 한국의 승리가 결정되는 순간, 온몸에 소름 끼치는 전율이 몰려왔다. 꿈의 무대라는 월드챔피언십 승격을 우리 힘으로 이뤄낸 것이다. 옆에서 함께 경기를 지켜보던 양승준 올림픽 준비기획단장과 얼싸안고 펄쩍펄쩍 뛰었다. 눈물이 나고 감당이 안될 정도로 감정이 북받쳤다.

2017년 4월 30일 인천국제공항에서 언론과 인터뷰하는 모습. 아이스하키 세계선수권 참가 후 귀국길에 이처럼 많은 취재진을 만난 것은 처음 겪는 일이었다.

내 아이스하키 인생에서 가장 잊을 수 없는 순간이었다. 실력이 떨어진다는 이유로 유럽 팀들과 IIHF 관계자들로부터 무시당했던 과거 세계선수권의 기억과 올림픽 출전권을 확보하기 위해 백방으로 뛰어다니던 일들이 생각났다. 우리도 이제는 당당한 월드챔피언십 국가가 됐다. 세계 아이스하키 16강에 오른 셈이다. 이제 누구도 한국 아이스하키를 박대하거나 대놓고 푸대접하지 못할 터였다.

IIHF의 요구를 결국 충족시켰다는 자긍심도 몰려왔다. 2012년 당시 IIHF는 한국에 평창 올림픽 개최국 자동 출전권을 부여하는 조건으로 남자 대표팀 랭킹 18위 이상을 내걸었다. 물론 4년간의 성적을 합산해 내는 IIHF 공식 랭킹은 아직 20위권이지만, 평창 올림픽이 열리는 2018년 세계 아이스하키 16강이 겨루는 월드챔피언십으로 승격한 쾌거는 IIHF가 내건 대표팀 전력 강화 증명 조건을 충족했다고 봐도 무방한 것이었다.

우리 대표팀 벤치와 빙판 위에서도 난리가 났다. 괴성에 가까운 환호성이 끊임없이 터지는 가운데 눈물 많은 백지선 감독은 감격을 이기지 못하고 평평 울고 있었다. 기진맥진할 정도로 체력이 떨어진 가운데 끝까지 최선을 다한 선수들을 일일이 끌어안고 격려했다. 여러가지 감정이 복합적으로 터져 나오는데 감당하기가 어려웠다.

우리의 월드챔피언십 승격을 한국 대표팀 이상으로 기뻐한 사람이 르네 파젤 IIHF 회장이었다. 당시 우크라이나전에서 승리하며 한국의 승격이 확정되자 파젤 회장은 흥분한 나머지 빙판 위를 가로 질러 한국 벤치로 찾아왔다. 공교롭게도 나 역시 이 역사적인 순간을 맞은 기쁨을 파젤 회장과 함께 하고 싶어서 VIP 박스 쪽으로 그를 찾기 위해 나섰는데, 파젤 회장이 보이지 않아 경기장을 둘러보니, 우리 팀 벤치로 찾아온 그의 모습이 눈에 들어왔다. 부랴부랴 다시 벤치로 돌아왔고 두 손을 함께 움켜쥔 채 월드챔피언십 승격의 감격을 나눴다.

사실 2014년 준연차 총회에서 한국 아이스하키의 2018 평창 동계 올림픽 본선 출전이 확정된 것은 파젤 회장 덕택이었다. 남자 대표팀이 2014 세계선수권 디비전 1 그룹 A에서 최하위에 머무는 등 한국 아이스하키의 국제 경쟁력이 검증되지 않은 상황에서도 파젤 회장은 '대표팀 경쟁력 강화를 위해 최선의 노력을 다하겠다'는 우리의 다짐을 믿고 어려운 결단을 내린 것이다. IIHF 내부와 국제 아이스하키계에서 '검증되지 않은 한국 아이스하키에 너무 빨리 올림픽 본선 출전권을 부여하는 것 아니냐'는 우려의 목소리도 있었지만, 파젤 회장은 한국 아이스하키의 열정과 의지를 믿고 우리를 지지해주었다.

3년 만에 한국 아이스하키에 대한 그의 믿음이 틀리지 않았음을 우리 스스로 입증해 보였으니, 파젤 회장으로서는 자신의 판단이 옳았음을 증명해낸 우리가 대견하기도 하고 고맙기도 했을 것이다. 월드챔피언십 자력 승격으로 어려운 처지에 몰렸던 우리를 믿고 쉽지 않은 결단을 내린 파젤 회장에게 보답했다고 생각하니 매우 기분이 좋았고, IIHF 관계자들에게도 면이 섰다.

귀국길은 꿈 같은 경험이었다. 이미 한국 아이스하키가 이뤄낸 월드챔피언십 승격이라는 성취는 주요 신문과 방송 등 전 언론 매체를 통해 알려졌다. 우리에 대한 뜨거운 관심은 귀국 비행기에서부터 확인할 수 있었다. 운항 도중 갑자기 기장의 특별 어나운스먼트가 흘러나왔다. "아이스하키 월드챔피언십 승격을 이룬 대표팀 여러분에 축하의 말씀을 드리며 귀국길 안전하게 모시겠습니다." 아이스하키 때문에 숱하게 항공편을 이용했지만 이런 특별 환대는 처음 경험하는 것이었다. 선수들도 믿기지 않는다는 표정이었다.

장관은 인천국제공항에서 연출됐다. 입국장에 숱한 취재진이 마중을 나온 것이다. 스포트라이트가 쉴 새 없이 터지는 가운데 인터뷰 요청이 쇄도했다. 세계선수권을 마치고 귀국할 때면 가족들 몇 명만이 마중 나오는 것이 전부였던 선수들은 어리둥절한 표정이었다. 선수들은 '축구 대표팀에나 있는 일이 우리에게 벌어지고 있다'고 신기해했고 '키이우의 기적'을 가능하게 한 일등공신 중 한 명인 김기성은 특유의 더듬거리는 목소리로 "이 상황이 지금 꿈인가 생시인가 싶은데요"라는 솔직한 심정을 밝혀 취재진의 폭소를 자아냈다.

문자 그대로의 금의환향. 벅찬 감정이 차오르며 아이스하키와 연을 맺은 후 가장 큰 보람과 환희를 느꼈다.

달라진 위상, 달라진 대접

'물 들어올 때 노 저어라'라는 말이 있다. '키이우의 기적'으로 인한 대중과 언론의 폭발적인 관심 증가는 한국 아이스하키를 알릴 수 있는 절호의 기회였다.

이 기회를 활용한다면 그동안 지긋지긋하게 들어야 했던 '비인기 종목', '소수 부유층을 위한 스포츠' 같은 달갑잖은 꼬리표를 떼어낼 수 있을지도 모른다는 생각이 들었다. 나부터 적극적으로 나서기로 했다. 한 지상파 뉴스 채널로부터 출연 섭외가 들어왔다. 스케줄이 맞지 않아 스튜디오 출연은 어려운 상황이었지만 대신 생방송 전화 인터뷰에 응하기로 했다. 자랑하고 널리 알릴 일이 생긴 마당에 숨고 피할 이유가 없었다. 적잖은 시간동안 진행된 인터뷰에서 '키이우 기적'을 되돌아보며 내년으로 다가온 올림픽 준비 계획에 대해 기분 좋게 설명했다.

확실히 달라진 걸 느낀 것이 아이스하키 관련 보도가 대폭 증가했다는 점이었는데, 늘어난 취재 요청에 개별적으로 응대하는 것보다 취재진들을 모아 놓고 '미디어 데이' 같은 이벤트를 진행해보는 것이 어떻겠냐는 의견이 나왔다. 마침 자랑할 일이 하나 늘어난 시기였다.

아이스하키에도 축구의 A매치 브레이크처럼 각국 아이스하키 리그를 중단하고 나라별로 친선 경기를 갖는 기간이 존재한다. 유럽을 중심으로 많은 대표팀 친선 경기가 열리는 이 때를 흔히 IIHF 인터내셔널 브레이크라고 부른다. 그런데 축구와 달리 IIHF 인터내셔널 브레이크는 철저한 계급제로 운영된다. 아이스하키 강국은 아무리 많은 매치 개런티를 지불한다고 해도 하수 나라를 상대해주지 않는다. 실력이 떨어지는 나라는 아예 IIHF 인터내셔널 브레이크를 활용할 수 있는 기회조차 갖기 어렵다.

특히 진입 장벽이 높은 것은 유럽 아이스하키를 선도하는 4개국으로 구성되는 유로하키투어다. 러시아, 핀란드, 스웨덴, 체코 4개국이 매 시즌 컵 대회를 몇 차례 치르고 여기에서의 성적을 종합해 최종 순위를 정하는 방식으로 운영된다. 스위스나 독일 슬로바키아 같은 만만찮은 실력을 가진 신흥 강국들도 절대 끼워주는 법이 없다. 4개국이 치르는 '그들만의 리그'인 것이다.

그런데 이 4개국 대회에 우리 대표팀을 초청해 경험 쌓을 기회를 주겠다는 파격 적인 제안이 왔다. '키이우의 기적'이라는 감격적인 사건을 경험한 직후의 일이다. 확실히 국제 무대에서 성과를 내니 우리를 바라보는 시각과 대접이 달라지고 있었다.

2017년 12월 모스크바에서 열리는 채널원컵이라는 이름의 친선 대회였는데 체코, 스웨덴, 핀란드, 러시아 외에 캐나다와 우리 한국이 스페셜 게스트로 초청됐다. 아이스하키 최강 중의 최강인 5개 강국이 우리에게 '겸상'을 허락한 것이다. 대회에서 우리와 경기를 치를 상대는 캐나다와 스웨덴, 핀란드였다. 톱 10 나라인 스위스나 독일의 출전도 허락하지 않는 대회에 우리가 초대를 받은 것이다.

모스크바 채널원컵 참가를 중심으로 대표팀의 향후 운영 계획을 밝히고 취재 편의를 위해 대표팀 선수들을 소집해 간단한 아이스훈련을 공개하는 식으로 대한아이스하키협회 출범 이후 최초의 '미디어 데이' 개최 계획이 확정됐다. 나는 내친김에 직접 프레젠테이션 발표자로 나서기로 했다. '미디어 데이'는 태릉 아이스링크에서 진행됐는데, 취재진의 숫자가 상상을 초월했다. 150명이 넘는 취재진이 모여 들었다. 올림픽이나 월드컵 같은 대형 스포츠 이벤트를 앞두고 진행되는 '미디어 행사'를 보는 듯했다.

나는 발표자로 나서 향후 대표팀 전력 강화 방안과 2018 평창 올림픽 본선까지의 스케줄에 대해 설명했다. 평소 언론 앞에 서는 것을 좋아하는 편은 아니지만 '우리에 대한 관심이 높은 지금 이 시기를 적극적으로 활용해 아이스하키에 대한 대중의 인지도를 높여 보자'라는 마음에 기꺼이 무대에 올라 마이크를 잡았다.

이 책을 빌려 당시 대한아이스하키협회 이사였던 김종엽 인트란스해운 대표와 임유철 H&Q 대표께 깊은 감사의 마음을 전한다. 두 분 덕택에 당시 미디어 데이 행사가 차질 없이 진행되고 마무리될 수 있었다.

당시 대표팀 빙상 훈련을 하는데 골리가 없었다. 여름이었기 때문에 맷 달튼은 휴가차 고향 캐나다로 돌아간 상태였고 박성제 등도 부상으로 훈련에 참석할 수 없었다. 소식을 들은 김 대표는 분연히 마스크를 쓰고 골대 앞에 섰다. 평소 아이스하키 마니아로 동호인 팀에서 수문장으로 뛰는 김 대표는 한 시간 동안 대표 선수들의 강슛을 온몸으로 받아냈다. 대표팀 선수들에 따르면 훈련 종료 후 락커에서 김 대표가 마스크를 벗었는데, 얼굴이 홍당무처럼 시뻘겋고 가쁜 숨을 몰아쉬어 '이러다 쓰러지시지는 않을까' 하는 걱정이 들 정도였다고 한다. 동호인들의 슛과 차원이 다른 대표 선수들의 강력한 슈팅을 한 시간이나 온몸으로 막았으니, 가사 상태가 된다고 해도 무리는 아니다.

임 대표는 백지선 감독 통역으로 급히 마이크를 잡았다. 통역을 맡고 있는 협회 직원이 긴급한 업무로 행사 초반 사무실로 돌아가서 마땅한 통역이 없는 것을 알게 된 임 대표는 두말없이 무대에 올라 언론을 상대로 한 백 감독의 질의응답을 도왔다.

러시아 모스크바에서 열린 남자 아이스하키 대표팀과 캐나다의 2017 채널원컵 1차전에 앞서 빙판에 도열한 양팀 선수들.

김 대표와 임 대표 모두 평소 아이스하키에 지대한 관심과 애정을 갖고 있는 분이고, 물심양면으로 선수들을 지원해 주신다. 이 책을 통해 두 분의 한국 아이스하키에 대한 무한한 애정과 지원에 다시 한번 감사드린다.

평창 올림픽 당시 맷 달튼 골리의 마스크 페인팅에 이순신 장군이 새겨진 것이 문제가 된 적이 있다. IOC는 이순신 장군 페인팅이 '국가 정체성과 관련한 정치적 메시지나 슬로건을 표현할 수 없다'라는 규정에 위반된다고 판단, 착용을 금지했고, 달튼은 어쩔 수 없이 테이프로 마스크의 이순신 장군 페인팅을 가리고 경기에 나섰는데, 당시 '충무공처럼 우리나라를 지키는 수호신의 역할을 해달라'는 의미에서 자비를 들여 이 페인팅을 해준 분들이 바로 김 대표와 임 대표였다.

모범생이 된 문제아

카자흐스탄 누르술탄에서 열린 2019년 IIHF 세계선수권 디비전 1 그룹 A
는 비교적 가벼운 마음으로 나섰다. 평창 올림픽이라는 큰 행사를 무사히 끝
낸 데다가 최하위에 머무르기는 했지만 2018 월드챔피언십에서 대표팀 선
수들이 NHL 스타들로 구성된 진정한 세계 최강을 상대하는 귀중한 경험을
쌓는 등 굵직한 이벤트와 숙제를 모두 해결했기 때문이다. 성적에 대한 압박
감에서 오랜만에 벗어난 대회기도 했다.

대회 상대는 익숙한 나라들이었다. 헝가리, 슬로베니아, 리투아니아, 카자
흐스탄 등 우리 대표팀이 세계선수권에서 여러 차례 맞붙어본 팀들이었다.
그렇지만 우리와 함께 월드챔피언 십에서 강등된 벨라루스는 한국 아이스하
키에 미지의 존재였다. 옛 소비에트 연방의 일원으로 만만찮은 실력을 갖췄
고 KHL 선수들이 주축을 이루고 있다는 정도만 알려졌을 뿐이다. 과거 세계
선수권에서 한번 만났는데, 우리가 1-12로 대패한 전적이 있었다.

첫 경기는 한국 아이스하키에 너무나 익숙한 헝가리였다. 2017년 우크라
이나 키이우 세계선수권 3차전 이후 2년 만의 재대결이었다. 우리 선수들이
강한 상대와 경기를 치르고 나면 비약적으로 발전하는 과정을 반복해왔다는

점에서 어떤 경기를 펼칠지가 궁금했다. 우리는 비록 승리하지는 못했지만 2018년 올림픽과 월드챔피언십이라는 세계 최고 레벨 무대에 두 차례 나서 11경기를 소화한 경험은 분명히 긍정적인 방향으로 작용할 것이라는 기대를 품고 경기 개시를 기다렸다.

1피리어드 공방은 1-1로 끝났고 2피리어드부터 한국 선수들의 높아진 경험치가 빛을 발하기 시작했다. 퍽 점유율 면에서는 비슷했지만 득점 기회에서의 마무리 능력은 확실히 한국 선수들이 한 수 위였다. 한국은 2피리어드와 3피리어드에 각각 2골씩 추가하며 5-1 완승을 거뒀다. 헝가리를 상대로 치른 세계선수권 경기 가운데 가장 편안한 승리였다. 처음 만난 2013년 헝가리 부다페스트에서 1-4로 끌려 가다 3피리어드 들어 4-4 동점을 만들고 페널티 슛아웃에서 어렵사리 승리한 후 마치 대회 우승을 차지한 듯 기뻐했던 과거가 떠올랐다. 처음으로 1승을 올렸다고 기뻐했던 상대를 6년 만에 4점 차로 완벽하게 제압한 것이다. 평창 올림픽을 준비하는 과정에서 한국 아이스하키가 큰 성장을 이뤘음을 실감할 수 있는 경기였다.

슬로베니아와의 2차전 결과도 궁금했다. 슬로베니아는 세계선수권에서 한국이 만날 때마다 고전을 면치 못했던 상대다. 피지컬 플레이에 능한 슬로베니아 스타일 자체가 빠른 스케이팅이 장기인 우리와는 맞지 않았다. 2016년 폴란드 카토비체에서 열린 세계선수권 4차전에서 슬로베니아에게 완벽하게 제압당하며 완패했던 과거도 떠올랐다.

슬로베니아는 이번 대회에서 좋은 성적을 내기 위해 세계 최고 아이스하키 리그인 NHL에서도 스타 대접을 받는 안제 코피타르를 소집한 상태였다. 연봉만 1,000만 달러가 넘고, LA 킹스 소속으로 두 차례나 스탠리컵 정상에 오르는 등 NHL에서도 특급 스타로 분류되는 슬로베니아의 아이스하키 영웅이었다. 과거 "NHL에서도 특급 공격수인 안제 코피타르가 슬로베니아 소속으로 세계선수권에 출전한다"는 소문에 선수들이 웅성거리던 기억도 났다. 그러나 과거처럼 코피타르의 명성에 짓눌리거나 기가 죽을 것 같지는 않았다. 이미 지난해 월드챔피언십에서 NHL 선수들의 진수를 맛봤으니까. 게다가 당시 우리가 상대한 코너 맥데이빗, 리온 드라이사이틀(이상 에드먼턴 오일러스), 패트릭 케인(디트로이트 레드윙스) 등은 안제 코피타르의 명성을 뛰어 넘는 슈퍼스타들 아니던가.

예상대로였다. 이미 NHL 슈퍼스타를 상대해 본 우리 선수들은 흔들리는 기색이 없었다. 1피리어드가 1-3으로 뒤진 채 종료될 때까지만 해도 '역시 슬로베니아는 넘어서기 어려운 우리의 천적인가'하는 생각이 들었다. 코피타르는 1피리어드에 2개의 어시스트를 기록하며 '명불허전'을 입증했다.

그러나 전열을 가다듬고 2피리어드에 나선 우리 선수들은 슬로베니아를 맹폭했다. 2피리어드에만 3골을 뽑아내며 역전에 성공했다. 3피리어드에서는 퍽 소유권을 독점하다시피 하며 슬로베니아 골대를 공략했고 종료 직전 신상훈의 엠티넷 추가골로 5-3 승리를 마무리했다. 만날 때마다 고전을 면치 못하던 천적을 마침내 무너뜨린 것이다. 문득 2017년 키이우 세계선수권 2차 전에서 카자흐스탄을 5-2로 꺾던 당시가 오버랩되며 '다음 시즌 월드챔피언십에 복귀할 수도 있지 않을까'하는 기대도 생겼다. 3차전에서는 카자흐스탄에 1-4로 졌다. 전반적인 경기 내용에서 카자흐스탄이 앞선, 변명의 여지가 없는 패배였다. 그러나 남은 2경기 결과에 따라 여전히 월드챔피언십 복귀의 가능성은 남아 있었다.

가장 쉬운 상대로 여겼던 리투아니아와의 4차전에서 이변이 일어났다. 헝가리, 슬로베니아전에서 보여준 날카로운 마무리 능력이 실종되며 1-2로 경기를 내주는 뜻밖의 상황이 벌어진 것이다. 리투아니아를 꺾으면 벨라루스와의 최종전 결과에 따라 월드챔피언십 복귀를 노려볼 수 있었다는 점에서 큰 아쉬움이 남는 결과였다.

카자흐스탄과 리투아니아에 당한 연패로 2위 내로 진입할 가능성은 사라

2017년 세계선수권 당시 한국의 월드챔피언십 승격을 축하하기 위해 우리 팀 벤치를 찾은 르네 파젤 IIHF 회장이 필자의 아내 홍인화와 악수를 나누고 있다.

졌고, 나도 아쉬움을 털어버리고 가벼운 마음으로 벨라루스와의 마지막 경기를 지켜보기로 했다. 대회 참가국 가운데 IIHF 랭킹이 14위로 가장 높고 NHL에 이어 세계 2위 리그로 평가되는 KHL 선수로 구성됐다는 점에서 쉽지 않은 경기가 예상됐다. 하지만 한국은 4골을 쓸어 담은 신상훈의 활약을 앞세워 4-1로 승리하며 '유종의 미'를 거두는 데 성공했다. 벨라루스전에서 4골을 터트리는 위력을 발휘한 신상훈은 대회 득점왕에 올랐다. 한국 선수가 세계선수권 디비전 1 그룹 A에서 득점왕에 오른 것은 처음 있는 일이었다.

경기 후 르네 파젤 IIHF 회장과 반갑게 해후했다. 경기장 반대편에 있던 파젤 회장은 나를 발견하고 반갑게 다가왔다. 아이스하키를 주제로 이런 저런 얘기를 나눴다. 올림픽을 준비하는 과정에서 여러 차례 만났기 때문인지 오랜 친구를 만난 듯한 기분이 들었다. 특히 그는 한국 아이스하키가 궁지에 몰렸던 2014년 향후 발전 계획에 믿음을 보내며 우리의 평창 올림픽 본선 출전을 확정해준, 한국 아이스하키에는 고마운 존재다. 파젤이 우리의 희망대로 올림픽 출전을 조기에 확정해줬기 때문에 우리는 대표팀 전력 강화에 집중할 수 있었고 고속 성장을 이뤄낼 수 있었다.

아이스하키 발전을 주제로 다양한 대화를 나누던 중 파젤 회장은 이번 대회에서 월드챔피언십 승격이 아쉽게 무산됐지만 경기력은 굉장히 훌륭했다고 한국 대표팀을 칭찬하면서 "한국은 저개발 상태에 있는 나라에 아이스하키를 어떻게 발전시키면 되는지를 보여주는 모범 사례. 국제 아이스하키계의 모범생"이라고 찬사를 보냈다.

만감이 교차했다. 평창 올림픽 본선 개최가 확정된 후 개최국 자격으로 출전권을 확보하기까지 3년이라는 시간이 걸렸고 현실적으로 달성 불가능한 조건을 제시할 정도로 한국 아이스하키를 불신했던 파젤 회장 아니었던가. 2013년 11월 파젤 회장의 신뢰를 회복하기 위해 대규모 출장단을 이끌고 스위스 IIHF 헤드쿼터를 방문했던 일도 떠올랐다. 한국 아이스하키의 성장 가능성을 의심하던 그가 지금 우리에게 '국제 아이스하키계의 모범생'이라는 최고 수준의 찬사를 보내고 있다.

스위스 출신의 파젤 회장은 나보다 5살 연상이다. 치과 의사로 일하다가 아이스하키 심판을 거쳐 체육행정가의 길로 접어든 독특한 이력을 갖고 있다. 2021년 9월 IIHF회장에서 퇴임한 그는 이후 모스크바에 머물며 KHL 관련 업무에 종사한다는 소문을 들은 것 같은데, 정확히 어떤 일을 하는지는 확인되지 않고 있다. 그와 연을 맺은 지도 11년이다. 올림픽 관련 업무 논의 차 여러 번 만났는데 그는 늘 우리 대한민국 편에 서 줬다.

나에게는 언젠가 꼭 한번 재회하고 싶은, 많은 추억을 함께 한 고마운 인물이다.

Period 3

넘어질 수는 있다,
다시 일어서는 것이
중요하다

앞의 장 도입부에서도 얘기했듯이 남이 가지 않은 길을 가는 것은 어려운 일이다. 돌부리에 채여 넘어지고 때로는 헛다리를 짚기도 한다. 웬만한 끈기와 도전 정신을 갖고는 이어갈 수 없는 일이다. 그러나 강한 의지와 명확한 목표를 가진 사람들은 아무리 채이고 넘어진다고 해도 다시 일어서서 갈 길을 이어 가기 마련이다. 우리나라 아이스하키가 걸어온 길이 이와 같다. 시행착오도, 위기도 많았다. 그러나 넘어질 때마다, 위기가 찾아올 때마다 강인한 정신력으로 다시 일어섰다.

재기의 희망을 본 1998년 1월 30일

많은 사람들에게 1997년 12월은 잊히지 않을, 또는 절대 잊을 수 없는 겨울일 것이다. 외환 위기라는 국가적 재앙이 우리나라 경제에 깊은 상처를 남겼다. 외환 보유고가 급감하자 정부는 마지막 수단으로 국제통화기금(IMF)에 구제금융을 요청했고 기업은 물론 우리나라 사회에 혹독한 변화가 강제됐다. 많은 기업집단이 분리 해산되거나 사라졌고, '구조조정'과 '희망 퇴직', '명예 퇴직'은 시대를 상징하는 유행어가 됐다.

한국전쟁 이후 가장 큰 국가 위기였다는 IMF 외환위기는 한국 사회 전반에 막대한 영향을 미쳤고 체육계도 예외가 될 수 없었다. 가혹한 구조조정 요청에 시달리던 기업들은 운영하던 스포츠 팀을 해체했다. 모기업이 도산하며 하루 아침에 없어진 팀도 여럿이다. 프로야구 쌍방울 레이더스, 한국 실업 배구 최고 명문으로 평가되던 고려증권이 대표적인 경우다.

그나마 두터운 팬 층을 확보하고 있는 인기 프로스포츠 종목의 형편은 나은 편이었다. 새로운 기업이 인수하며 이름만 바뀐 채 살아남을 수 있었다. 한때 한국 프로축구 최고의 인기 구단, 스타의 산실로 불리며 전국적인 인기를 끌었던 대우 로얄즈가 현대산업개발에 인수된 것이 대표적인 경우다. 인기를 끌지 못하거나 올림픽 등 국제대회에서 좋은 성적을 내지 못하던 종목들은 문자 그대로 살인적인 타격을 입었다.

우리 그룹에도 1997년 12월은 기억하기조차 싫은 겨울이다. 당시 한라그룹의 재계서열은 12위였는데, IMF 외환 위기를 극복하는 과정에서 만도기계, 한라중공업, 한라공조 같은 그룹의 핵심 사업체들을 모조리 잃었다. 한라건설만 살아남은 최악의 위기 상황에서 나는 눈물을 머금고 아이스하키단 유지를 포기할 수밖에 없었다. 쌍방울그룹의 공중 분해로 석탑건설 아이스하키 팀도 이미 해체 수순을 밟고 있었다.

창단 4년 만에 갈 곳을 잃을 젊은 선수들의 미래를 생각하면 어떻게든 아이스하키 팀을 지켜 내고 싶었다. 그렇지만 IMF 외환위기로 그룹이 치명상을 입은 중차대한 상황에서 스포츠단을 유지하는 것은 현명하지 못한 선택이라고 여겨졌다.

아이스하키 팀도 IMF 외환 위기로 나라 전체가 흔들리며 여러 스포츠 팀들이 공중 분해될 때 직감적으로 구단의 운명이 존폐 기로에 서 있음을 느꼈을 것이다. 그런데 아이스하키 팀 해체 쪽으로 굳어가던 내 마음을 180도 돌려 놓는 결정적인 사건이 발생한다.

아이스하키 코리아리그는 당시 국내에서 가장 규모가 큰 대회였다. 대학과 실업 팀이 모두 출전했다. 당시 아마추어 스포츠에서는 대학과 실업 팀이 함께 리그를 치르는 것은 너무나 자연스러운 일이었다. 농구대잔치나 배구리그인 백구의 대제전 등도 대학과 실업 팀이 모두 출전해 진행되고 있었다.

1994년 12월 만도 위니아라는 이름으로 창단한 이래 아이스하키 팀은 코리아리그 정상에 한 번도 서지 못했다. 그런데 IMF 외환위기로 그룹이 심하게 기우는 상태에서 선수들은 무서운 단결력과 투지로 1998년 1월 30일 열린 코리아리그 결승 5차전에서 당시 최고의 난적으로 꼽히던 연세대를 물리치고 첫 번째 정상에 오르는 감동적인 장면을 연출했다.

승리가 확정되는 순간 모든 선수들이 한데 엉켰고 감정을 주체하지 못해 펑펑 눈물을 흘리는 선수도 있었다. 그룹 사업이 번창해 해외 전지훈련을 다녀오던 시절에도 내지 못한 성과를 IMF 외환위기라는 직격탄을 맞고 그룹이 창사 이래 가장 큰 위기를 맞았을 때, 일치단결해 이뤄낸 것이다.

땀과 눈물이 범벅이 된 선수들의 얼굴을 바라보며, 나는 큰 감동을 받았고 어떤 일이 있어도 팀을 지켜 내기로 마음을 돌렸다. 구조 조정 과정에서 만도기계가 매각됐기 때문에 만도 위니아라는 이름은 더 이상 사용할 수 없어, 팀 이름은 한라 위니아로 바꿨다.

공교롭게도 HL 안양 구단과 모기업의 성적은 묘하게 궤를 같이 하고 있다. HL 안양은 2008~2009 시즌 아시아리그 아이스하키에서 처음으로 정규리그 정상에 올랐는데, HL그룹은 2008년 핵심 계열사 만도를 되찾았다. 나는 IIHF 명예의 전당 헌액식 수락 연설에서 '아이스하키가 만도를 되찾아오게 한 에너지의 원천'이라고 말했는데, 힘에 부치는 위기를 맞거나 넘어서야 할 장애물과 맞설 때마다 늘 1998년 1월 30일의 감동을 가슴에 새긴 채, '어떤 어려움이 오더라도 좌절하거나 용기를 잃지 말자'고 되뇌고 있다.

바람과 함께 사라진 올림픽 티켓

2013년 남자 아이스하키 대표팀이 처음으로 나선 세계선수권 디비전 1 그룹 A 대회에서 승점 5점을 따내며 잔류에 성공한 후, 대한아이스하키협회는 2014년 대회를 서울에서 치르기로 결정하고 IIHF에 대회 개최 신청서를 제출했다. 장거리 이동 등의 불편이 없고 '홈 어드밴티지'를 누릴 수 있는 안방에서 대회를 개최, 역대 최고 성적을 기록해 IIHF로부터 2018 평창 올림픽 본선진출권을 얻고자 하는 계획의 일환이었다. 국내에 수준 높은 대회를 개최해 아이스하키 붐업을 일으켜보자는 목표도 있었다. '도랑 치고 가재도 잡아보자'는 심정이었던 것 같다.

IIHF의 승인이 떨어지자 대한아이스하키협회는 축제 분위기였다. 2012년 디비전 1 그룹 B에서의 우승과 2013년 처음으로 승격한 디비전 1 그룹 A에서의 생존, 특히 홈팀 헝가리전에서의 극적인 역전승으로 남자 아이스하키 대표팀에 대한 믿음과 자신감은 하늘을 찌를 듯했다.

대표팀 주력 선수 다수가 포진한 상무 아이스하키 팀의 2013~2014 아시아리그 아이스하키 정규리그에서의 만화 같은 선전은 우리의 자신감을 더욱 높이는 요소였다. 2014년 세계선수권에서의 역대 최고 성적은 확고부동한 사실처럼 여겨졌다.

이런 가운데 IIHF는 "2014년 세계선수권에서 최하위만 면할 경우 평창올림픽 본선 출전을 조기 확정해주겠다"는 제안을 했다. 귀가 의심스러운 제안이었다. '강아지도 자기집 안마당에서는 반은 먹고 들어간다'는 속설도 있지 않은가. HL 안양의 경우를 보더라도 일본 원정보다는 안양 홈링크에서의 승률이 압도적으로 높았다. 이런 상황에서 IIHF의 제안은 "애초에 조건부 지급 결정을 내렸으니 올림픽 본선 출전권을 그냥 주기는 그렇고, 달성하기 쉬운 조건으로 하나 미션을 줄게" 정도로 들렸다.

대회를 개최하기에 목동아이스링크의 부대 시설이 여러모로 부적합하다는 견해에 따라 대회 장소는 고양 어울림누리 아이스링크로 바뀌었다. 당시 아시아리그 아이스하키 하이원의 홈 링크였다.

대한아이스하키협회는 "세계선수권에서 올림픽 출전권을 확약 받음과 동시에 서울, 고양 등 인구 밀집 지역을 중심으로 아이스하키 바람을 일으켜보자"는 원대한 꿈에 부풀어 있었다. 돌 한 개로 두 마리 새를 손쉽게 잡을 수 있을 듯했다.

대회를 성대하고 화려하고 거창하게 치르기 위한 회의가 연일 이어졌다. 누구도 대표팀이 안방에서 열리는 대회에서 최하위를 할 거라는 생각조차 하지 않고 있었다. 대표팀 주축을 이루고 있는 상무 선수들이 아시아리그 아이스하키에서 커리어 하이 시즌을 보내고 있었고, 아시아리그 아이스하키의 '포인트 머신' 마이클 스위프트와 2013년 승인을 받지 못했던 파워풀 디펜스 브라이언 영의 국적 취득도 순조롭게 마무리됐다. 이들이 가세한 대표팀 전력은 역대 최강일 것이 확실해 보였다.

그러나… 대회의 가장 중요한 요소였던 남자 아이스하키 대표팀은 대회가 다가오면 올수록 흔들리고 있었다. 아이러니하게도 홈에서 대회를 치르다 보니 대표 선수들의 훈련 집중을 방해하는 경기 외적 요소가 너무 많다는 것이 문제였다.

원정 경기로만 대회를 치르던 선수들도 편안하게 홈에서 대회를 준비하고, 또 최근 들어 세계선수권에서 거푸 좋은 성적을 내다보니 지나친 자신감을 가진 듯했다. 그렇기 때문에 긴장한 상태로 훈련에 집중하기보다는 지인들에게 줄 초대권을 확보하고, 자기가 몇 라인에서 뛰는지, 아이스타임은 얼마나 되는지 등에 지나치게 신경을 쓴 것이다. 오래간만에 한국에서 치르는 대회에서 멋진 모습을 보이고 싶은 마음은 이해되지만, 지나치게 안이하지 않았나 싶다.

대회 준비차 러시아 블라디보스톡으로 전지훈련을 간 것도 결과적으로 잘못된 선택이었다. 이미 마음이 두둥실 떠 있던 선수들은 훈련보다는 경기 외적인 부분에 더 신경을 쓰는 일이 계속됐다.

대대적인 마케팅으로 아이스하키 붐업을 일으키자는 계획도 틀어졌다. 대회 개막을 불과 4일 앞두고 세월호가 침몰하는 대참사가 일어난 것이다. 전국민이 슬픔에 빠져 있는 상황을 고려해 대회를 최대한 조용하고 차분하게 치러야만 했다.

대회 개막 직전까지 대표팀은 좀처럼 안정을 찾지 못하고 있었다. 홈에서 열리는 중요한 대회를 앞둔 선수들은 심리적으로 흔들리고 있었다. 부담감을 이기지 못해 대한아이스하키협회 직원들에게 홈에서 열리는 큰 대회를 앞둔 불안감을 토로할 정도였다.

우여곡절 끝에 개막한 대회에서 대표팀의 경기력은 기대 이하였다. 그나마 같은 팀 선수들을 짝 지어 놓은 공격진은 그런대로 제 몫을 했는데 수비 조직력이 심하게 흔들리며 너무 쉽게, 많은 골을 허용했다. '최후의 보루' 역할을 해줘야 할 골리진의 부진도 아쉬웠다.

헝가리와의 1차전에서 4-7로 졌고 슬로베니아와의 2차전에서는 0-4로 완패했다. 오스트리아와의 3차전은 한국 아이스하키의 약점이 고스란히 드러

한국은 오스트리아와의 **IIHF** 아이스하키 세계선수권 디비전 1 그룹 **A** 3차전에서 초반 잡은 3-0 리드를 지키지 못하고 역전패했다.

난 경기였다. 경기 시작 후 세 골을 잇달아 넣으며 3-0의 리드를 잡더니, 그 리드를 지키지 못하고 4-5 역전을 허용하며 1피리어드를 끝냈고 결국 4-7로 패했다. 강등 여부가 걸린 4차전 상대는 숙명의 라이벌 일본. 그러나 대표팀의 경기력은 회복되지 않았고 2-4로 패배하며 대회 최하위가 확정됐다. 방한한 르네 파젤 IIHF 회장이 지켜보고 있어 더욱 민망했다.

손 안에 이미 들어온 듯했던 올림픽 출전 티켓은 바람과 함께 사라지고 말았고 대표팀은 우크라이나와의 마지막 경기에서도 무기력한 경기로 일관한 끝에 2-8의 참패를 당하며 대회를 마감했다. 안방에서 열린 대회에서 단 1점의 승점도 따내지 못한 것이다.

그러나 손 놓고 앉아 있을 수는 없는 일이었다. 이번 대회에서 치명적인 약점을 노출하며 무너진 대표팀을 재건하고, 실패한 올림픽 출전권 확보를 위한 노력도 이어가야 했다. 열심히 대회를 준비한 대한아이스하키협회 임직원들에게 실망하지 말고 다시 뛰자고 격려하면서 새로운 대표팀 사령탑을 구하는 작업부터 시작할 것을 지시했다.

내가 최악의 결과에도 불구, 낙담하지 않고 다시 뛸 용기를 낸 데는 르네 파젤 IIHF 회장이 준 조언이 큰 힘이 됐다. 파젤 회장과 대회 폐막 후 고양 일산에 위치한 대명 엠블호텔(현 소노캄 고양) 중식당에서 식사를 함께 했는데, 그가 진지한 표정으로 나에게 질문을 던졌다.

"미스터 정, 한국 아이스하키는 정말로 2018 평창 동계 올림픽 출전을 희망합니까?"

우리의 의지와 열정을 다시 한번 확인하기 위한 질문으로 여겨졌다. 간절하게 바라고 있다고 답했다. 그러자 그는 새로운 조건을 내걸었다. "2018 평창 동계 올림픽 출전을 원한다면, 우선 외국인 감독부터 선임하십시오. 또 복수국적 선수(우수인재 특별귀화)는 최소 7명을 활용해 대표팀 전력을 강화할 것을 권고합니다. 올림픽까지 시간이 많지 않기 때문에, 인적자원을 보강하고 대표팀 전력을 끌어올리려면 많은 예산이 필수적입니다. 최소 2,500만 달러(당시 환율 기준 약 256억 원)는 투입해야 할 것입니다. 가능하겠습니까?"

벼랑 끝까지 몰린 처지에 올림픽 출전권 확보를 위해서는 못할 일이 없었다. IIHF의 요구 사항을 전적으로 받아들이고 이행하겠다고 답했다. 그는 고개를 끄덕이면서 "새로운 사령탑은 아이스하키 종주국인 캐나다에서 구하고, 이번 대회에서 대량 실점하며 한국 대표팀의 가장 큰 문제로 노출된 수문장도 귀화 선수로 보강하는 게 좋겠다"는 구체적인 충고를 더했다.

이후 파젤 회장의 조건과 충고를 이행하기 위해 백방으로 뛰었고, 백지선 감독을 선임하고 맷 달튼 골리를 영입했다. 파젤 회장이 건넨 조건과 충고는 한국 아이스하키의 변곡점 역할을 한 확실한 솔루션이었고, 파젤 회장의 조건을 충족한 이후 한국 아이스하키는 전성기를 맞이했다.

34년, 20경기 만에 성공한 감격의 극일

2014년 세계선수권에서 일본에 당한 치욕은 반드시 돌려주고 싶었다. 안방에서 오랜만에 열린 일본 대표팀과의 경기에서 졌다는 것, 그러면서 대회 최하위로 전락하고 2018 평창 올림픽 출전권까지 놓쳤다는 사실은 쉽게 잊을 수 없는 수모였다.

기회는 예상보다 빨리 왔다. 대표팀은 2015년 네덜란드 에인트호벤에서 열린 세계선수권 디비전 1 그룹 B 대회에서 1위를 차지, 디비전 1 그룹 A로 복귀했고 2016년 세계선수권에서 일본과의 리턴매치가 성사됐다.

1982년 첫 만남(세계선수권 C풀)에서 0-25로 대패한 후 2014년 고양세계선수권에서의 패배에 이르기까지 무려 20경기(1무 19패)동안 이어지고 있는 일본전 무승 사슬을 반드시 끊어 내고 싶었다. 대회 장소는 폴란드 카토비체. 수문장 맷 달튼과 디펜스 에릭 리건이 한국 국적을 취득해 대표팀에 합류하면서 '복수혈전'을 위한 전력 보강도 순조롭게 마무리됐다.

2014년 고양 세계선수권 대회 이후 환골탈태에 성공한 대표팀의 첫 상대는 오스트리아. 2-0 리드를 지켜내지 못하고 페널티슛아웃까지 끌려가 끝내 2-3 역전패를 당하고 만 결과는 아쉽지만 일단 지더라도 승점을 확보했고 2

년 전 같이 스펙타클한 널뛰기 경기를 이제 보지 않아도 된다는 점에 마음이 놓였다.

홈 경기 폴란드와의 2차전에서 4-1 완승을 거두며 사기를 높인 남자 대표팀은 일본을 상대로 반드시 설욕전을 펼치자는 결의로 똘똘 뭉쳐 있었다. 그리고 마침내 일본과의 3차전 경기가 시작됐다.

대표팀은 경기 초반부터 강하게, 일방적으로 일본을 몰아붙였다. 경기 시작과 함께 찾아온 두 차례 파워 플레이 기회를 놓치지 않고 득점으로 마무리하는 집중력을 보였다. 2-0으로 앞선 11분쯤에는 신상훈의 통렬한 샷이 일본 골 네트에 꽂혔다. 대승을 기대해도 충분한, 맹렬한 초반 기세였다. 1피리어드 초반 잇달아 3골을 허용한 일본 벤치는 이례적으로 신상훈의 세 번째 골이 터진 후 타임아웃을 불렀다.

아이스하키 경기장에 나온 지 22년 만에 처음 보는 광경이었다. 단 한 번의 타임 아웃 기회 밖에 주어지지 않는 아이스하키에서는 아끼고 아끼다 결정적인 승부처나 3피리어드 막판 타임아웃 기회를 사용하는 것이 일반적이다. 경기 시작 11분 만에 터진 통렬한 3골과 당황한 일본 벤치, 손 쉬운 승리가 예상되는 최상의 출발이었다. 일본은 11분 만에 3골을 내준 선발 골리도 교체했다.

2피리어드 초반 위기를 맞았다. 신상우가 체킹 투 더 헤드(머리를 향한 보디체킹) 반칙으로 게임 미스컨덕트(경기 완전 퇴장)와 함께 메이저 페널티(5분간 퇴장)를 부과받은 것이다. 아이스하키에서는 이럴 경우 경기장을 완전히 떠나야 하는 게임 미스컨덕트를 받은 선수 대신 다른 선수가 메이저 페널티를 수행한다.

메이저 페널티가 최악인 것은 마이너 페널티(2분간 퇴장)의 경우 상대팀의 득점 시 곧바로 징계가 해제되는 반면 메이저 페널티는 상대방의 득점 여부와 관계없이 반칙을 범한 선수는 5분간 페널티 박스에 갇혀 있어야 한다는

점이다. 이 때문에 메이저 페널티는 자칫 대량 실점의 빌미로 작용할 수 있다.

다행히 5분간의 수적 열세에도 불구하고 대표팀은 실점하지 않았다. 조용히 안도의 깊은 숨을 내뱉었다. 2피리어드 말미에 두 차례 파워 플레이 기회를 살리지 못한 것은 아쉬웠다. 여기서 한 골이면 승부에 쐐기를 박을 수 있었는데…

3피리어드 초반, 레퍼리들이 거의 2분 간격으로 한 번씩 우리 선수들에게 페널티를 줬다. 판정의 공정성에 의문을 갖지 않을 수 없는 상황이다. 레퍼리들의 국적을 확인해보라고 하니 캐나다와 핀란드라고 한다. 딱히 일본에 어드밴티지를 줄 이유는 없어 보이는데… 아무튼 거듭되는 페널티 킬링 상황에서 우리 선수들은 안정되게 무실점으로 위기를 넘겼다. 일본 상대 첫 승이

2016년 폴란드 카토비체에서 일본을 상대로 사상 첫 승리를 거둔 남자 아이스하키 대표팀이 태극기를 중심으로 기념 촬영을 하며 환하게 웃고 있다.

라는 한국 아이스하키의 새로운 지평이 조금씩 가까워지고 있었다.

마침내 경기 종료 버저가 울렸다. 3-0 셧아웃.

1982년 이래로 단 1승도 거두지 못한, 불명예스러운 전통이 마침내 단절됐다. 아시아리그 아이스하키에서 일본을 따라잡는 데는 7년이 걸렸지만 대표팀이 일본을 따라잡는 데는 무려 34년이 걸린 셈이다. 동시에 승점 7점을 확보하게 되며 강등 위험도 완전히 사라지게 됐다. 디비전 1 그룹 A 승점 7은 한국 아이스하키가 역대 아이스하키 세계선수권에서 기록한 최고 성적이다. 한국 아이스하키의 여러가지 새로운 지평이 라이벌 일본을 상대로 열렸다. 2014년 고양에서 당한 굴욕적인 패전을 완벽하게 설욕했다.

일본의 패배는 여기에 그치지 않았다. 4차전 이탈리아 1-3 패전에 이어 마지막 경기에서는 홈 팀 폴란드에 10골을 내주며 4-10의 치욕스러운 대패를 당해 5전 전패로 강등된 것이다. 2년 만에 한국과 일본 아이스하키 대표팀의 운명이 완벽하게 뒤바뀐 셈이다. 스포츠의 세계에 영원한 것은 없다.

코로나도 극복한 강인한 생명력

한국 아이스하키의 강인한 생명력은 코비드19 팬데믹 시대를 거치며 다시금 확인됐다.

2020년 2월 코비드 19 팬데믹이 전세계를 덮쳤다. 2019~2020 아시아리그 아이스하키 플레이오프는 긴급 중단됐고 전세계 대부분의 리그도 잔여 시즌 취소 결정을 내렸다. 들불처럼 확산하는 코비드 19 팬데믹의 위력을 고려할 때 불가피한 선택이었다. IIHF도 각급 세계선수권을 차례로 취소한다고 발표했다. 남자 대표팀이 출전할 예정이었던 디비전 1 그룹 A 세계선수권도 취소됐다.

장기간 이어진 코비드 19 팬데믹은 열악한 환경에 처해 있는 한국 아이스하키에는 치명타였다. 가뜩이나 팀이 부족한 상황에서 대명 킬러웨일즈는 주업종인 관광 사업이 코비드 19 팬데믹으로 막대한 손실을 입었다며 팀 해체를 발표했다. 국내 대회에만 출전하던 하이원도 아이스링크가 줄줄이 폐쇄되며 대회는커녕 훈련도 치를 수 없는 여건이 되자 팀을 해체했다.

HL 안양은 2003년 이후 19년 만에 유일한 한국 남자 성인 아이스하키 실업 팀이라는 안타까운 수식을 되찾았다. 아무래도 '홀로서기'가 HL 안양 구

단의 운명인 듯하다.

　너무나도 안타까운 것은 코비드 19 팬데믹이 가뜩이나 얇은 한국 아이스
하키 저변을 초토화시켰다는 점이다. 대학에서 한창 경기력을 끌어 올려야
할 선수들은 코비드 19 팬데믹으로 인한 아이스링크 폐쇄로 기본적인 스케
이팅 훈련을 할 장소까지 잃었다. 코비드 19 팬데믹이 아이스하키에 치명타
로 작용한 이유다. 지상에서 열리는 종목이야 대회가 열리지 않는다고 해도
넓은 공간을 활용해 기초 훈련은 할 수 있다. 정 운동할 장소가 없다면 마스

HL 안양은 코비드 19 팬데믹으로 2년 7개월여 만에 재개된 2022~2023 아시아리그 아이스하키에서 통합 우승을 차지하며 '불가사의한 저력'을 과시했다.

크를 착용한 채 산이라도 뛰면 된다. 그러나 아이스하키는 링크가 폐쇄되면 훈련할 장소가 아무데도 없다.

　그러나 강인한 생명력을 지니고 있는 한국 아이스하키는 코비드 19 팬데믹이 끝날 때까지 버티고 또 버텼다.

　특히 HL 안양 선수들의 생명력은 경이적이기까지 하다. 코비드 19 팬데믹은 오랜 기다림 끝에 종료됐고 2020년 2월 중단됐던 아시아리그 아이스하키는 2년 7개월간의 기다림 끝에 2022년 9월 재개됐다. 제대로 된 훈련조차 치르지 못한 상황, 선수들이 팬데믹 이전의 경기력을 회복하는 건 사실 불가능에 가까운 일이었다. 선수들이 군 복무로 인한 공백기를 극복하지 못하고 은퇴하곤 하던 과거의 일을 생각해보라. 2년 7개월이면 군 복무보다 훨씬 더 긴 기간이다.

그런데 HL 안양은 2년 7개월 만에 재개된 2022~2023 아시아리그 아이스하키 정규리그에서 1위에 올랐고, 이어진 플레이오프에서도 숙명의 라이벌 오지 이글스를 물리치고 챔피언에 올랐다. 한두 명도 아니고 팀 소속 선수 전원이 2년 7개월간의 공백기를 보냈음을 상기할 때, 불가사의에 가까운 일 아닌가. 게다가 일본 팀들은 팬데믹 기간 동안 국내 리그를 진행했기 때문에 경기 감각 등에서 HL 안양보다 한결 유리한 상태였다. 2023~2024 아시아리그 아이스하키에서도 HL 안양의 불가사의한 우승 퍼레이드는 이어졌고 2024~2025 시즌 정규리그에서도 2025년 3월 현재 1위를 독주하고 있다.

아무래도 항상 어려운 환경과 싸우며 운동을 해야 했던 우리나라 아이스하키 선수의 몸 속엔 강인한 생명력의 DNA가 자리잡게 된 것임이 분명해 보인다.

볼차노의 실패, 훌훌 털고 다시 뛰어라

2024년 5월 이탈리아 볼차노에서 열린 2024 IIHF 아이스하키 세계선수권 디비전 1 그룹 A 대회에서 김우재 감독이 이끄는 우리 대표팀은 1승 4패의 성적으로 최하위로 밀려나며 2025년 세계선수권 디비전 1 그룹 B로 강등됐다. 대표팀이 세계선수권 하부 디비전으로 강등된 것은 2014년 이후 딱 10년 만이다.

볼차노 세계선수권의 결과에 아쉬움이 남는 것은 사실이다. 처음 출발은 산뜻했다. 난적 슬로베니아를 4-2로 꺾고 승점 3점을 올렸다. 그러나 이후 승점을 올리지 못했다. 헝가리전 2-6 패배는 그렇다 치고, 일본(3-4)과 루마니아전(2-3)에서 잇달아 당한 1점 차 패배가 특히 아쉽다. 마지막 경기에서는 이탈리아에 1-8로 크게 졌다.

모든 선수들에게 큰 아쉬움이 남겠지만, 빨리 마음을 추스르고 2025년 대회를 준비하기 바라는 마음이다. 현재 남자 아이스하키 대표팀의 장점은 '젊다'는 것이다. 김우재 감독은 젊은 지도자고 공격 수비 수문장에 이르기까지 전 포지션에 걸쳐 젊은 선수들이 많이 포진해 있다. 젊음의 장점은 발전 가능성을 갖고 있다는 것이다. 비록 2024년 성적에 아쉬움이 남는다고 해도

2025년 대회에 나서는 팀의 전력은 업그레이드될 가능성이 충분하다. 게다가 2025년도 대표팀 전력 업그레이드를 위한 긍정적인 움직임이 곳곳에서 눈에 띈다.

우선 맷 달튼의 은퇴 이후 대표팀의 아킬레스건이 된 수문장 문제다. 2024년 대표팀 골리들이 노출한 가장 큰 문제는 경기 경험 부족이었다. 이를 해결하기 위해 HL 안양이 움직이고 있다. 맷 달튼과 이연승을 번갈아 기용하는 '플래툰 시스템'을 운용한다. 이연승에게 실전 경험을 쌓아주려는 조치다. 2025년 3월 현재 이연승의 성적은 15경기 출전에 경기당 실점율 2.39, 세이브성공률 0.904다. 리그 전체 골리들 중 중상위권에 해당하는 준수한 성적이다. 심지어 골리를 평가할 때 가장 중요한 지표인 세이브성공률은 맷 달튼(0.903)보다 높다.

유망 선수들이 해외리그에서 경험을 쌓고 있다는 것도 고무적이다. 연세대에 재학 중이던 김시완과 공유찬은 현재 캐나다 서부를 대표하는 주니어 A리그인 BCHL의 서리 이글스에서 연수 중이다. 김시완은 포워드, 공유찬은 디펜스 가운데 가장 미래가 밝은 유망주로 평가되는데, 두 사람 모두 꾸준히 경기에 나서고 있고 특히 김시완은 3월 10일 기준으로 40경기에서 13골 33어시스트로 팀 내 최다 포인트 톱에 올라 있다.

2023~2024 아시아리그아이스하키 정규리그 MVP에 뽑힌 이총민도 빠질 수 없는 존재다. 일찌감치 캐나다에서 북미스타일 하키를 익힌 그는 2024~2025 정규리그 초반 북미 프로 3부에 해당하는 ECHL의 신생팀 블루밍 바이슨스로 이적, 2025년 3월 10일 현재 47경기 12골 28어시스트를 올리며 주축 공격수로 자리잡았다.

이런 젊은 피들의 경험이 축적되면 대표팀 전력이 괄목상대할 가능성은 충분하다. 긍정적인 마인드로 각자의 자리에서 아이스하키 대표팀 성장을 위해 최선을 다해줄 것을 당부한다.

김우재 감독도 리더십의 폭과 깊이를 더 하기 위해 노력해주기를 바란다. 단기 해외 연수 등을 통해 경험을 더 쌓고, 평창 올림픽을 같이 치른 백지선 HL 안양 감독과 많은 대화를 나누고, 적절한 조력자를 구하는 것도 중요할 것으로 보인다. 김 감독과 뜻이 잘 맞는 코치진을 구성하고, 전력 점검도 할 겸 해외에 있는 젊은 선수들 만나고 오는 것도 추후 대표팀 인선과 조직에 많은 도움이 될 것으로 생각한다.

Period 4

왜 하필 하키냐고
물으신다면

아이스하키와 인연을 맺은 지난 30년간 가장 많이 들은 질문이 아이스하키의 무엇이 어디가 그렇게 좋길래 깊이 빠져 있느냐는 것이다. 그 물음은 아이스하키가 국내에 잘 알려지지 않은 탓으로 이해하고 있다. 이번 파트에서는 아이스하키를 잘 모르는 독자들에게 이 종목의 매력을 소개해보겠다. 아이스하키를 30년 봤지만 보면 볼수록 새로운 것이 눈에 띄고, 파고 또 파도 알 수 없는 오묘한 스포츠다. 바로 그것이 아이스하키라는 종목이 가진 매력이다.

아이스하키의 매력

아이스하키는 모든 단체 종목을 통틀어 멤버 하나하나가 모두 중요하고 자기 몫을 해내야 승리할 수 있는 유일한 팀 스포츠라고 할 수 있다. 축구와 비교를 해보자. 월드컵 출전 엔트리는 23명으로 구성되지만 가장 중요한 것은 최강의 베스트 11을 꾸리는 것이다. 여기에 일부 서브 멤버까지 출중하다면 우승을 노려볼 만하다. 리오넬 메시나 크리스티아누 호날두와 같은 초특급 슈퍼스타가 팀에 있을 경우 이들을 중심으로 공격을 전개하며 경기를 치르고 슈퍼스타들이 원맨쇼급 활약을 펼쳐 승부가 갈리기도 한다.

그러나 아이스하키의 경우 사정이 다르다. 22명의 선수 전원이 제 몫을 해야 좋은 성적을 낼 수 있다. 스케이터 20명 전원에게 경기 출전 기회가 주어진다. 물론 개인별로 출전 시간(아이스타임) 차이는 있을 수 있다. 경기 도중 심각한 부상을 당하거나 도저히 경기에 내보낼 수 없을 정도로 극도의 부진을 보이거나 하는 돌발 상황이 없는 한 20명의 선수 모두를 활용한다.

이 20명의 선수를 특성에 맞춰 어떻게 구성해서 활용하는지를 지켜보는 것도 아이스하키만이 줄 수 있는 재미다. 보통 공격수 3명씩, 수비수 2명씩 짝을 지어 끊임없이 교체하는 방식으로 경기가 진행된다. 이 선수 조합을 '라인(Line)'이라고 부르는데 각 선수의 궁합에 따라 라인의 경기력은 크게 달라진다.

잘하는 선수들끼리 묶어 놓으면 잘 될 것 같지만 그렇지 않다는 것이 아이스하키만의 매력이고 특징이다. 부진하던 선수가 궁합이 잘 맞는 선수와 같은 라인으로 묶여 불 같이 살아나는 경우도 있고 빼어난 경기력을 보여주다가도 라인메이트를 잘못 만나 슬럼프에 빠지는 경우도 있다. 선수가 오른손잡이인지 왼손잡이인지 어떤 성향을 갖고 있는지 심지어는 성격까지 반영해서 라인을 짠다.

경기 흐름이 좀처럼 끊이지 않는다는 것도 아이스하키의 매력이다. 경기장은 보드와 펜스로 둘러 쌓여 있다. 골리의 뒷공간도 열려 있다. 모두 활용해도 무방하다. 펜스를 활용한 패스를 주고받을 수 있는 유일한 종목일 것이다.

골과 어시스트가 동일한 평가를 받는 유일한 종목도 아이스하키다. 결과와 과정을 모두 중시한다는 의미다. 사실 어시스트라는 제도 자체가 아이스하키에서 만들어진 것인데 축구와 농구에도 어시스트가 있기는 하지만 제아무리 많은 어시스트를 기록한다고 해도 골 많이 넣는 선수가 최고다. 축구와 농구에서 최고로 평가받는 선수들은 모두 득점력이 빼어난 선수들이다. 마이클 조던이 농구의 신으로 추앙받는 이유는 역대 선수 중 가장 득점력이 뛰어나기 때문이다. 세계 최고의 축구 리그인 잉글랜드 프리미어리그는 어시스트에 대한 공식적인 시상도 없는 것으로 안다.

반면 아이스하키에서는 골과 어시스트를 합한 포인트가 가장 많은 선수를 으뜸으로 친다. 어시스트를 최대 2명의 선수에게 부여하는 유일한 종목이다. 결과물을 만들어 내는 사람 못지않게 과정을 이끌어 낸 조력자도 중요하다는 의미다. 북마아이스하키리그(NHL)의 경우 선수 최대 영예는 골과 어시스트를 합산한 포인트가 가장 많은 선수에게 수여하는 아트 로스(Art Ross) 트로피 수상이다. 1999년 모리스 리샤르(Maurice Richard) 트로피를 신설할

남자 대표팀 선수들이 캐나다와의 2017 채널원컵 경기에서 골리 맷 달튼을 보호하기 위해 격렬한 몸싸움을 펼치고 있다.

때까지 최다 골 기록 선수에게는 별도의 시상조차 이뤄지지 않았다.

경기를 보다 보면 갖가지 방법으로 선수들이 팀을 위해 헌신하는 장면을 보게 된다. 힘겨운 몸싸움을 벌이며 상대 문전에서 버티는 선수를 흔히 볼 수 있다. 동료가 샷을 날려 득점에 성공할 확률을 높여 주기 위해 상대 골리의 시야를 가리는 스크린 플레이(Screen Play)를 펼치는 것이다. 역으로 디펜스들이 강력한 샷을 막아내기 위해 몸을 던지는 광경도 흔히 보게 된다. 우리 팀 골리의 샷에 대한 부담을 줄여주기 위해 몸을 던져 상대 슈팅을 막아내는 샷블락(Shot Block)이다. 이렇게 팀을 위해 몸을 사리지 않고 헌신하는 플레이를 볼 수 있는 유일한 종목이 아이스하키다.

주어진 48초에 최선을 다한다

아이스하키는 끊임없이 선수가 교체되면서 진행된다. 파워 플레이나 페널티 킬링 등 특수한 경우를 제외하고 한번 빙판에 나간 선수는 48초 정도 플레이하고 교체를 위해 벤치로 돌아온다. 찰나의 순간처럼 짧은 시간이지만 선수는 이 시간동안 숨이 막히도록 자신의 에너지를 불태우고 벤치로 돌아온다.

자신에게 주어진 모든 순간 최선을 다해야 하는 인생의 진리를 확인할 수 있는 종목이 아이스하키라고 할 수 있을 것이다.

이처럼 짧은 시간동안 선수들이 최선을 다해 얼음을 지치고 벤치로 돌아와 재충전을 하고 빙상에 나서는 과정이 무한 반복되며 경기가 진행되다 보니 경기 초반과 후반을 비교할 때 스피드 차이가 없다. 또 각 피리어드 당 20분의 경기 시간이 끝나면 15분의 휴식이 주어진다.

아이스하키 경기의 스피드가 떨어지지 않는 이유다. 시종일관 박진감 넘치고 스피디한 경기를 즐길 수 있다.

포지션 파괴형 선수가 많은 것도 아이스하키만의 특징이다. 축구의 경우 공격수는 득점을 올리는 것에 집중하고 수비수는 골을 허용하지 않는 것에 집중한다. 간혹 최전방 압박 능력이 좋고, 득점보다 패스 플레이에 주력하는 이타적인 공격수나 잦은 오버래핑을 통해 공격에 적극 가담하는 공격형 풀백을 볼 수 있지만 본령은 크게 바뀌지 않는다. 철저하게 포지션이 분리된 종목이 축구라면 아이스하키는 포지션 파괴형, 하이브리드형 선수를 흔히 볼 수 있다.

예를 들자면 분명히 디펜스로 분류되는데 공격 지역에 머무는 경우가 더 많다든지, 포워드인데 수비적인 임무에 치중하는 경우다. 공수 능력의 밸런스가 잘 잡힌 선수는 '투웨이(Two-Way) 플레이어'라고 하는데 주로 센터 포지션에 이런 유형의 선수가 많고 팀 공헌도가 높은 스타일이다.

포지션 혁명을 시작한 원조 격의 선수는 1970년대 NHL에서 활약했던 바비 오어(Bobby Orr)라는 이름의 디펜스다. 번개 같은 스케이팅으로 링크 전역을 누비고 다니며 포워드들보다 많은 골과 어시스트를 기록한 것으로 유명하고 최다 포인트 기록자에게 수여하는 아트 로스 트로피를 두 차례나 수상했다. 특히 1974~1975 시즌에는 80경기 46골 89어시스트라는 엄청난 기록을 만들었다. 기록만 보면 분명히 빼어난 포워드인데 이 선수의 포지션은 디펜스다.

이런 유형의 선수는 현대 아이스하키에서 흔히 볼 수 있다. 현재 NHL에서 최고로 손꼽히는 디펜스로는 퀸 휴즈(밴쿠버 커넉스)와 케일 마카(콜로라도 애벌랜치)를 들 수 있는데, 휴즈는 지난 2023~2024 시즌 82경기 17골 75어시스트, 마카는 77경기 21골 69어시스트를 기록했다. 기록만 보면 두 사람 모두 공격력 있는 센터처럼 보이지만 디펜스다.

또 아이스하키에서는 20명의 선수 모두를 투입해 경기를 치르다 보니 한 가지 별난 재주만 있어도 충분히 쓰임을 받을 수 있다. 예를 들자면 공격력은 떨어지는데 페이스오프에서 퍽을 기가 막히게 따내는 선수가 있다면 경기 막판 퍽 소유권이 절대적으로 필요할 때 얼마나 유용하게 쓰이겠는가. 지금은 사라졌지만 과거에는 '에이스 보호용'으로 경기력은 좀 떨어지더라도 주먹 실력은 기가 막힌 선수를 팀마다 한 명씩 배치하던 시절도 있었다.

흔히들 사람은 누구나 한 가지씩의 재주는 갖고 태어난다는데 아이스하키에서의 이런 모습이 마치 우리네 인생사를 보는 것 같다. 물론 야구 좋아하는 사람은 '야구장이 인생의 축소판'이라고 하고 축구 좋아하는 사람은 '축구는 인생 그 자체'라고 하겠지만, 내가 보기에는 아이스하키의 여러 부분이 인생과 참 많이 닮아 있다.

견디고 버티다 보면 기회가 온다

경기에 출전하지 못하거나, 팀 내 비중이 떨어진다고 해서 낙담하거나 실망해서는 안된다. 늘 스스로를 최상의 상태로 만들어서 언제 올지 모르는 기회에 대비해야 한다. 경기 중 부상 빈도가 높은 아이스하키 종목 특성상 언제 어디서 어떻게 기회가 찾아올지 모른다. 게다가 감독 성향에 따라 차이는 있지만 통상 최상의 팀을 만들기 위해 여러 선수들을 다양하게 시험해 보기 마련이다.

그리고 그 기회를 잘 살려서 인생이 바뀐 경우도 있다. 예를 들자면 평창올림픽 핀란드전에서 그림 같은 골을 터트리고, 현재 HL 안양 주장으로 활약하고 있는 안진휘가 그런 선수다.

고려대 시절부터 유망주로 촉망받던 그는 병역면제의 혜택이 걸려 있던 2017년 삿포로 아시안게임 로스터에 선발되지 못했다. 그러나 실망하지 않고 때가 오길 기다렸다. 2017년 3월 18일과 19일 치른 러시아 25세 이하 대표팀과의 강릉하키센터 개장 기념 경기에서 다시 한 번 기회를 얻었고 골을 터트리는 등 좋은 활약을 보였다. 두 차례 경기에서의 활약을 바탕으로 대표팀 코칭스태프의 신임을 회복한 안진휘는 2017년 키이우에서 열린 세계선

안진휘가 2018 월드챔피언십 미국과의 경기에서 리스트샷을 날리고 있다.

수권에서 2골 3어시스트의 맹활약 펼치며 월드챔피언십 승격의 일등공신 중한 명이 됐다.

안진휘는 평창 올림픽 본선 초반에도 거의 경기에 투입되지 못했다. 체코와의 평창 올림픽 조별리그 첫 경기에서 안진휘는 경기에 나서지 못한 채 벤치에만 머물렀고, 스위스와의 2차전에서도 아이스타임은 5분 41초에 그쳤다. 그러나 안진휘의 출전 시간은 캐나다전에서 10분대로 늘어났고, 핀란드와의 플레이오프에서 1-3으로 뒤진 2피리어드 후반 회심의 추격골을 작렬했다. 안진휘는 2018년 월드챔피언십 미국전에서도 선제골을 터트렸는데, 한국 태생으로 월드챔피언십과 올림픽 본선에서 모두 골을 터트린 유일한 선수다.

해외 선수들 중에 예를 들자면, 스웨덴 출신으로 NHL 베가스 골든나이츠에서 주축 공격수로 활약하는 윌리엄 칼슨이라는 선수가 있다. 컬럼버스 블루재키츠라는 팀에 몸 담고 있었는데 그의 공격적 재능을 팀에서 발견하지 못했고 한 시즌 6골에 그치는 눈에 띄지 않는 평범한 선수였다. 그 와중에 신생팀 베가스 골든나이츠가 창단하며 그를 스카우트했고 주축 공격수로 중용했다. 그 결과 칼슨은 베가스 첫 시즌 82경기에 출전해 43골을 작렬하는 스나이퍼로 변신했다.

차, 포, 마, 졸… 중요하지 않은 말은 없다

장기판에는 7종류의 말이 있다. 각각의 행마법이 모두 다르다. 흔히 차(車)와 포(砲)를 가장 중요한 말로 여기고, 졸(卒)의 중요성이 가장 떨어진다고본다. 그러나 장기판에서 소중하지 않은 말은 없다. 적진 깊숙이, 궁성까지침투한 졸은 차 못지않은 위력을 발휘한다. 행마법이 다른 각각의 말을 조화롭게 운용해야 승리할 수 있다.

이런 장기의 특성은 아이스하키와 비슷하다. 각기 다른 특성을 지닌 선수들을 조화롭게 운용해야 경기에서 승리할 수 있다. 스포트라이트야 스타 플레이어에게 집중되겠지만, 이름값은 떨어져도 궂은 일을 전담하고, 팀을 위해 희생하는 선수가 없다면 이기지 못한다. 로스터를 구성하는 22명의 선수중 중요하지 않은 존재는 없다.

앞에서도 말했지만 하키는 팀 전체 선수가 경기에 출전한다. 모든 스포츠가 그렇듯이 스타 플레이어는 존재하지만, 그를 뒷받침하며 팀 승리에 기여하는 이들의 존재 가치가 빛나는 종목이 하키다. 다른 종목도 사정은 비슷하겠지만 아이스하키처럼 온 팀 선수를 모조리 소진해 경기를 치르는 경우는없다. 농구나 배구 같은 종목의 경우 슈퍼스타 한 명이 경기 결과를 좌우하는

남자 아이스하키 대표팀 선수들이 2017 채널원컵 2차전 종료 후 핀란드 선수들과 악수를 나누고 있다. 아이스하키는 출전 로스터 22명 전원의 역할이 중요한 종목이다.

경우를 볼 수 있다. 그러나 아이스하키에서 이런 일은 불가능하다.

전체 팀 전력이 강해야만 하고, 출전 명단에 오른 22명 모두가 각자 맡은 바 임무를 최선을 다해 소화해야 한다. 팀 케미스트리의 중요성은 절대적이다. 슈퍼 에이스 한두 명이 있다고 승리할 수 있는 종목이 절대 아니다. 예를 한번 들어보겠다. NHL에 에드먼턴 오일러스라는 팀이 있다. 현재 세계 최고 선수로 꼽히는 코너 맥데이빗과 그에 버금가는 리온 드라이사이틀이 모두 에드먼턴 소속이다. 두 선수 모두 정규리그 MVP를 수상하기도 했다. 맥데이빗은 27세의 나이에 MVP 수상만 벌써 세 번째 다. 그러나 에드먼턴 팀은 우승과 연을 맺지 못하고 있다.

제 아무리 슈퍼스타라고 해도 그를 뒷받침하고 궂은 일을 해주는 선수들이 없다면 절대 우승할 수 없는 종목이 아이스하키다. 경기에 출전하는 22명 가운데 중요하지 않은 선수는 없다. 골을 잘 넣는 선수, 어시스트를 잘 하는 선수, 페이스오프를 잘 따는 선수, 공격력은 떨어지지만 투지와 몸싸움이 좋은 선수 등 각기 다른 개성을 갖고 있는 선수들을 조합해야 좋은 성적이 나고, 흔히 이를 '퍼즐 조각을 맞춘다'고 표현한다.

예를 한 번 들어 보자. 1, 2라인의 공격력이 기가 막힌 팀이 있다. 슈퍼스타들로 구성돼 있다. 그런데 3, 4라인이 취약하다. 버텨주지 못한다. 이럴 경우 아무리 골을 많이 넣는다고 해도 승리할 수 없다.

파워 플레이는 공격력이 빼어난 선수들로 이뤄진 특화 조합이다. 파워 플레이를 잘하는 팀이 있다. 성공률이 50%가 넘는다. 그런데 반대로 페널티 킬링이 취약하다. 페널티 킬링 성공률이 50%에 불과하다. 이럴 경우 파워 플레이 성공률 50%는 그 의미를 상실한다. 골을 넣는 만큼 허용하기 때문이다.

물론 각광을 받는 것은 파워 플레이에서 골을 넣는 선수들일 것이다. 그러나 그들이 넣는 골이 가치를 더하기 위해서는 페널티 킬링에 나서는 선수들이 악착 같이 버텨줘야 한다.

통상 파워 플레이 때는 1, 2라인 선수들이, 페널티 킬링 때는 3, 4라인 선수들이 빙판에 투입된다. 팀이 승리하기 위해서는 파워 플레이와 페널티 킬링이 모두 중요하다. 20명의 스케이터들이 모두 제 몫을 해야 한다. 그렇기 때문에 아이스하키에서는 모든 선수들이 중요하다는 것이다.

누군가 제 몫을 하지 못한다면, 그 만큼 다른 동료들에게 부담이 간다. 10분 뛸 것을 20분 뛰어야 한다. 체력적인 부담이 커질 수밖에 없다. 경기 후반 상대에게 밀리기 십상이다. 그렇기 때문에 아이스하키 팀 구성을 할 때는 각각의 특화된 임무를 잘 수행할 수 있는 선수들을 선발한다. 앞에서도 말했지만 퍼즐 조각을 맞추는 것과 같다.

팀 전체를 골 잘 넣는 스타 플레이어로 구성하면 쉽게 이길 수 있을 것 같겠지만 절대 그렇지 않다. 그렇기 때문에 스타 플레이어가 즐비한 캐나다 같은 경우도 대표팀 구성 때 이름 값은 떨어지지만 몸싸움과 파이팅이 좋은 선수, 수비력이 좋은 공격수를 반드시 포함시킨다.

차, 포 같은 스타 플레이어로만은 이길 수 없는 스포츠, 마, 졸까지 제 역할을 다해야 이길 수 있는 스포츠, 이것이 바로 아이스하키다.

기업 운영과 하키

상하동욕자승(上下同欲者勝). 손자병법에 나오는 말로, 위아래가 뜻을 함께하고, 같은 목표를 향해 나아가고, 조화를 이뤄야 승리할 수 있다는 뜻이다. 위에서 서술한 것처럼 여러 퍼즐 조각을 하나로 맞춰 시너지를 내는 것과 같은 아이스하키 로스터 구성은 적재적소에 필요한 인원을 효율적으로 배치하는 기업 경영과 닮아 있다.

1990년대 백지선 감독이 선수로 뛰던 시절, 한국에 와서 친선 경기에 출전한 적이 있었다. 백 감독의 포지션은 디펜스다. 디펜스 중에서도 수비형 디펜스로 분류할 수 있다. 그런데 한국에서 친선 경기를 앞두고 감독이 센터를 보라고 지시하더란다. 아무리 NHL 선수라고 해도 수비형 디펜스에게 센터를 맡기면 좋은 플레이를 할 수 없다.

아이스하키는 선수의 장점을 잘 파악하고 이를 100퍼센트 활용할 수 있는 임무를 맡기는 것이 중요하다. 수비력이 좋은 공격수를 파워 플레이에 투입하고 공격형 디펜스를 페널티 킬링 조합에 넣는다면 그 팀은 결코 성공할 수 없다.

기업 경영도 비슷하다. 각자의 장점을 극대화하고 100퍼센트 발휘할 수 있

2017년 러시아 모스크바에서 남자 아이스하키 대표팀 락커룸을 돌아보는 필자. 하나로 응집돼 승리를 갈망하는 팀은 락커 분위기부터가 다르다.

도록 개개인을 잘 파악하고 적절한 위치에 배치하는 것이 중요하다. 조직의 효율을 극대화시키는 것이다. 아이스하키에서 서로 호흡이 잘 맞는 선수들로 라인을 짜는 것이 중요한 것처럼, 기업도 인원을 적재적소에 배치하는 것이 중요하다. 합이 안 맞거나 영 적성에 안 맞는 일을 시키면 그 사업이 잘 될 턱이 없다.

그릇의 크기를 파악하는 것도 중요하다. 인재의 능력을 잘 관찰하고 그에 맞게 배치해 활용해야 한다. 사람을 어떻게 쓰느냐에 따라 그 사람이 발휘할 수 있는 능력이 달라진다. 공격적으로 뛰어난 재능을 갖고 있는 선수를 페널티 킬링 조합에 활용한다면 아무리 재능이 뛰어나도 그 능력을 활용할 수 없다. 결과적으로 팀에 손해가 된다. 기업도 마찬가지다. 인재가 능력을 발휘할 수 있는 기회를 줘야 한다.

조직 관리의 중요성도 비슷하다. 아이스하키에서 팀이 좋은 성적을 내려면 전체가 결합이 되어야 한다. 흔히 경기전 팀 락커룸을 들어가보면 대충 그날 승패를 짐작할 수 있다고 한다. 락커룸 분위기가 승패로 직결된다는 것이다. 이기는 팀과 지는 팀은 그 분위기가 다르다. 사분오열 돼 있는 팀과 일치단결된 팀의 차이는 락커룸에서부터 느껴진다고들 한다. 분위기는 결국 리더가 만들어내는 것이다. 감독도 중요하지만 주장이나 부주장 혹은 그 외 리더가 팀 분위기를 잘 만들어내는 것이 중요하다.

기업도 마찬가지로 일치단결해서 의욕적으로 뭔가 해보려고 하는 분위기를 만드는 것이 중요하다. 아이스하키에서 주장, 부주장 역할은 기업에서 중간 관리자에 해당한다. 중간 관리자가 어떤 분위기를 만들고 팀 케미스트리를 어떻게 관리하느냐가 대단히 중요하다.

또 하나를 꼽자면 혁신의 중요성이다. 아이스하키는 룰 변경이 가장 잦은 종목 중 하나다. 재미를 극대화시키기 위해서다. 과거 아이스하키에는 레드라인 오프사이드라는 게 있었는데, 이 룰을 이용해 게임을 늘어지게 하고 재미없게 하는 전술이 등장하자 과감하게 레드라인 오프사이드를 없애 버렸다. 연장전 룰도 마찬가지다. 어느 팀이건 빨리 골 넣고 경기를 끝내 버리라고 연장전에서 뛰는 인원을 넷에서 셋으로 과감히 줄여버렸다. 골이 많이 나오는 공격적인 아이스하키를 위해 오펜시브존을 넓혔고 골리의 행동 반경에 제약을 뒀다.

이 모든 것은 지루함을 느껴 경기장을 떠나는 팬들을 돌아오게 하기 위한 시도다. 살기 위한 변혁인 것이다.

이와 마찬가지로 기업도 과감하게 혁신하고 필요한 변화는 적극적으로 받아들여야 한다. 과거에만 얽매여서는 현대 사회에서 살아남기 힘들다.

기술개발의 위력을 가장 잘 실감할 수 있는 종목이 아이스하키이기도 하다. 헬멧, 스케이트, 스틱, 보호장구 등 수많은 장비를 필수적으로 착용해야 하는 하키는 과학기술의 비약적인 발전과 맞물려 장비가 급격히 향상됐다. 이 덕에 최근의 선수들은 과거 선수들이 감히 상상도 할 수 없는 속도로 경기를 치르며 원타임 슬랩샷 같은 경우 시속 100마일(161km)을 상회하기도 한다. 스틱의 소재가 나무에서 카본으로 바뀌며 슈팅이 과거와 비교할 수 없을 만큼 빨라졌다. 선수들의 스피드가 빨라진 이유는 체력과 스케이팅 기술이 늘기도 했지만 기술개발로 무거웠던 장비가 경량화되고 스케이트 블레이드 성능이 향상된 탓도 있다. 기술혁신이 얼마나 무서운 위력을 보여줄 수 있는가를 확인할 수 있는 종목이 아이스하키인 것이다.

신속한 의사결정의 중요성도 하키와 기업 경영의 닮은꼴이라고 할 수 있다. 시종일관 엄청난 스피드로 진행되는 아이스하키는 우물쭈물할 틈이 없다. 흔히 플레이의 속도만큼이나 생각의 속도, 판단의 속도가 중요하다고 한다. 즉 신속한 의사 결정이 필수적이다. 단, 빠르기만 할 뿐이 아니라 좋은 결정을 내려야 한다. 최단 시간에 최고 효율의 결정을 필요로 하는 종목이 바로 하키인 것이다.

전설로 남을
그 이름들

아이스하키와 인연을 맺은 30년 동안 무수히 많은 사람들을 만났다. 좋은 기억을 준 사람도 있고 이름만 떠올려도 감사한 마음이 드는 경우도 있다. 그 얼굴만 떠올려도 가슴이 짠해지는 사람도 있다. 고맙고 기특하고 대견한 얼굴도 떠오른다. 기업 경영과 마찬가지로 스포츠도 결국은 사람을 남기고, 사람을 키우는 과정이 가장 중요하다는 생각이 든다. 30년간 아이스하키를 통해 맺은 인연들 중 특별히 기억에 나는 사람들에 대해 이야기해본다.

전설은 시작도 드라마틱했다

한국 아이스하키 대표팀 감독직을 제안받았을 당시 백지선 감독은 NHL 디트로이트 레드윙스의 하부 리그(AHL) 팀인 그랜드래피즈 그리핀즈의 코치로 있었다. 협회에서 파악해보니 계약 기간도 남아 있었고 상황에 따라 그리핀즈의 감독이 되거나 NHL 디트로이트 레드윙스의 코치로 올라갈 가능성도 있다고 했다.

영입이 쉽지 않아 보였으나 일단 시도를 해보기로 했다. 먼저 구구절절한 내용의 이메일 편지를 보냈다. 한국 아이스하키의 현재 어려움을 설명하고, 제발 한국에 와 달라고 애걸했다. 이에 백지선은 팀과 계약 기간이 남아 있고 가족들도 생각해야 하기 때문에 한국에 오기는 힘들다고 회신했다.

백지선은 사실 HL 안양 팀 관계자들과 인연이 깊다. 1990년대 후반 귀국해서 HL 안양의 일원으로 시범경기도 했고 같이 훈련도 했다. 이런 인연으로 대한아이스하키협회 임직원들이 집요하게 설득했으나 백지선은 "아무리 생각해도 지금 한국에 가는 것은 올바른 선택이 아닌 것 같다"라면서 고사했다.

백지선으로부터 퇴짜를 맞은 협회 임직원들은 향후 대책 회의를 겸한 회식으로 쓰린 속을 달래고 있었다. 그런데 술자리가 무르익을 무렵 양승준 협

백지선 감독은 현역 시절이던 1996년 여름 NHL 휴식기를 이용해 방한, HL 안양에서 함께 훈련하고 시범경기에도 출전했다.

회 전무의 휴대폰이 울렸다. "앗! 백지선이다!" 백지선은 '고심 끝에 일단 한국에 한번 가본 후에 결정을 하기로 마음먹었다'고 말했다.

2014년 7월, 백지선은 한국 아이스하키를 둘러보기 위해 입국했다. 우리의 빈약한 환경과 저변 등을 보고 실망할 가능성도 있기에 은근히 걱정이 되기도 했다.

우려했던 것처럼 그는 태릉실내빙상장에서 진행된 상무 팀의 훈련 광경과 락커 모습, 장비 관리 등 환경에 매우 실망하는 모습을 보였다. 그는 태릉에서 HL 안양 홈인 안양실내빙상장으로 이동해서 환경과 선수들의 훈련 모습등을 둘러본 후에 "이곳은 하키 팀답다. 여기를 둘러보니 마음이 좀 놓인다"며 안도했고, 이후 협회 실무진과 협상 끝에 전격적으로 한국에 오기로 결정했다.

1년 6개월 동안 외국인 지도자를 물색하며 온갖 기상천외한 일을 겪은 끝에 겨우 외국인 지도자를 찾아낸 것이다. 캐나다와 미국 이중 국적자인 백지선의 부임은 "캐나다 지도자를 선임하라"는 IIHF의 권고에도 부합했다.

벅지선 감독은 서울에서 태어나 1살 때 부모를 따라 캐나다로 이민했다. NHL 피츠버그 펭귄스, 오타와 세너터스, LA 킹스 등에서 활약했는데, 피츠버그 시절인 1991년과 1992년 잇달아 스탠리컵 챔피언에 오른 것으로 유명하다. 한국계 1호 NHL 선수인데 그가 우승을 차지한 1992년 이후 현재까지, 스탠리컵 우승을 차지한 아시아계 선수는 나오지 않고 있다.

또 백지선 감독은 범접할 수 없는 NHL 불세출의 영웅, 마리오 르뮤, 웨인 그레츠키와 모두 팀메이트로 뛰어본 것으로도 유명하다. 특히 마리오 르뮤는 1991년 NHL 스탠리컵 파이널에서 백지선 감독의 NHL 첫 골을 어시스트했다. 2003년 현역에서 은퇴한 백 감독은 2005년부터 그랜드래피즈의 코치로 재직하다가 한국으로 왔는데, NHL에 오래 머문 그의 클래스를 보여주는 일화가 있었다.

백 감독은 한국 대표팀 감독으로 부임한 후 2015년, 대표팀의 젊은 선수들을 선발해 NHL 연수를 보냈다. 디트로이트 레드윙스와 댈러스 스타스의 디벨롭먼트 캠프(Development Camp)에 참가하는 일정이었는데, 포워드 안진휘와 디펜스 김원준, 골리 박계훈이 선발됐다. NHL 디벨롭먼트 캠프는 각 팀에서 시즌 개막 전 유망주들을 소집해 발전 가능성을 점검하고 평가하는 캠프로, 주로 각 팀의 드래프트 상위 지명 선수 등 말 그대로 '특급 유망주'들만이 참가할 수 있다.

그런데 백 감독의 클래스로 인해 한국의 젊은 선수들이 특권과도 같은 좋은 기회를 선물 받은 셈이다. 당시 안진휘, 김원준, 박계훈과 함께 디벨롭먼트 캠프에 참가했던 유망주 중 현재 가장 유명한 선수로는 디트로이트 레드윙스의 주장이자 미국 대표팀 공격수 딜런 라킨이 있다.

역시 NHL 출신은 클래스가 다르다

　백지선 감독의 공식 직함은 대한아이스하키협회 총괄 디렉터 겸 남자 대표팀 감독이었다. 디렉터로서 각급 대표팀을 총괄 관리하고 남자 대표팀 감독을 겸하는 것이다.

　2014년 8월 18일 코리아나 호텔에서 열린 취임 기자회견을 시작으로 공식 업무에 돌입했는데, 기자회견에서 당당한 자세와 조리 있는 말솜씨로 자신의 향후 계획과 지도 철학을 일목요연하게 표현해 언론으로부터 찬사를 받았다.

　백 감독의 장점은 전술, 선수 관리 등에도 있지만 소통 능력이 탁월하다. 특히 명언이나 좋은 글귀를 활용해 선수들의 투지에 불을 붙이기도 하고, 언론이나 좌중을 압도한다. 진지한 표정으로 말하는 그의 엄숙한 모습은 내가 봐도 감동적이다. 그러니 선수들이야 오죽하겠는가. 명장 밑에 약졸 없다는 옛말도 있지 않은가.

　특히 취임 기자회견에서 언론의 찬사를 받은 것은 자신의 지도 철학을 압축적으로 표현한 3P로, 한동안 체육기자들 사이에서 다양하게 패러디 되며 유행했다고도 한다. 백 감독이 제시한 3P는 Practice(훈련), Passion(열정),

Perseverance(인내)다.

그는 또 2018 평창 올림픽 본선행에 강한 자신감을 보였고 자신의 향후 목표를 'Getting Better Everyday(매일 발전한다, 日新又日新)'라는 한 마디로 표현해 언론으로부터 찬사를 받았다. 취임 기자회견 후 현장을 찾은 기자들은 "NHL 출신은 역시 달라도 뭔가 다르다"라고 혀를 내둘렀다.

나도 올림픽을 준비하며 몇 차례 선수들을 상대로 강연을 하고 언론 인터뷰에 나서 봤지만 연단에서 또는 언론을 상대로 백 감독 같이 확실한 카리스마를 보이며 좌중을 압도하는 것은 상당히 어려운 일이다.

백 감독이 한국 지도자들과 가장 다른 점 중 하나는 '시스템 북(System Book)'의 사용이다. 그는 취임하자마자 자신의 전술과 지도 철학, 훈련 방법 등을 종합해 선수들에게 배부할 '시스템 북'을 만들었다. 대한아이스하키협회 직원들은 '시스템 북'을 한글화 하며 진땀을 흘렸다고 한다. 압축적인 표현이 많고 우리나라에서 전혀 사용하지 않는 아이스하키 전문용어가 많았기 때문이다.

'시스템 북'에서 그는 자신이 어떤 선수를 원하는지, 앞으로 대표팀에 온 선수들은 팀 내에서 어떻게 생활해야 하는지를 명확히 밝혔다. 그중 몇 가지를 소개해보면 다음과 같다.

- Be Prepared Systematically
- 시스템적으로 항상 준비되어 있을 것
- Know How We Want To Play
- 우리가 어떻게 플레이하고자 하는지 알고 있을 것
- Player Who Care About Team Success Equal To Individual Success
- 팀의 성공을 개인적인 성공과 동일시하는 선수
- Play Aggressive and Hard but within the System

백지선 감독은 경기 영상을 분석해 잘된 점, 보완할 점 등을 선수들에게 세밀하게 전달한다.

- 공격적으로, 열심히 플레이하되 시스템에 입각한 플레이를 하라

• Execute Every Little Detail and You will Be Great

- 작은 디테일을 정확히 실행하면 성공할 것이다

• Focus on the task regardless of what is going on around us

- 주변 상황에 흔들리지 않고 오직 우리가 해야 할 일에만 집중한다

• Confidence is a major component of Greatness

- 자신감은 성공의 핵심 요소이다

• We will decide Everything if We are Champions

- 챔피언이 된다면, 모든 결정은 우리가 할 것이다

백 감독이 몰고 온 변화는 대표팀 선수뿐 아니라 한국 아이스하키 전체에

긍정적 영향을 미쳤다.

그는 선수들에게 이동 시에는 반드시 단정하게 양복을 착용하도록 했고, 어수선한 락커룸을 항상 깔끔하게 정돈할 것을 요구했다. 경기 후 피자와 햄버거 등 패스트푸드를 먹거나, 해외 전지 훈련 시 라면을 끓여 먹는 불필요한 습관을 모두 없앤 사람도 백 감독이다. 선수로서 몸 관리를 잘하려면 좋은 음식을 먹으라는 얘기다. 비디오 분석의 중요성을 강조하고 이를 적극적으로 활용하기도 했다. 체력 훈련의 중요성도 강조해 '죽음의 체력 훈련'이라는 EXOS 프로그램으로 대표팀 선수들의 체력을 강인하게 만들기도 했다.

2002 월드컵 4강 신화 이후, 전국의 모든 축구부가 셔틀런으로 대표되는 거스 히딩크 감독의 혹독한 체력 훈련(일명 파워 프로그램)을 도입했다. 아이스하키도 마찬가지, EXOS 프로그램 시행 후 대표팀의 성적이 눈에 띄게 좋아지자, 국내의 모든 아이스하키 팀들이 경쟁적으로 피지컬 트레이너를 구했다고 한다.

백 감독의 한국 부임 후, 그가 하는 모든 것들을 한국 아이스하키가 따라했다고 해도 과언이 아니다. 그는 대표팀뿐 아니라 한국 아이스하키 전반에 걸쳐 긍정적인 변화를 몰고 왔다.

백 감독이 한국 대표팀 지휘봉을 잡도록 그를 설득하는 것 이상으로 어려웠던 것이 아내 코트니와 가족들을 한국으로 초청하는 과정이었다.

백 감독에게 세상의 중심은 가족이다. 우리가 감독직을 제안했을 때 무엇보다 고민했던 것이 가족 문제다. 백 감독은 2014년 계약 후 2년 정도 한국에서 홀로 지내며 가족을 보기 위해 짬이 날 때마다 미국을 오갔다. 올림픽이 다가오며 가족 모두가 한국으로 이주하면 백 감독의 집중도를 높이고 시간을 효율적으로 활용할 수 있을 것으로 판단됐다.

문제는 백 감독의 부인 코트니가 한국행을 달가워하지 않는다는 것이었다. 특히 새로운 환경에 적응해야 하는 자녀들의 교육 문제에 대해 걱정이 많았다. 직접 설득작업에 나섰다. 2016년 2월 미국 출장길에 디트로이트에서 열린 우리 회사 현지 직원들과 주재원 가족들이 주최한 설날 기념 행사에 코트니를 초대했다. 명절 음식을 먹고 민속 행사가 열리는 흥겨운 자리에서 나는 코트니에게 '걱정하는 부분들을 빈틈없이 잘 준비해서 아무 문제가 없도록 하겠다'라며 자녀들과 함께 한국으로 이주할 것을 간곡히 설득했고, 결국 코트니는 마음을 돌려 그해 봄에 두 명의 자녀와 함께 입국했다.

2016년부터 우리나라 남자 아이스하키 대표팀 성적이 수직 상승 곡선을 그리게 된 데는 백 감독이 가족들과 함께 살면서 심리적으로 더 큰 안정을 찾았고, 훈련 집중도와 효율성을 높일 수 있었던 것이 크게 작용했다고 생각한다.

한국 아이스하키에 대박 선물

백 감독은 한국 아이스하키에 뜻하지도 않은 대박 선물을 여럿 안겼다. 그중에서도 초대박이라고 할 수 있을 만한 특별한 선물이 하나 있었다.

바로 NHL 스타 플레이어 출신 박용수를 코치로 합류하게 하여 한국에 동행한 것이다. 백 감독이 계약한 후 일부 협회 직원들 사이에서 "백 감독과 계약한 김에 박용수를 코치로 앉히면 정말 환상적으로 아름다운 그림이 되겠다"는 농담이 돌았다고 하는데, 백 감독이 정말 이를 실현시킨 것이다. 박용수 코치가 정식 계약을 체결한 후 협회 사무실을 처음 찾았을 때 감격에 겨워 붙잡고 사진을 찍은 직원도 있다.

박용수 코치가 한국에 처음 온 것은 2014년 8월이었다. 백 감독은 취임 후 첫 번째 행사인 18세 이하 대표팀 선발 트라이아이아웃 캠프에 두 사람의 인스트럭터를 동행했는데, 그 중 한 명이 박용수였다. 당시만 해도 박 코치의 한국행은 일회성 방문인 것으로 여겨졌다.

그러나 백 감독이 9월 한국 입국 때 "깜짝 선물이 있다"며 박 코치가 한국 대표팀을 맡을 의사가 있다고 전해왔다.

당초 박용수가 한국에 올 것으로 예상한 사람은 거의 없었다. 그만큼 그가

2018 평창 올림픽 남자 아이스하키 대표팀 코칭스태프. 김성수 비디오 코치, 김우재 코치, 백지선 감독, 박용수 코치, 손호성 골리 코치(이상 왼쪽부터).

거물급이기 때문이다. 백지선 감독이 NHL 한국계 1호 선수에, 스탠리컵을 두 차례나 들어 올린 프런티어였지만, 선수 커리어 전체를 놓고 보면 박용수 코치가 백 감독에 앞선다.

한국에 살다가 3세 때 미국으로 이민해 LA에 살았고, 캐나다 벨빌에서 주니어하키를 한 박용수는 한 번 하기도 어렵다는 미국 20세 대표팀에 두 번이나 선발됐고 1994년 NHL 드래프트 2라운드 50순위로 피츠버그 펭귄스에 지명됐다. 드래프트 전체 50번째로 지명된 것으로 상당히 높은 순번이다.

또 미국 대표팀으로 월드챔피언십에 4번이나 출전했는데 2006년 대회 때는 미국 대표팀 주장을 맡기도 했다. 2014년 당시 박용수는 현역에서 은퇴후 자신이 전성기를 보냈던 NHL 미네소타 와일드에서 스카우트로 일하고 있었다.

박용수 코치 선임으로 한국 남자 아이스하키 대표팀은 백지선 감독 – 박용수 코치라는 환상의 콤비로 평창 올림픽을 준비할 수 있었다.

박용수는 사실 코치라는 개념보다는 '공동 감독'에 가까웠다. 박용수 부임 후 파워 플레이 등 공격 전술 대부분은 박 코치가 전담했고 공격수들의 스킬 훈련이나 전술 훈련도 박 코치가 전담했다. 말수가 적은 박 코치는 특유의 카리스마로 선수들을 압도했다. 은퇴를 했음에도 훈련 때마다 놀라운 스피드와 스킬을 선보여서 대표팀 관계자들은 항상 훈련을 지켜보면서 "역시 박 코치가 제일 잘한다"라고 감탄사를 연발했다.

백지선 감독과 박용수 코치는 협회 사무실에 앉아서 하루 종일 아이스하키 전술에 대해 토론을 했다. 그는 자신의 의견을 주장할 때는 굽힘이 없었지만 그렇다고 해서 백 감독의 권위에 도전하거나 자신의 영역을 넘어서는 '월권'은 절대 하지 않았다. 그리고 항상 팀 분위기를 먼저 생각했다.

대표팀 공격수들의 박 코치에 대한 신임은 절대적이었다. 박 코치가 '웃통 벗고 얼음판을 구르면 골이 잘들어간다'고 말했다면 아마 전원이 그렇게 했을 정도였다. 가끔 박 코치가 전체 훈련이 끝난 후 선수 한두 명을 따로 불러 '특별 과외'를 했는데 부름을 받지 못한 이들은 박용수 코치에게 불려 가는 선수를 그렇게 부러워했다고 한다.

박 코치는 생활방식도 독특했다. 외국인 코칭스태프 구성이 완료된 후 협회에서는 코칭스태프가 살 집을 마련해줬는데, 박 코치는 "어차피 계속 미국을 오가며 생활할 것인데, 집을 마련해주는 것보다 올 때마다 호텔을 잡아주는 것이 낫다. 백지선 감독님 집 월세하고 내가 비교해봤다. 계산해보니 호텔이 훨씬 싸다"라며 집을 마련해주겠다는 제안을 고사했고 평창 올림픽 이후 미국으로 돌아갈 때까지 호텔 생활을 했다.

박 코치는 NHL 네트워크도 넓다. 2018년 평창 올림픽, 월드챔피언십 등 대형 이벤트가 줄을 잇고 있을 때 박 코치 추천으로 톰 박이라는 한국계 스태프가 대표팀 전력분석관으로 합류해 3개월간 일한 적이 있었다. 현재 톰 박은 NHL 플로리다 팬써스에서 하키 오퍼레이션 디렉터(Hockey Operation

Director)로 일하고 있는 '능력자'다. 플로리다는 2023~24 NHL 스탠리컵 우승 팀이다.

샘 김(김성수) 코치도 대단하다. 명문 보스턴 칼리지 출신의 그는 백지선 감독과 박용수 코치를 도와서 남자 대표팀의 비디오 분석관으로 일했는데, 현재는 NHL 최고 인기 팀인 토론토 메이플립스의 비디오 코치로 근무하고 있다.

올림픽 당시 남자 대표팀 벤치의 맨 파워는 최고 수준으로 당대 NHL 구단급이었던 것이다. 박 코치는 지금도 미네소타 와일드 프로 스카우트로 있다. 여력이 생기면 언젠가 꼭 한번 다시 일을 맡기고 싶은 프로 중에 프로가 박용수 코치다.

패스 잘 주는 옆집 아저씨

2005년 HL 안양은 아시아리그 아이스하키 두 번째 정규 시즌(시범리그 2003~2004시즌 제외)을 앞두고 해외 선진 아이스하키를 팀에 이식하기 위해 체코 출신 오타카르 베보다 감독에게 지휘봉을 맡겼다. 베보다 감독은 체코 출선 선수 4명과 동행했는데, 그 중 한 명이 팀의 두 번째 영구 결번 선수가 된 패트릭 마르티넥(Patrik Martinec)이다.

패트릭 마르티넥이 처음 HL 안양에 왔을 때는 모두가 의아하게 생각했다고 한다. 작은 체구(173cm)에 동네 아저씨 같은 외모가 흔히 생각하는 '아이스하키 선수의 전형적인 모습'과는 거리가 있었기 때문이다. 패트릭 마르티넥이 실제보다 나이가 있어 보이는, 속칭 노안이기도 했다.

훈련 당시 한국 선수들은 패트릭보다는 또다른 체코 출신 공격수로 184cm 장신 즈드넥 네드베드와 함께 뛰는 것을 선호했다고 한다. 체구가 작은 패트릭 마르티넥을 대단치 않게 본 것이다. 그러나 막상 시즌이 시작되자 한국 선수들의 선호도는 180도 달라졌다. 패트릭 마르티넥과 라인을 이루겠다고 줄을 섰다. 이유는 그의 기가 막힌 패싱 능력 때문이다. '받아먹기' 만 잘해도 골을 넣을 수 있을 것 같은 킬 패스가 그의 장점이다.

패트릭 마르티넥 감독이 지휘한 2016~2017 아시아리그
아이스하키 시즌 HL 안양은 정규리그 최다 승점을 기록하
고, 플레이오프에서 무패로 정상에 오르는 등 완벽했다.

　패트릭 마르티넥은 아시아리그 아이스하키 첫 시즌 38경기에서 21골 44
어시스트를 올리며 팀 내 포인트 1위를 차지한 것을 시작으로 HL 안양에 머
무른 5시즌 동안 172경기에 출전, 70골 203어시스트의 기록을 남겼다. 그에
게는 늘 '아시아리그 최고 플레이메이커'라는 수식어가 붙었고 2006~2007
시즌 리그 포인트왕(18골 53어시스트), 2009~2010 시즌 정규리그 MVP(36
경기 11골 40어시스트)를 차지했다. 2008년 베보다 감독을 경질하고 팀 내
다른 체코 선수들도 모조리 내보내면서도 패트릭 마르티넥만 잔류시킨 데서
그에 대한 팀의 신뢰가 얼마나 확고했는지 확인된다.
　패트릭 마르티넥이 아시아리그 아이스하키에서 '최고 플레이메이커'로 군

림한 것은 어찌 보면 당연한 일이다. 그는 체코 엑스트라리그(체코 1부) 시절에도 최고 명문 스파르타 프라하에서 뛰며 리그에서 손꼽히는 플레이 메이커였다. 2010년 현역에서 물러난 그는 한 시즌간 HL 안양의 코치를 맡은 후 2011년 고향 체코로 돌아갔다.

체코로 돌아간 후 명문 스파르타 프라하의 스포츠 매니저(GM 개념)로 선임된 후에도 지속적으로 HL 안양 관계자들과 연락을 취하고 도움을 줬고 2011년 체코로 돌아갈 때 했던 "꼭 돌아오겠다"는 약속대로 2016년 한국으로 돌아와 HL 안양 사령탑에 취임했다. 그가 지휘봉을 잡은 후 첫 시즌이었던 2016~2017 시즌 HL 안양은 아시아리그 아이스하키 역사상 가장 압도적인 성적을 남겼다. 정규리그 최다 승점(120점, 36승 5패), 최다 득점(210골) 신기록을 새로 썼고 플레이오프에서는 1패도 기록하지 않은 채 6전 전승의 '퍼펙트 시리즈'로 챔피언에 올랐다.

패트릭 마르티넥은 체코 아이스하키 대표팀에 대한 깊은 사랑으로 유명한데, 월드주니어챔피언십이나 월드챔피언십에서 체코 대표팀이 좋은 성적을 내면 그 즉시 HL 안양 관계자에게 연락해서 사진이나 영상을 보여주며 자랑한다. 지난해 5월 체코 대표팀이 자국에서 열린 2024 IIHF 월드챔피언십에서 스위스를 꺾고 우승을 차지하자 페트르 파벨 체코 대통령이 대표팀 락커룸을 찾아 선수들을 격려하는 영상을 HL 안양 관계자에게 보내주면서 우승 사실을 알렸다고 한다.

푸른 눈의 태극전사, 그 효시

브락 라던스키(Brock Radunske)는 HL 안양은 물론, 한국 아이스하키, 나아가 한국 스포츠 역사에 영원히 기록될 큰 족적을 남겼다. 개인적으로 라던스키를 HL 안양에 처음 소개한 사람을 찾아내 상이라도 주고 싶다. 라던스키는 그 만큼 HL 안양과 한국 아이스하키에 큰 영향을 끼쳤다.

라던스키가 처음 왔을 때 눈에 띈 것은 그의 외모다. 196cm의 큰 키에 호리호리한 몸, 금발에 파란 눈, 예쁘게 잘생긴 얼굴은 아이스하키 선수보다는 연예인에 가깝다는 인상을 받았다.

시즌 뚜껑을 여니, 역대 아시아리그 아이스하키 외국인 선수 가운데 최고의 경기력을 과시했다. 라던스키는 2008~2009 시즌 정규리그 35경기에서 29골 28어시스트를 올렸다. 정규리그 MVP, 베스트 포워드, 최다 골, 최다 포인트 등 4관왕을 싹쓸이하며 최초의 정규리그 우승을 이끌었고, 이듬해에는 플레이오프 9경기에서 6골 7어시스트로 공격을 이끌며 첫 왕좌 등극을 주도했다. 당시 크레인스와의 파이널 1차전과 2차전 연장 결승골을 모두 라던스키가 터트렸다.

2016년 4월 사할린과의 아시아리그 아이스하키 파이널 4차전 결승골도 역대급이다. 당시 1승 2패로 밀리고 있던 HL 안양은 원정 4차전에서 0-0으로 팽팽히 맞서고 있었는데, 4차전 종료 4초를 남기고 에릭 리건이 문전으로 날린 슬랩 샷을 골 크리스 정면에 있던 라던스키가 스틱으로 방향을 바꿔 골로 연결시키며 승부를 5차전으로 끌고 갔고, HL 안양은 결국 5차전에서 5-3으로 승리하며 드라마틱하게 정상에 올랐다.

'새 역사 제조기' 라던스키가 유명해진 것은 한국 체육사상 첫 외국인 국가대표 선수가 되면서다. '차원이 다른 공격력'을 과시한 라던스키는 2010년 국적법 개정으로 길이 열린 체육인재 특별귀화(복수국적 선수)의 유력한 후보로 지목됐고, 결국 대한체육회와 법무부의 승인을 얻어 2013년 3월 한국 체육계 1호 '벽안의 태극 전사'로 탄생했다.

라던스키는 2013년부터 2016년까지 4회 연속 아이스하키 세계선수권에 출전해 6골 12어시스트를 기록하며 대표팀에 기여해 브라이언 영, 마이클 스위프트 등 후속 복수국적 선수가 태극마크를 다는 길을 열었다.

2016년 12월 고관절 부상으로 수술을 받고 8개월 간의 장기 재활 후 재기한 라던스키는 2018 평창 올림픽 플레이오프 핀란드전에서 만회골을 뽑아내며 활약했고 덴마크 헤르닝에서 열린 2018 월드챔피언십에도 출전하여 독일전에서 1골을 기록한 후 은퇴했다.

라던스키를 더 유명하게 한 것은 그의 빼어난 경기력과 더불어 수려한 외모였다. 오죽하면 별명이 '빙판의 꽃미남'이었다. 라던스키는 '가족 자체가 화보'라는 말도 들었다. 그의 아내 켈리는 미국 디트로이트에서 자동차 모델로 활동한 경력이 있다. 딸 루시도 한국에서 아동복 광고 모델로 화보 촬영 등을 했다.

라던스키는 아이스하키를 넘어 한국 체육계의 순혈주의를 깨뜨렸다는 점에서도 큰 의미가 있었다. 라던스키 이후 평창 올림픽 남자 대표팀은 총 7명, 여자 대표팀은 총 4명의 복수국적 선수를 발탁했고, 바이애슬론, 루지 등 여

한국 체육사 최초의 특별 귀화 선수였던 브락 라던스키는 2018 IIHF 아이스하키 월드챔피언십을 끝
으로 현역에서 은퇴했다.

타 동계 종목은 물론 마라톤과 농구 등까지 이제 복수 국적 선수를 대표팀에
활용하는 것은 더는 특별한 일이 아니다.

라던스키는 평창 올림픽 직전 아픈 가족사가 보도돼 화제가 되기도 했다.

캐나다 온타리오주 키치너 출신인 라던스키는 NHL 진출을 꿈꾸던 유망주였다. 미국 NCAA의 명문 미시건 스테이트를 거쳐 2002년 NHL 엔트리 드래프트에서 에드먼턴 오일러스에 3라운드 전체 79순위로 지명됐다. 그런데 직후 어머니가 조깅을 하다 교통사고를 당해 기억을 잃는 불상사가 일어났다. 이 영향으로 부모님은 이혼했고 라던스키는 정신적 부담으로 슬럼프에 빠졌다. 그가 북미프로리그에서 두각을 나타내지 못한 이유다.

라던스키가 고관절 부상으로 수술을 받고 재활 중이던 2017년에는 그의 부친이 암 투병 중 세상을 떠났다. 그런데 정말 놀랍게도 라던스키가 고관절 부상에서 회복될 무렵, 16년간 기억을 잃고 있던 어머니의 기억이 돌아오기 시작하는 기적이 일어났다. 그는 2017년 11월 기억 회복을 돕기 위해 한국 대표팀의 오스트리아 원정에 어머니를 초대하기도 했다.

라던스키는 2019년 10월 HL 안양 공식 은퇴식 참석을 마지막으로 아직 한국을 방문하고 있지 않다. 미국 디트로이트에 거주하며 유소년 클럽을 지도하고 있는 것으로 알고 있다.

역대 최강 슈퍼 루키 듀오

최근 HL 안양에 입단하는 신인 선수들을 보면 경기에 잘 투입되지 못한다. 어쩌다 경기에 출전하더라도 아이스타임이 제한적이거나 대부분의 시간을 벤치에서 보낸다.

2008년 김기성, 박우상 같은 대형 신인은 어쩌면 앞으로 나오기 어렵겠다는 생각이 든다. 아마 두 사람은 아시아리그 아이스하키 역사를 통틀어 가장 강한 임팩트를 지닌 신인일 것이다.

두 선수는 홍익초-경성중-경성고-연세대-HL 안양에 이르기까지 늘 함께 했다. 심지어 군대도 동기다. 2012년 상무 아이스하키 1기 선발에 나란히 지원해 병역 의무까지 함께 했다. 현재도 HL 안양의 코치로 함께 백지선 감독을 보좌하고 있다. 헤어졌을 때라면 각자 해외 진출을 노리고 김기성은 미국 CHL로, 박우상은 영국리그로 이적한 2011~2012 한 시즌 정도다. '김기성-박우상'은 항상 한 사람의 이름처럼 함께 불려 왔다.

2008년 HL 안양 입단과 동시에 김기성과 박우상은 1라인 공격수로 기용됐다. 위력은 대단했다. 김기성은 35경기에서 21골 18어시스트, 박우상은 35경기에서 11골 28어시스트를 올렸다. 당시만 해도 김기성은 레프트 윙, 박우

김기성 선수

상이 센터였으나 김기성이 상무를 거쳐 HL 안양으로 복귀해 포지션을 센터로 변경하며 김기성-박우상 조합은 깨졌다.

김기성과 박우상은 여러 면에서 대조적이다. 체격과 플레이스타일과 성격 등 모든 면에서 판이하다.

김기성의 피지컬은 평범하다. 신장도 176cm 정도로 작은 편이다. 반면 박우상은 우리나라 포워드로는 드물게 190cm의 장신이다. 김기성은 피지컬의 핸디캡을 빠른 스케이팅으로 커버한다. 스피드가 좋고 슈팅 능력이 탁월하다. 박우상은 반면 넷 프런트 플레이에 능하다. 슈팅 능력도 좋지만 피딩 능력이 좋다. 스케이팅도 좋아서 한때 '검은 머리 용병'으로 불리기도 했다.

김기성은 '수도자' 스타일로 생활한다. 신앙생활과 가정, 아이스하키가 그의 인생 전부다. 음식도 가려 먹는다. 술은 입에 대지도 않고 탄산 음료나 튀

박우상 선수

김 등 기름진 음식도 멀리 한다. 커피도 은퇴 후 처음 마셔봤다고 한다. 박우
상은 '자유로운 영혼'이다. 놀 때는 놀고 운동할 때는 운동한다는 스타일이
다. 술도 한 잔씩 한다. 복잡하게 생각하는 걸 싫어한다. 단순한 게 좋은 거다.

김기성은 말 수가 적다. 농담도 잘 못한다. 이른바 '재미없는 스타일'이다.
선배나 어른을 보면 매우 어려워한다. 박우상은 '입심'이 좋다. 시키면 하루
종일 떠들 수도 있을 것 같다. 농담도 잘 한다. 매사 유쾌하다. 장난도 잘 치고
후배들을 놀리기도 잘한다. 선배나 어른도 가까워지면 친구처럼 지낸다. 김
기성이 매사가 진지하다면 박우상은 매사가 유쾌하다.

선수 생활 당시 부상당했을 때의 반응을 보면 두 사람 스타일의 극명한 차
이를 알 수 있다. 김기성은 100% 회복되지 않으면 절대 빙판에 나서지 않았
다. 반면 박우상은 '웬만한 부상 정도야 그냥 뛰자'라는 주의다.

선수 생활은 김기성 쪽이 조금 더 화려했다. 김기성은 입단 첫 시즌 아시아리그 아이스하키 신인왕을 받았고 2014~2015 시즌에는 정규리그 MVP를 수상했다. 한국 선수 아시아리그 아이스하키 정규리그 MVP 1호다. 아시아리그 통산 성적은 382경기 206골 245어시스트.

박우상은 상무 시절인 2013~2014 시즌 베스트 포워드 외에 개인 수상은 없다. 그 대신 박우상은 2018 평창 올림픽에서 남자 대표팀 주장이라는 영예를 안았다. 통산 기록은 320경기 112골 192어시스트.

은퇴는 박우상이 빨랐다. 2019년 은퇴 후 곧바로 HL 안양 코치를 맡으며 지도자의 길로 들어섰다. 김기성은 2023년 은퇴 후 코칭스태프에 합류했다.

선수로서 한국 아이스하키를 끌고 온 김기성-박우상 조합은 앞으로 지도자로서도 한국 아이스하키를 이끌어 나갈 중책을 맡았다. 김기성은 공부를 많이 하고 열심히 하는 스타일이고 박우상은 카리스마와 선수 장악력이 뛰어나서 코칭스태프로 좋은 콤비를 이룰 수 있을 듯하다. 지도자로서 두 사람의 맹활약을 기대해본다.

잊지 못할 올림픽 첫 골

매년 6월 15일이 되면 나도 모르게 눈시울이 뜨거워진다. 역사적인 한국 올림픽 아이스하키 첫 골의 주인공, 조민호가 하늘나라로 떠난 날이기 때문이다. 조민호. 아직도 그의 이름을 듣거나 생각하면 이내 눈가에 이슬이 맺힌다.

눈을 감아도 떠오른다. 2018년 평창 올림픽 본선 조별리그 체코와의 1차전 선제골. 빠르고 강한 스냅 샷으로 체코 골 네트를 가른 후 환호하던 그 모습. 올림픽 전 러시아와의 마지막 평가전에서 러시아 스타 수비수 슬라바 보이노프를 멋진 스틱 핸들링으로 제치는 그 모습. HL 안양 주장으로 빙판을 누비던 그 모습. 앞니 없는 채로 환하게 웃던 그 얼굴까지.

조민호의 존재를 처음 안 것은 경기고 재학 시절이다. 경성고의 김기성, 박우상에 필적할 재능이 있다는 것이었다. 그가 바로 조민호였다.

조민호는 실력에 비해 운이 따르지 않은 선수다. 한국 최고의 스틱 핸들링과 플레이 메이킹 능력을 갖춘 그였지만 실력에 비해 상대적으로 불운했다. 부상도 많았고 억울한 일도 있었다.

조민호는 경기고 진학 후 고려대에 입학했다. 그러나 경기를 많이 뛰지 못

한국 아이스하키 올림픽 1호골 주인공 조민호(오른쪽)가 체코와의 경기에서 퍽을 다투고 있다.

했다. 고려대가 2006년 연세대와의 코리아리그 경기를 앞두고 심판 배정 변경을 요구하며 경기 출전을 거부, 대한아이스하키협회로부터 장기간 대회 출전 정지 징계를 받았기 때문이다. 이 때문에 20세 이하 대표 경력도 없다. 그가 선발 연령이 되었을 당시 징계 때문에 고려대 선수를 뽑지 않아서였다.

부상도 잦았다. 선수 생명이 끝날 뻔한 일도 있다. 2012년 1월 오지 이글스와의 아시아리그 아이스하키 경기 도중 상대 선수의 스케이트 블레이드에 손목이 밟히면서 동맥이 파열됐다. 상태가 심각했지만 근성으로 복귀하는 투혼을 보였다. 앞니도 세 개나 없었다. 퍽 배틀 도중 상대 스틱에 안면을 강타당해서 그렇다.

그는 2018 평창 올림픽이 끝난 후 HL 안양 주장으로 선임됐다. 센터 포지션이었던 조민호는 골을 많이 넣기보다는 동료의 플레이를 잘 살리는, 패스를 잘해주는 선수였다. 통산 기록은 393경기 124골 324어시스트. 한국 선수 최초로 아시아리그 아이스하키에서 300어시스트를 돌파한 선수다. 주장으로서의 조민호도 마찬가지. '도우미' 스타일의 주장으로 후배들을 살뜰하게 챙겼다.

그가 선수로서 마지막으로 출전한 경기는 2021년 8월 노르웨이에서 열린 2022 베이징 올림픽 최종예선전. 이후 10월 팀의 미국 전지훈련 도중 몸에 이상을 느끼고 찾은 병원에서 폐암 진단을 받고 8개월여의 투병 끝에 2022년 6월 15일 하늘의 별이 됐다.

대표팀 유니폼 등 조민호의 유품은 지금도 그가 땀 흘리던 HL안양아이스링크 로비에 전시 중이다. 또 구단에서는 고인의 뜻을 기려 매년 조민호 어시스트상을 제정해 고교 유망주에게 시상하고 있다.

야구광 골리, 맷 달튼

누군가 나에게 이렇게 얘기했다. 한국 아이스하키 대표팀을 바꿔 놓은 주역은 백지선 감독이 아니라 어쩌면 골리 맷 달튼(Matt Dalton)일 수도 있다고. 달튼이 한국 아이스하키에서 차지한 비중이 그 만큼 크다는 의미다.

돌아보면 2014년 맷 달튼이 한국에 온 후 HL 안양도, 남자 아이스하키 대표팀도 전성기를 맞았는데, 달튼의 철벽 방어에 힘입은 바 크다.

남자 대표팀이 2014 고양 세계선수권에서 실패한 가장 큰 원인으로 믿을 만한 수문장 부재가 꼽혔다. 또 르네 파젤 IIHF 회장도 귀화 선수로 골문을 강화할 필요성에 대해 지적한 터라, 대회가 끝나자마자 능력 있는 수문장 발굴에 나섰다. 이때 러시아에서 활동하고 있던 한국 출신 에이전트가 소개한 골리가 바로 맷 달튼이다.

달튼은 만만찮은 경력의 소유자다. 미네소타 베미지 주립대 재학 시절 팀을 NCAA 4강(속칭 프로즌 4)으로 이끌었고, 비록 경기 출전은 하지 못했지만 NHL 명가 보스턴 브루인스에 콜업된 적도 있다. 한국에 오기 전에는 KHL에서 활약했는데 니즈네캄스크라는 팀의 주전 골리로 활약하며 준수한 성적을 남겼다. 특히 2012~2013 시즌에는 38경기에 출전, 경기당 실점율

2.36, 세이브성공률 0.923의 올스타급 성적을 기록하며 팀의 플레이오프 진출을 이끌었다.

전성기 연령대(1986년생)의 수문장이 세계 2위 리그에서 아시아리그로 이적하려는 배경이 궁금했는데, 설명을 듣고 보니 이해가 됐다. 니즈네캄스크는 러시아 내륙 도시로 주거 환경이 좋지 못하고, 특히 달튼 같은 북미 출신이 살기에는 불편함이 많은 곳이었다.

달튼은 2014년 HL 안양 유니폼을 입었다. 이후 한국 국적을 취득해 대표팀에서 활약하는 데 동의했음은 물론이다. 달튼이 한국에 오기로 결정했을 때, 그의 부모님은 극구 반대했다. 언제 전쟁이 터질지 모를 위험한 곳을 왜 가려고 하냐고. 달튼도 처음에는 북한 이슈가 조금 마음에 걸렸지만 한국에 온 후 북한이 미사일을 쏘건, 핵실험을 하건 한국인들이 크게 신경 쓰지 않는 것을 보고 '외국에 있는 사람들이 지레 겁을 먹는 거구나'라는 생각이 들었다고 한다.

달튼은 명랑하고 순박하다. 자기 감정을 솔직히 드러낸다. 보통 캐나다 사람들은 자기 감정을 대놓고 드러내지 않는 경우가 많다. 예를 들어 연봉 협상을 하면 '얼마를 어떻게 달라' 이렇게 정확히 얘기하는 경우가 거의 없다. 그러나 달튼은 프런트를 찾아가 '나에게 좋은 아이디어가 있다'라면서 먼저 협상안을 제시한다.

2017년 겨울 대표팀이 유명 스포츠 브랜드 광고 촬영할 때의 일화다. 달튼은 협회 측에 '나는 포지션이 골리이므로 다른 선수들보다 개런티도 더 받고, 협찬 제품도 더 받아야겠다'라고 대놓고 요구했다. 착용하는 장비도 많고 경기도 많이 뛴다는 이유에서였다. 협회 측에서 난색을 표하자 달튼은 '이 스포츠 브랜드 회사가 얼마나 악질적이며, 더 많은 비용과 제품을 요구하는 것이 결코 무리가 아니라는 것'에 대해 장광설을 풀었고 결국 원하는 바를 얻는 데 성공했다.

그는 엄청난 야구광이기도 하다. 토론토 인근의 클린튼시가 고향인데, 토론토 메이플립스의 NHL 경기와 토론토 블루제이스의 MLB 경기가 동시간대에 열리면 달튼은 토론토 블루제이스의 야구 경기 중계방송을 시청한다.

보통 선수들은 경기 전 족구를 하면서 몸을 푸는데, 달튼은 캐치볼을 하면서 몸을 푼다. 스스로 야구를 굉장히 잘한다고 생각해서 한국 프로야구에서 연습생 트라이아웃을 할 때면 응시를 하겠다고 하는데, 야구선수 출신인 원영하 HL 안양 팀 매니저에 따르면 '동네 야구 수준 정도' 실력이다. 한국에 온 후에는 두산 베어스 팬이 됐다. 평소 '베어스 홈 경기 시구를 하고 싶다'고 노래를 부르다가, 결국 2018 평창 동계 올림픽 이후 소원 풀이를 했다.

남자 대표팀의 달튼에 대한 의존도는 절대적이었다. 2017년 12월 모스크바에서 열린 채널원컵 당시의 일화로 실감할 수 있다.

채널원컵 대회에서 달튼은 캐나다와의 1차전(2-4)에서 53세이브, 핀란드와의 2차전(1-4)에서도 53세이브를 기록했다. 핀란드와의 경기 2피리어드 중반 상대 슈팅에 맞아 이가 깨진 달튼은 벤치로 달려가 교체를 요청했지만 백지선 감독은 먼 산을 보며 못 들은 척했고 박용수 코치는 자리를 피했다. 끝까지 경기를 마치고 기진맥진한 달튼은 사색이 돼 '설마 스웨덴과의 3차전은 쉽게 해주겠지'라고 생각했는데 코칭스태프는 출전을 지시했고 달튼은 스웨덴전(1-5)에서도 37세이브를 기록했다. 그가 대표팀에서 차지하는 비중이 어느 정도였는지가 확인된다.

남자 대표팀은 2018 평창 올림픽 조별리그 A조 1차전에서 체코와 접전 끝에 1-2로 석패했는데, 이 역시 달튼이 38세이브를 올리는 활약을 펼쳐 가능했다. 달튼은 특히 이날 스틱을 던져 퍽을 막아내는 말 그대로 '신기(神技)'에 가까운 플레이를 선보이기도 했다.

2017년 '키이우의 기적'도 우크라이나와의 최종전 페널티슛아웃에서 달튼이 상대 슈터들의 페널티샷을 모조리 막아내 가능했다. 2019년 누르술탄

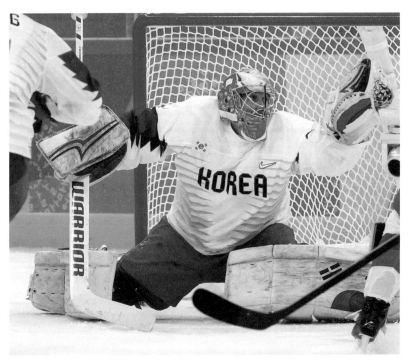

'한국 아이스하키 수호신' 맷 달튼은 체코와의 2018 평창 올림픽 1차전에서 38세이브를 기록하는 '선 방쇼'를 펼쳤다.

에서 열린 세계선수권 디비전 1 그룹 A 대회에서는 베스트 골리에 뽑히기도 했다.

그러나 '세월에 장사 없다'고 달튼도 어느덧 전성기가 지나면서 과거와 같 은 순발력이 나오지 않는다. 본인도 은퇴 시점이 다가오고 있다는 걸 알고 있 다. 그는 은퇴 후에도 한국과 연을 계속 이어 가고 싶어 한다. 특히 어떤 방식 이건 한국 아이스하키에 공헌하고 싶은 마음이 크다.

Period 6

어이없다고?
우린 절박했다!

아이스하키와 인연을 맺은 30년을 돌아보니 헛웃음이 나오는 일이 한두 개가 아니다. 지금에 와서 돌아보면 '그때는 왜 그랬을까' 하는 의문이 드는 일도 있지만, 사실 '당시에는 정말 그만큼이나 절박하고 진지했지'라고 생각되는 일도 있다. 이제는 가볍게 웃으며 추억할 수도 있는 이야기들이지만, 당시에는 결코 쉽게 웃을 수도 없었고, 그렇다고 울 수도 없었던 일들이 많다. 그런 황당한 에피소드를 되짚어보고 그날의 진실을 파헤쳐 본다.

피자 보이스·파이어 파이터스의 진실

때는 1995년 4월, 1994년 12월 창단해 데뷔 시즌 개막을 앞둔 만도 위니아 (HL 안양 전신)는 캐나다 전지훈련에 나선다. 장소는 온타리오주 벨빌. 인구 5만 명 정도의 시골마을이지만 캐나다 동부를 대표하는 '하키 타운' 중 하나로 유명하다.

훈련에 매진하던 선수들은 실전 감각을 다듬을 연습 경기의 필요성을 절감한다. 때마침 같은 링크에서 훈련 중이던 지역 팀 하나를 만나서 연습 경기를 하기로 한다.

역시 아이스하키의 천국 캐나다! 로컬 팀이지만 만만찮은 전력을 가진 그들에게 만도 위니아는 패배하고 만다. 경기 후 이들의 정체가 궁금해져서 질문을 던졌다.

"근데 뭐하는 팀인가요?"

생각지도 못한 대답이 돌아왔다.

"아~ 우리는 벨빌에서 피자 배달하는 사람들이에요."

"?!?!?!…"

며칠 후 만도 위니아는 또 다른 지역 팀과 연습 경기를 치른다. 이들의 기

데뷔 시즌을 앞두고 캐나다 벨빌 전지훈련에 나선 **HL** 안양 선수들.

량은 얼마 전 겨룬 '피자 보이스'보다 한 수 위. 또 다시 쓰라린 패배를 맛본 만도 위니아는 이들의 정체 또한 궁금했다.

"혹시 어떤 팀이실까요?"

역시 생각지 못했던 대답이 돌아온다.

"우리는 벨빌 지역 소방관 팀입니다."

"?!?!?!…"

HL 안양 구단 역사상 첫 캐나다 전지훈련 당시의 전설로 남은 '피자 보이 사건'의 요지다. 입에서 입으로 구전되어 요즘까지 회자되며 HL 그룹 내에 아이스하키에 관심이 있는 임직원이라면 이 '피자 보이 사건'은 이제 모르는 사람이 없을 정도다.

대부분 사람들은 '어떻게 프로팀이 피자 배달원 동호인 팀과 소방관 팀에 게 질 수 있냐'라면서 이 사건을 희화화하는데 나는 조금 생각을 달리한다.

당시 만도 위니아가 동호회 팀에게 졌다는 결과만으로 비웃을 일은 아니라고 본다. 캐나다는 '아이스하키의 나라'다. 남자라면 누구나 아이스하키를 한다. 백지선 감독의 표현에 따르면 '낮에는 링크에 가서 아이스하키 경기를 하고 저녁에 집에 들어와 밥 먹고 아이스하키 TV 중계 보는 게 일상'인 나라가 바로 캐나다다.

'피자 보이스' 대부분이 선수 생활 경력이 있었을 것으로 짐작한다. 몇몇은 당시 벨빌에 있던 메이저 주니어 팀 벨빌 불스 선수 경력이 있을 수 있다. 벨빌 불스는 박용수가 10대 시절 뛰던 팀으로 1995년 당시에도 벨빌 불스 소속 선수였다.

배경이 이렇다면 충분히 '피자 보이스'에게 질 수 있다. 메이저 주니어는 말이 주니어지, 나이 어린 선수들의 프로리그로 보면 된다. 이 때문에 미국 대학(NCAA)에서는 캐나다 메이저 주니어 출신은 받아주지 않는다.

소방관 팀에 진 것은 더욱 말이 되는 이야기다. 현재도 캐나다 소방관 팀은 수준이 굉장히 높은 것으로 유명하다. 아이스하키 선수 출신이 많기 때문이다. 이른바 '선출'이 가장 많은 팀이 소방관 팀이라고 한다. 2018 평창 올림픽에 출전했던 선수들 가운데 디펜스 에릭 리건이 캐나다로 돌아가서 현재 소방관으로 근무 중이다. 리건 같은 선수가 몇 명 있다면 1995년 4월 한국 아이스하키 수준으로는 어림도 없다.

'아이스하키의 나라' 캐나다는 좋은 선수가 차고 넘친다. 그렇기 때문에 웬만큼 잘 해서는 아이스하키로 밥 벌어먹고 살기 힘들다. 아이스하키 선수 생활을 하다가 그만 두고 생계를 위해 피자 배달도 할 수 있고 소방관도 할 수 있는 것이다. 우리나라의 경우에도 고교나 대학까지 축구, 야구 선수 생활을 하다가 프로가 되지 못해 다른 일을 하며 사회인 야구나 조기 축구에서 뛰는 일이 얼마나 흔한가?

대한아이스하키협회에서는 2013년 핀란드 2부리그 팀 키에코 완타를 인수한 후 유망주 5명을 파견했다. 한국 선수들이 어느 날 동네 마트로 장을 보러 갔는데 팀 동료가 일을 하고 있었다. 이유를 물으니 "대부분의 선수들은 2부리그 생활만으로는 생계가 해결되지 않아서 낮에는 이삿짐을 나르거나 마트에서 일을 하고 저녁에 훈련과 경기를 한다. 일상적인 일이다"라는 답이 돌아왔다.

'아이스하키의 나라'들 현실이 이렇다. '피자 보이스', '파이어 파이터스'에 졌다고 함부로 비웃을 일이 아니다.

축구계에도 우리나라 명문 프로축구단이 브라질 전지훈련 중 현지 4부리그 팀과의 친선전에서 패배하는 망신을 당했다는 '확인되지 않은 전설'이 떠돈다. 1999년 프랑스 FA컵에서 일어난 유명한 일화인 '칼레의 기적'은 또 어떠한가. 당시 인구 10만 중소도시 칼레를 연고로 한 4부리그 팀(유럽 프로축구팀은 보통 3부 이하로는 무늬만 프로일 뿐 대개 세컨드 잡을 지녀야 한다) 칼레는 1부리그 명문 팀을 연파하고 결승에 진출했고, 낭트를 상대로 선전한 끝에 1-2로 석패하며 준우승을 거둬 전 세계 스포츠 팬들의 박수갈채를 받았다.

결론은 1995년 당시 캐나다 원정에서 우연히 치른 지역 동호인 팀과의 연습 경기에서 패한 것이 30년간 비웃음을 살 치욕은 아니라는 점이다. 물론 무수한 뒷얘기와 확인되지 않은 여러가지 관련된 이야기가 나오면서 쏠쏠한 재미와 웃음을 주기는 한다.

확인되지 않은 뒷얘기를 하나 더 소개하면, '피자 보이스'에 패배한 날 밤, 피로도 풀 겸 만도 위니아 선수들이 동네 펍에 맥주를 마시러 갔다. 그런데 그곳에서 낮에 게임을 했던 '피자 보이스' 일행과 마주쳤다. 술도 좀 마셨겠다, 어찌어찌 하다가 시비가 붙었는데, '피자 보이스' 선수 한 명이 주먹을 날렸고 만도 위니아 선수가 여기에 KO 됐다는 얘기다. 그래서 '낮에도 지고 밤에도 졌다', '하키도 지고 싸움도 졌다'는 확인되지 않은 얘기가 돌았다.

시대를 앞서가도 너무 앞서갔다

1994년 드라마 〈마지막 승부〉는 국민적인 인기를 끌었다. 오늘날의 장동건을 있게 한 출세작이고 무명의 심은하가 일약 톱스타로 떠올랐다. 당시 최고 인기 스포츠였던 농구의 인기와 맞물려 엄청난 센세이션을 일으켰다.

당시 〈마지막 승부〉를 연출했던 장두익 감독이 2년 만에 야심차게 만든 스포츠 청춘 멜로 드라마가 있었으니, 바로 아이스하키를 소재로 한 드라마 〈아이싱〉이다.

〈마지막 승부〉를 끝으로 학업에 집중하기 위해 TV에서 사라진 장동건의 복귀작인데다가, 이승연, 이종원, 유태웅 등 호화 캐스팅에, 캐나다 현지 올로케 등으로 큰 화제를 모았던 작품이다. 문제는 화제를 모으기만 했을 뿐, 시청률로 연결되지 못했다는 점이다. 엄청난 제작비를 들였음에도 불구하고 동시간 대 방송된 차인표 주연의 병영드라마 〈신고합니다〉에 충격의 완패를 당했다.

왜 갑자기 추억의 옛 드라마 이야기를 하냐면, 이 〈아이싱〉이라는 드라마가 HL 안양 구단의 전폭적인 지원 아래 만들어진 '웰메이드(Well-made) 드라마'였기 때문이다.

혹자는 장두익 감독이 너무 시대를 앞서 갔다고도 한다. 역시 아이스하키 선수가 주인공으로 등장하는 일본 드라마 〈프라이드〉가 2004년 제작됐음을 고려할 때, 추정치로 10년은 앞서 갔다고 말한다. 혹자는 소재 선택에서부터 이미 흥행 가능성은 없었다는 주장을 한다. '인기 스포츠인 축구, 야구를 소재로 한 드라마나 영화도 폭망하는 현실을 고려할 때, 국내에서 마이너 중의 마이너로 꼽히는 아이스하키를 소재로 한 건 흥행을 포기하고 예술을 하겠다는 선언 아니냐'라고 주장한다.

어찌 됐건 흥행 여부를 떠나, 〈아이싱〉은 HL 안양의 협조가 없었다면 세상에 나오지 못했을 드라마다.

당시 팀은 장두익 감독이 〈마지막 승부〉로 워낙 높은 인지도를 쌓은 데다가 '드라마 왕국'으로 불렸던 MBC 방영이라는 점, 화려한 캐스팅 등을 종합적으로 고려할 때, 〈아이싱〉의 제작과 방영이 아이스하키 대중화에 엄청난 영향을 미칠 수 있다는 판단에서 전폭적으로 지원했다.

HL 안양이 드라마 〈아이싱〉에 기여한 바를 돌이켜보자. 먼저 출연진 트레이닝. 요즘 같은 세상이면 상상도 못할 일이지만 당시 아이스하키 선수 역을 맡은 장동건, 이종원, 유태웅, 김명수(〈불멸의 이순신〉에 와키자카 역으로 나왔던 그 분이다) 등은 3개월여의 강훈련을 통해 어느 정도의 스케이팅 능력을 갖추고 드라마 촬영에 나섰다. 대역을 최소화한다는 장두익 감독의 방침에 따라, 열심히 가르치고 열심히 배웠다. 트레이너는 당시 HL 안양 주장이었던 이동호.

배우들 중에는 주인공 역이었던 장동건이 가장 스케이트를 잘 탔다는 후문이다. 나중에 보니 장동건 배우는 야구, 골프도 잘하고 전반적으로 운동 신경이 뛰어난 듯하다.

경기 장면 촬영할 때는 단역으로 HL 안양 선수 전원이 투입됐다. 촬영지는 한국의 경우 목동실내링크장이었고, 캐나다 밴쿠버에서도 촬영했다. 특히 드라마 마지막 장면이 캐나다인데, HL 안양의 전지훈련 일정에 맞춰 드라마 촬영팀이 캐나다로 건너왔다.

선수 1인당 단역 출연료가 당시로서는 상상을 초월하는 일당 10만원이었다! 1996년의 10만원이면 현재 40만 원 정도의 가치를 지닌다. 그런데 증언에 따르면 서울이나 밴쿠버나 선수들의 촬영 시간은 비슷했는데, 목동 촬영 때는 10만원씩 지급받은 기억이 확실한데, 밴쿠버 촬영은 돈 받은 기억이 없다는 얘기가 있다.

드라마 내용이 궁금한 분들을 위해 짧게 줄거리를 소개하자면, 김명수와 장동건은 형제인데 둘 다 아이스하키 선수다. 김명수는 성실한 에이스, 장동건은 게으른 천재. 어느 날 경기 중에 벌어진 사고로 김명수가 동생에게 하키 열심히 하라는 유언을 남기고 사망한다. 이에 자극받은 장동건은 성실한 선수로 거듭나고 대표팀 에이스가 돼서 한국의 세계선수권 C풀 우승과 B풀 우승(당시는 지금과 달리 세계선수권이 A, B, C 이런 식으로 분류됐다)을 이끈다는 내용이다. 마지막 장면에 일본과 B풀 우승 결정전을 치르는데(역시 뭐든 팬들의 관심을 끌려면 한일전이 최고!) 경기 막판 장동건이 빙판에 넘어지며 날린 샷이 결승골로 연결되어 우승한다.

그렇다면 실제로 1996년 한국 아이스하키 대표팀의 세계선수권 레벨은 어땠을까? 우리는 C도 아닌 D풀이었다. D풀에서 호주, 스페인, 유고슬라비아(아직 해체 분리되기 전)와 경쟁하던 시기다. 1996년 세계선수권 D풀의 실제 성적을 보면 스페인과 1-1로 비기고, 유고슬라비아에 1-3으로 졌으며 호주에 13-6으로 이겼다. 그래서 4개국 중에 3위를 기록하며 33~36위 순위 결정전으로 밀려났다.

33~36 순위 결정전에서는 1위를 차지해서 1996년 세계선수권 최종 랭킹은 33위. 반면 일본은 실제로도 B풀에 있었다.

이런 얘기를 하는 이유는, 지금 와서 돌아보면 당시 〈아이싱〉이 너무 좀 과하게 앞서 나갔다는 생각이 들기 때문이다. 지금 와서야 할 수 있는 얘기지만 세계선수권 D풀에 랭킹 33위 하는 나라에서 아이스하키를 드라마 소재로 택한 것은 너무 용감한 선택이 아니었나 싶다.

아무튼 〈아이싱〉 촬영 당시 팀에서는 드라마 방영과 함께 국내에 아이스하키 붐이 일어나지 않을까 기대도 많이 했다는데, 〈신고합니다〉에 참패하는 것을 보고 꽤나 실망을 많이 했다고 들었다. 제목이 〈아이싱〉인 것에 대해서도 아이스하키를 좀 아는 사람들 사이에는 '뭔가 좀 이상한 제목'이라는 지적이 있었다. 아이싱이 아이스하키 경기 중에 자주 나오는 반칙인 아이싱(Icing The Puck)을 연상시키는데, 이건 마치 축구 드라마가 제목을 '오프사이드'로 정한 것과 마찬가지라는 것.

어쨌던 드라마 〈아이싱〉은 안타깝게도 국내 아이스하키 대중화에 전혀 영향을 미치지 못한 채 막을 내리고 말았다. 그리고 19년이라는 시간이 흘러 또 다시 아이스하키를 소재로 하는 드라마가 하나 더 탄생했다. 이번에는 단막극으로, 2015년 SBS에서 방영한 〈픽!〉이었다. 이광수가 사채업자에서 이런저런 사연으로 아이스하키 선수로 변신하는 스토리였는데, 이 작품도 대중의 관심을 전혀 끌지 못했다.

만약 2025년 현재 시점에서 아이스하키를 소재로 한 드라마가 나오면 흥행 성적이 어떻게 될까? 물론 작가, 연출, 캐스팅에 따라 달라지겠지만. 일본 드라마 〈프라이드〉의 경우를 보면, 아이스하키를 소재로 한 드라마가 대히트를 한다고 해도, 그 인기가 실제 아이스하키로 이어진다는 보장도 없는 듯하다. 〈프라이드〉가 방영되던 시기가 사실 일본 아이스하키가 본격적으로 내리막길을 타기 시작할 무렵인데, 〈프라이드〉가 역대급 시청률을 찍었어도 실제 아이스하키의 인기에는 영향이 전혀 없었다.

헤이 코리아, 좀 봅시다!

2013년 9월께로 기억된다. IIHF에서 대한아이스하키협회로 '당신들 올림픽 나가고 싶다면서 왜 손 놓고 있느냐'는 요지의 메일이 왔다.

이 무슨 황당한 이야기인가. 대표팀 전력 강화와 평창 올림픽 본선 출전권 확보를 위해 별의별 짓을 다하고 있는데. 자세히 파악해 보니 IIHF 사무총장이 스위스에서 대한체육회 인사를 만나서 아이스하키 동향에 대해 질문을 했는데, 이 인사가 모르면 모른다고 답하면 될 것을 "글쎄요, 별거 안 하고 있는 걸로 압니다" 이런 식으로 답변을 한 것이다. 이에 IIHF는 격분했고, 위 내용과 같은 메일을 보낸 것이다.

아무리 해명을 해도 IIHF는 우리 말을 믿어주지 않았고, 스위스로 직접 와서 미팅을 갖자고 했다. 결국 내친김에 내가 직접 스위스 취리히에 가서 IIHF를 만나 담판을 짓기로 했다. IIHF도 우리가 오면 아이스하키 주요국 관계자까지 불러 특별 워크샵을 진행하겠다는 의사를 밝혔다. 결국 2013년 11월, 대한아이스하키협회 임직원과 평창 올림픽 조직위 관계자 등 11명의 대규모 출장단이 스위스 취리히로 향했다.

IIHF 본부에서는 르네 파젤 회장, 잭 니콜슨 부회장 등 IIHF 사무국 주요

2013년 11월 한국 아이스하키의 올림픽 출전을 위해 스위스 취리히를 방문, IIHF와 특별 워크숍을 가졌다.

인사와 스웨덴, 독일 아이스하키협회장 등이 우리를 기다리고 있었다. 우리는 프리젠테이션을 통해 2013년 1월 이후 아이스하키 발전 및 대표팀 전력 강화를 위한 노력을 설명하고 향후 계획을 밝히며 2018 평창 올림픽 본선 출전권을 조기에 확정해줄 것을 요청했다. IIHF에서는 구체적인 액션 플랜을 제출하고, 앞으로 정기적인 컨퍼런스 콜을 갖자는 제안을 해왔다. 또 파젤 회장은 2014년 세계선수권에서 한국이 꼴찌만 하지 않으면 평창 올림픽 본선 출전권을 주겠다는 파격적인 제안을 했다.

이 때만 해도 무조건 2014년에 꼴찌는 안 한다고 생각했는데…

워크숍이 마무리될 때쯤, 이날의 하이라이트가 연출된다. 주인공은 칼레르보 쿠몰라 핀란드협회장. 워크숍이 거의 끝나갈 때쯤 황망히 도착해 회의장으로 들어왔다. 그를 바라보는 파젤 회장의 눈빛이 서늘하다. '일찍 일찍 다녀라…' 하는 듯한 눈빛, 그리고 눈치를 보는 쿠몰라 회장.

이때, 파젤 회장이 외국인 감독 얘기를 꺼낸다. "대표팀 전력 강화를 위해서는 외국인 지도자가 절대 필요할 것 같으니 영입을 서두르는 게 좋겠습니다." 추천받은 후보와 접촉했는데 아직 적임자를 찾지 못했다고 설명했다. 그러자 파젤 회장은 최근에 만난 사람이 누구냐고 물었다. "유하니 타미넨, 페카 캉가술라루스타, 티모 투오미 등등⋯." 파젤 회장이 갑자기 말을 끊는다. "누구요? 타미넨?" 그리고 타미넨을 추천한 사람이 누구냐고 물어왔다. 나중에 알고 보니 타미넨은 핀란드 아이스하키 관련 방송에 출연해 르네 파젤 회장을 원색적으로 비난한 적이 있었다. 이로 인해 그에 대한 파젤 회장의 감정이 좋지 못했던 것이다. 쿠몰라 회장이라고 답해주자, 파젤 회장이 분노에 찬 눈빛으로 쿠몰라 회장을 쏘아본다. 눈도 마주치지 못하고 눈치를 보는 쿠몰라 회장, 우리에게 호통칠 때와는 완전히 다른 모습, 그야말로 존재감 제로.

파젤 회장은 아이스하키는 캐나다가 종주국이고 캐나다 지도자가 가장 뛰어나니 캐나다 감독을 영입하는 게 좋겠다고 충고했다. 캐나다 출신 잭 니콜슨 부회장은 '여기까지 온 김에 좋은 사람 한번 만나보고 가라'고 감독 후보를 직접 추천해주기도 했다.

북한과의 단일팀 아이디어가 처음 제안된 것도 이때였다. 당시 여자 아이스하키 대표팀은 북한을 한 번도 이기지 못했고, 세계 랭킹이나 세계선수권 레벨도 북한이 더 높았다. 파젤 회장은 북한이 여자 아이스하키는 한국보다 수준이 높고 한국은 저변이 취약해 선수 구하기도 어려우니 단일팀을 구성해보는 게 어떻겠냐고 물었다. 당시는 박근혜 대통령 임기 초반으로 대북관계가 원만하지 못할 때였다. 나는 북한과의 단일팀은 스포츠보다는 정치적인 문제이기 때문에 우리가 어떻게 할 수는 없고, 현재 정세를 봤을 때 쉽지 않을 것이라고 대답했다. 파젤 회장은 고개를 끄덕거렸고 더 이상 그 문제는 논의가 안됐는데, 실제로 평창 올림픽 때 단일팀이 이뤄지고 난 후 생각해보니, 파젤 회장은 늘 이 생각을 품고 있다가 평창 올림픽 전에 IOC와 협의해서 전격적으로 추진한 것이 아닌가 싶다.

핀란드를 우리의 텃밭으로

2012년 6월 18일 프레스 센터. HL 안양 선수 10명이 비장한 태도로 앉아 있다. 박우상, 김기성, 조민호, 신상우, 김상욱, 성우제(이상 포워드), 김윤환, 이돈구, 김우영(이상 디펜스), 박성제(골리)가 그들이다.

2018년 평창 동계 올림픽을 대비한 남자 아이스하키 대표팀 전력 강화책의 일환으로 이들을 북유럽 아이스하키 최강국 핀란드 2부리그 팀으로 집단 이적시킨다는 파격적인 발표를 하기 위한 자리다. 이른바 '제1차 핀란드 프로젝트'에 참가할 10인조 특공대다.

주력 선수 10명을 집단 이적시키는 것은 사상 초유의 일. 그러나 나는 '비상 시국에는 비상한 방법을 써야 한다'는 믿음을 갖고 이들의 집단 이적을 허락했다. 게다가 이들의 연봉과 현지 체류비까지 우리가 부담하는 파격적인 조건도 승인했다.

2012년 4월 폴란드 크리니카에서 열린 세계선수권 디비전 1 그룹 B에서 우승한 대표팀 선수들의 눈물을 보고 '대표팀을 위해 뭔가 해야겠다'고 결심했다. 그래서 '아이스하키 강국 핀란드로 주력 선수를 파견해 성장시키자'는 아이디어를 채택했고 선수 10명을 한꺼번에 이적시키기로 했다. HL 안양으로서는 타격이 크겠지만 한국 아이스하키를 위한 대승적인 차원에서 핵심 선수들의 이적에 팀도 동의했다.

김기성, 김상욱, 성우제, 김우영, 박성제는 지난 시즌 3부 리그 우승을 차지해 2부 리그로 승격한 HC 게스키 우지마 유니폼을 입고 나머지 선수들은 지난 시즌 2부 리그 8위를 기록한 키에코 완타로 이적한다.

그렇다면 왜 핀란드냐?

일단 핀란드는 2012년 IIHF 랭킹 2위의 아이스하키 강국이다. 게다가 국내리그 시스템이 잘 갖춰져 있는 것으로 유명하다. 2011년 월드챔피언십에서는 자국 선수들 중심으로 NHL 선수 주축으로 출전한 나라들을 차례로 격파하고 정상에 올랐다. 2006년 토리노 올림픽에서는 은메달을 차지했다. 1998년 나가노 올림픽에서도 NHL 스타들이 즐비한 캐나다를 격파하고 동메달을 따냈다. 당시에도 핀란드에는 자국리그 소속 선수들이 많이 포진해 있었다.

그래서 우리 선수들을 성장시킬 최적의 환경이 갖춰진 나라가 핀란드라고 판단한 것이다. 일부 언론에서는 이 기발한 프로젝트를 두고 '아이스하키판 신사유람단'이라고 표현했다. 절묘하다. '핀란드 프로젝트'의 개념과 딱 들어맞는다. 선진국에 가서 보고 뛰고 배우고 돌아오라, 그게 신사유람단 아니겠는가.

그러나 1차 프로젝트는 결코 성공이라 할 수 없었다.

2부리그 팀들은 약속이나 한 것처럼 우리 선수들을 경기에 출전시키지 않았다. 그나마 기회를 꾸준히 잡은 것은 김기성-김상욱 형제뿐으로 일부는 산하 3부리그 팀으로 쫓겨났고, 팀에서 훈련도 제대로 시키지 않는다고 밤마다 구단으로 전화해 밤을 새우며 귀국시켜 달라고 하소연하는 일이 이어졌다. 뜻밖의 부분에서도 사고가 났다. 핀란드어를 알 리 없는 한 선수가 주유소에서 확인 없이 경유차 렌터카에 무연휘발유를 주입해 차가 고장났고 거액의

2013년 핀란드 2부리그 팀 키에코 완타에 파견된 5명의 '핀란드 프로젝트' 2기생(왼쪽부터 김지민, 김원준, 안진휘, 신상훈, 안정현)

수리비를 지불한 사건이 있었다.

2개월여 선수들의 읍소가 이어지고, 마침 HL 안양도 선수 구성에 어려움을 겪던 터라, 나는 고심 끝에 선수들에게 잔류할지 귀국할지 선택권을 부여했는데, 이번에도 딱 두 사람, 김기성과 김상욱만 현지에 남았다. 어떻게든 현지에 살아 남겠다는 확실한 목표의식이 있었다. 그러나 김기성은 그 해에 창단한 상무 아이스하키 팀 1기에 지원하기 위해 귀국했고, 끝까지 남겠다고 버티던 김상욱도 결국 구단 설득에 귀국 짐을 쌌다.

1차 핀란드 프로젝트가 실패한 원인은 그해 벌어진 NHL 노사갈등 때문이다. NHL이 시즌 개막을 앞두고 단체협약 체결에 실패하며 리그가 열리지 못했고, 경기력 유지를 위해 NHL 선수들은 산지사방으로 흩어져 유럽 구단과 임시 계약을 맺었다. 이 때문에 NHL에서 뛰는 많은 핀란드 선수들이 고국으로 돌아왔고, 이 현상이 도미노화 되면서 2부리그까지 파장을 끼친 것이다. 한마디로 아이디어는 좋았지만 운 때가 맞지 않았던 셈이다.

2차 핀란드 프로젝트는 좀 더 과감하게 진행했다. 아예 2부리그 팀 하나를 물색해서 지분을 몽땅 넣은 후 어느 정도는 우리 마음대로 운영하며 한국 선수, 특히 젊은 선수들을 무더기로 이적시켜 현지화시켜 보자는 아이디어였다. 헬싱키에 연고를 둔 핀란드 최고 인기 팀이자 KHL 소속인 요케릿의 산하 팀인 키에코 완타 지분을 인수했다.

젊은 유망주를 파견하자는 아이디어로 한 시즌 동안 총 5명의 선수를 이적시켰고 그 중 안진휘, 신상훈, 김원준 3명의 올림픽 멤버를 배출했다. 특히 신상훈은 총알 같은 스피드와 슈팅력을 바탕으로 팀의 비밀병기로 자리잡으며 정규리그 46경기 13골 10어시스트의 기대 이상 활약으로 현지 언론의 조명을 받기도 했다.

비화 하나. 현재까지 이른바 '아이스하키 강국' 1부리그 빙판에 선 한국 선수가 없다. 당시 핀란드 아이스하키 관계자들은 신상훈을 거론하며 '신상훈은 잠재력도 있으니 한국 글로벌 기업이 우리 구단에 스폰서로 참여하면 당장 1부리그 요케릿에 올려주겠다'고 수차례 제안했다.

핀란드 2차 프로젝트는 한 시즌 만에 막을 내렸다. 핀란드 현지가 워낙 젊은 선수들에게 생활하기 어려웠던 탓이다. 한 집에서 5명이 기거하며 숙식을 모두 스스로 해결해야 하고, 핀란드 2부리그는 장거리 이동이 잦은 탓에 밤늦게 경기를 마치고도 다음날 새벽이면 집을 나서야 하는 일도 흔했다. 겨울이면 해가 거의 뜨지 않는 것도 한국 젊은이들에겐 참기 힘든 환경이었을 것이다.

젊은이들이 즐길 수 있는 별다른 여흥거리가 없다는 것도 이들을 지치게 했다. 이들의 말에 따르면 당시 헬싱키 최고의 핫플레이스는 버거킹이었다고 한다. 또 매일 같이 열리는 오전 오후 훈련에 한국 선수들은 필수적으로 참여했는데 이렇게 열심히 훈련을 하는데 경기 출전 기회가 주어지지 않으면 울화통이 치밀었다고 들었다.

비화 둘. 아무리 아이스하키 강국이라고 해도 2부리그 환경은 열악하다. 선수들 실력은 빼어나지만 환경이나 여건은 우리 HL 안양보다 떨어진다. 2차 프로젝트로 보낸 젊은 선수들이 하도 장비에 대한 투정이 많아서 글러브와 스틱 등을 보내줬다. 우리가 보내준 글러브를 착용하고 훈련에 나섰는데, 당시 키에코 완타의 감독 페카 캉가술리루스타가 눈을 부라리며 호통을 쳤다. "너희는 뭔데 팀 글러브를 안 껴?!" 구단 지급품을 사용하지 않고 왜 함부로 사제를 착용하느냐는 거다. 그러더니 감독이 와서 우리 선수 한 명의 머리통을 후려 갈겼다.

아, 이런, 이러시면 곤란하죠. 아이스하키 배우러 멀리 가서 고생하고 있는 선수 머리통을 후려치다니, 이거야말로 울고 싶은 사람 뺨 때리는 일 아닌가. 그 길로 우리는 페카 감독을 해고했다. 페카는 당시 한국 대표팀 감독 면접을 보러 왔다가 좋은 결과로 이어지지 않고 돌아간 직후라, 괜히 한국인 선수들에게 화풀이를 한 게 아닐까 싶다.

재밌는 건, 2018년 평창 동계 올림픽에서 머리통 맞은 선수와 때린 페카가 재회했다는 것. 대표팀이 핀란드를 상대로 8강 진출 플레이오프를 치렀는데, 핀란드 벤치에 페카가 있었다. 핀란드 대표팀의 코치였다고 한다.

페카를 본 '머리 통 맞은 그 선수'는 당시의 일이 떠올라 이를 악물고 복수의 칼을 갈았고 기회가 오자 페카에게 복수를 한다는 심정으로 분노의 샷을 날려 핀란드 골 네트를 갈랐다.

그렇다. 그날 머리통을 후려 맞은 선수는 바로 현재 HL 안양의 주장 안진휘다.

너희가 귀화를 아느냐

2018 평창 동계 올림픽에 대한아이스하키협회는 총 11명의 복수국적 선수를 출전시켰다. 남자 대표팀에 7명, 여자 대표팀 4명이다. 단일 종목으로는 최대 규모다. 놀랄 것 없다. 아이스하키에서 복수국적 선수의 대표팀 발탁은 일반적인 일이다. 2006년 토리노 올림픽에서 개최국 이탈리아는 남자 대표팀에만 총 11명의 복수 국적 선수를 활용했다. 1998년 나가노 올림픽에서 일본 남자 대표팀도 7명의 외국인 선수를 기용했다. 이른바 '7인의 사무라이'다. 1994년 세계선수권에 출전한 영국 대표팀 로스터 중 복수 국적 선수는 무려 15명에 달했다.

우리가 2018 평창 동계 올림픽에서 11명의 복수국적 선수를 활용한 것은 전력 강화의 측면도 있지만 IIHF의 요구 사항이기도 했다. IIHF는 2014년 9월 반연차 총회에서 한국 남녀 대표팀의 평창 올림픽 본선 출전을 허락하며 '복수 국적 선수를 적극 활용해 전력을 강화할 것'을 요구했다.

2013년 3월 브락 라던스키가 '벽안의 태극 전사 1호'로 스타트를 끊었고 2017년 3월 여자 대표팀의 대넬 임(임진경)까지 11명이 차례로 한국 국적을 취득해 대표팀에 합류했다.

대한아이스하키협회는 평창 올림픽 당시 '귀화의 스탠다드', '귀화의 달인'으로 불렸다. 복수국적 선수를 활용하려는 대한체육회 산하 모든 단체들이 대한아이스하키협회에 자문을 구했다. 자문료를 받았으면 상당히 짭짤했을 것인데, 모든 행정 절차와 관련한 자문을 친절하게 무료로 해줬다. 그 당시 과거 1세대 슈퍼모델이었던 한 분도 우리 협회 귀화 담당자에게 아들의 복수국적 취득에 대한 문의를 해오기도 했다.

그렇다면 복수국적 취득 절차를 간단히 살펴보자.

복수국적 취득은 이른바 '특별 귀화'에 의해 이뤄진다. 법적 근거는 국적법 7조 3항이다. 과학·경제·문화·체육 등 특정 분야에서 매우 우수한 능력을 보유한 사람으로서 대한민국의 국익에 기여할 것으로 인정되는 사람은 특별 귀화에 의해 한국 국적을 취득할 수 있다.

여기서 가장 중요한 것은 매우 우수한 능력을 보유했음을 증명하는 일이다. 체육분야 우수 인재의 경우 총 7가지 조건 중에 3가지 이상을 충족해야 우수 인재로 인정받을 수 있다. 3가지 이상이 충족될 경우 대한체육회에 추천 요청을 하게 된다. 대한체육회 스포츠공정위원회에서 이에 대한 심의를 한다. 가장 중요한 절차다. 신청인 본인과 협회 임직원이 출석해서 국적을 취득하려는 목적 등을 설명한다. 신청인(외국인 선수)의 학력과 출신 국가 등 백그라운드가 큰 영향을 미친다. 아이스하키의 경우 11명 전원이 선진국인 캐나다·미국 출신이라는 점이 플러스가 됐을 가능성이 높다.

여자 대표팀 선수들의 경우, 대부분이 교포인데다 고학력자라 위원회 통과가 상대적으로 수월했다. 박은정(캐롤라인 박), 임진경(대닐 임)은 양친이 모두 한국인이고, 랜디 희수 그리핀은 어머니가 한국인이다. 게다가 박은정은 프린스턴대, 랜디 희수 그리핀은 하버드대 졸업생이다.

남자 선수들은 100% 외국인이기 때문에 위원회 출석할 때 언행을 조심해야 했다. 간단하더라도 한국말을 몇 마디 하면 유리하기 때문에 사전 교육이 중요하다. 가장 흔한 질문이 '좋아하는 한국 음식이 뭐냐', '국적을 취득하려는 이유가 뭐냐' 같은 것인데 우물쭈물하지 말고 바로 대답해야 한다. 사전 교육이 중요한 이유다. 2015년 마이크 테스트위드의 위원회 출석 당시 '좋아하는 음식이 뭐냐'라고 물었을 때 쭈꾸미라고 대답했는데 위원들이 박장대소하며 '매운 쭈꾸미를 좋아하고 한국 사람이 다 됐구먼!' 하면서 분위기가 훈훈해졌다. 또 국적 취득 목적을 물을 때는 국적을 땄을 때 한국에 어떤 식으로 기여를 하고 싶다는 것을 중심으로 진술해야 한다.

대한체육회 스포츠공정위 심의를 통과하면, 대한체육회장이 추천인이 돼 법무부에 해당인의 국적 취득을 요청하게 된다. 법무부 국적심의위원회가 열리고 해당인(외국인 선수)이 출석해야 한다. 역시 사전 교육이 중요하다. 무조건 숙지해야 하는 것은 애국가. 시키는 경우가 많지는 않은데, 만약의 경우에 대비해 무조건 1절은 완창이 가능해야 한다. 외국인 선수들이 가장 어려워하는 부분이다. 한글을 모르기 때문에, 알파벳으로 최대한 비슷한 발음으로 적어준다. Dong hae Mool ga Bak Do Sani Margo Daltorock~ 이런 식이다. 한국의 역사 문화 등에 대해서도 기본적인 사실들은 알고 있어야 한다. 예를 들자면 '이순신 장군이 누구냐?', '세종대왕은 누구냐?', '지폐 1만원 권에 있는 사람이 누구냐?' 같은 것들이다. 법무부 국적심의 위원회는 동반자 입장이 불가능하다. 그래서 이때가 가장 조마조마하다.

법무부 국적심의위원회를 통과하면 국적 취득을 위한 중요한 행정 절차는 끝났다고 보면 된다. 잔여 절차가 남아 있지만 대세에 지장은 없다.

남자 대표팀 7명의 선수 가운데 애국가를 가장 잘 부른 선수를 꼽는다면, 맷 달튼과 에릭 리건이다. 국적 취득 절차를 동시에 진행했는데, 애국가를 어찌나 잘 부르는지, 2016년 4월 사할린에서 HL 안양의 2015~2016 아시아리그 아이스하키 우승 뒤풀이 때 두 사람이 목을 놓아 애국가를 열창하기도 했다. 리건은 한국어 발음도 비교적 정확한 편이어서, 모 식품 회사 TV 광고에

2014년 1월 한국 국적을 취득한 한 마이클 스위프트(왼쪽)와 브라이언 영이 한복을 입고 기념 촬영을 했다.

도 주연급으로 출연해 "한국 사람 밥심이지!", "이모 여기 밥 하나 더!"와 같은 멘트를 하기도 했다.

남자 선수들은 아시아리그 아이스하키에 출전하는 HL 안양이나 하이원 소속 선수 가운데 좋은 경기력을 보이고, 본인이 희망하는 선수들을 대상으로 했다. 반면 여자 대표팀 선수들의 경우는 우리나라에 팀이 없기 때문에, 4명 전원이 캐나다와 미국을 샅샅이 뒤져서 찾아낸 경우다.

1번 타자는 대넬 임(임진경). 2013년 10월쯤 협회 직원 한 명이 인터넷으로 캐나다 대학 윌프리드 로리에 선수 명단을 검색하다가 임 씨 성(Im)을 쓰고 100% 아시아계의 얼굴을 한 선수를 발견했고, 다시 유튜브를 싹싹 뒤져서 경기 모습을 담은 영상을 찾았다. 저 정도면 대표팀에 도움이 되겠다는 확신이 섰고 다시 SNS 계정을 검색해서 '혹시 한국계 선수라면, 한국에 와서 아이스하키 해보실 생각 있습니까?'라는 요지의 메시지를 보냈다. 대넬 임은 보이스 피싱 같은 것인 줄 알고 처음에는 무시했는데, 똑같은 내용의 메시지가 계속 오길래 한국에 있는 외삼촌에게 확인을 요청했다.

임진경의 외삼촌이 대한아이스협회 담당자와 직접 만난 후 '진지한 사업'임을 알게 됐고 임진경은 한국에 오기 전에 자기 앞집 살던 한국계 아이스하키 선수를 소개한다. 바로 캐롤라인 박(박은정)이다. 프린스턴대까지 선수생활을 하고, 2013년 당시 병원에서 파트 타이머로 일하며 컬럼비아대 메디컬 스쿨 진학을 준비하고 있었다.

임진경과 박은정은 2013년 10월 한국에 와서 여자 대표팀 훈련에 동참한다. 당시만 해도 두 사람의 경기력은 다른 선수를 압도했다. 박은정의 부친이 하버드에서 뛰던 또 다른 한국계 선수를 떠올리고 소개하니, 이 선수가 일본을 상대로 남북 단일팀의 첫 골을 넣었던 랜디 희수 그리핀이다. 하버드를 졸업하고 노스 캐롤라이나대 대학원에서 박사 과정을 밟고 있던 그는 처음 학업을 이유로 한국행 제안을 고사했는데 마음을 돌린 경우다. 희수 그리핀은 2016년에 한국에 처음 왔는데 새러 머리 감독이 희수 그리핀을 처음 만났을 때 긴장한 모습을 보였다고 한다.

일단 두 사람이 동갑인데다가, 4학년 기준으로 봤을 때 희수 그리핀의 기록이 월등히 뛰어났다. 게다가 희수 그리핀은 머리 감독이 갖고 있지 못한 미국아이스하키협회 최고 레벨 지도자 자격증 소유자이기도 했다. 희수 그리핀과 새러 머리의 묘한 긴장 관계는 2018 평창 올림픽이 끝날 때까지 이어졌다는 것이 여자 대표팀 관계자들의 증언이다.

박윤정(Marissa Brandt)은 대한아이스하키협회가 '한국계 선수 찾는다'고 동네방네 요란하게 떠들고 다닌 것이 효과를 본 경우다. 입양아인 박윤정의 동생은 미국 여자 대표팀의 간판 공격수 해너 브랜트, 어느 날 '한국협회가 한국계 선수를 찾고 있다'는 소문이 해너의 귀에 들어가게 되고 그는 '어? 우리 언니 한국에서 왔는데?'하면서 미국 출신의 여자 대표팀 코치 레베카 베이커에게 연락한다. 박윤정의 경우 한국에서 태어났기 때문에 특별 귀화가 아닌, 국적 회복이라는 행정 절차를 통해 한국 국적을 취득했다.

2025년 2월 현재 남자 대표팀에서 뛰었던 7명의 복수 국적 선수들 중 맷 달튼 외에는 모두 고국으로 돌아갔다. 에릭 리건은 소방관, 알렉스 플란트는 경찰관이 됐다고 한다. 라던스키는 유소년 선수를 지도한다고 하고, 나머지 선수는 어떻게 생활하고 있는지 정확히 파악되지 않고 있다.

여자 대표팀 4인방의 경우, 임진경과 박윤정이 2023년 여자 대표팀에 복귀했다. 임진경은 2023년에 이어 지난해 세계선수권에도 출전했고, 박윤정은 2024년 대회에는 출전하지 않았다. 박은정은 컬럼비아 메디컬 스쿨 졸업 후 의사가 됐고 결혼도 했다. 랜디 희수 그리핀은 중단했던 학업에 전념하고 있는 것으로 알려지고 있다.

맥데이빗을 잡아라

세계 최고 선수, 코너 맥데이빗(에드먼턴 오일러스)은 번개 같은 스케이팅으로 유명하다. 인터넷중계를 보니 퍽을 몰고 스케이팅을 하는데 순간 시속이 40km에 달할 때도 있다. 이 선수를 빙판 위에서 잡는 것은 불가능하다. 잡으려면 지상에서 잡아야 한다. 붙잡고 사인을 받거나 같이 사진을 찍거나.

2018년 덴마크에서 열린 2018 IIHF 월드챔피언십은 '하늘 위에 하늘'이 있음을 깨닫게 해준 대회였다. 2018 평창 올림픽 본선에서도 '아, 세계 최강국은 역시 다르구나'라고 생각했는데, NHL은 젊은 친구들 말처럼 '어나더 레벨'이었다. 7경기 다 졌고 겨우 4골 넣으면서 무려 48골이나 허용했지만 아마 선수들도 '별천지'를 경험하며 많이 배웠을 것이다. 이런 면에서는 참 뿌듯한 대회였다.

떠날 때부터 이전 세계선수권과는 마음가짐이 달랐다. 홀가분했다. 이길 수 있는 상대가 아니라는 것을 알고 있었기 때문이다.

B조에 편성된 우리는 헤르닝이라는 곳에서 경기를 치렀다. 우리가 상대할 나라는 캐나다, 미국, 핀란드, 독일, 라트비아, 덴마크, 노르웨이였다. 인구 8~9만의 작고 조용한 시골 마을이었고 인근에 레고랜드가 있었고 축구 선수

조규성, 이한범이 뛰는 미트윌란 홈구장이 헤르닝 근처다.

　도착해서 이번에 유독 NHL 스타 플레이어들이 많이 왔다는 보고를 들었다. 보통은 소속팀이 NHL 플레이오프에 진출하지 못해도 '대어급' 선수들은 세계선수권에 잘 나오지 않는데, 이번에 예외적으로 유명 선수들이 많이 나왔다는 것이다. 일단 세계 최고 코너 맥데이빗(캐나다)이 있고 그의 팀 동료 리온 드라이사이틀(독일)도 나왔고 웬만해서는 나오지 않던 패트릭 케인(미국)이 이례적으로 출전했다. 이들 세 명은 모두 NHL 포인트왕과 정규리그 MVP 출신이었다.

　그래서 성적에 대해서는 처음부터 마음을 완전히 텅 비우고 있었다.

　가장 기대한 경기는 캐나다와의 2차전이었다. 세계 최고의 플레이어로 평가받는 코너 맥데이빗이 얼마나 잘하는 선수인지 직접 눈으로 확인하고 싶었다. 경기 초반에는 의외로 대등했다. 나도 깜짝 놀랄 정도, 파워 플레이 찬스도 먼저 잡았다. 그러나 5분 정도 지나니, 뭐…. 자세한 설명은 생략하겠다.

　맥데이빗은 그렇게까지 최선을 다하지는 않는 것 같았다. 자세히 보니 뛰다가 벤치로 돌아갔는데, 입을 꾹 다물고 있었다. 숨이 전혀 차지 않은 것이다. 100퍼센트를 다해서 스케이팅을 하지 않았다는 얘기다. 가장 놀랐던 것은 캐나다의 세 번째 골. 우리가 두 명이 마이너 페널티를 받고 숏핸디드에 몰렸을 때, 콜튼 파레이코라는 디펜스가 몸을 날리며 강력한 원타이머 슬랩을 때리는데, 이건 문자 그대로 대포알, '와! 진짜 저건 피해야지, 맞으면 죽는다!'라는 생각이 들었다.

　나중에 들은 얘기인데, 라이언 뉴진 홉킨스(맥데이빗 팀 동료)가 페이스오프 서클에서 우리 선수에게 물어봤다고 한다. "너희 이렇게 와서 우리들(NHL 스타 플레이어)이랑 직접 뛰어보니 기분이 어떠니?" 옆에 있던 코너 맥데이빗의 한 마디 "야, 됐어, 얘네 영어 몰라서 알아듣지도 못해."

　우리 선수들 영어 잘해서 다 알아들었다. 감독님이 캐나다분인데 그 정도

캐나다의 코너 맥데이빗은 모두가 인정하는 당대 최고 아이스하키 슈퍼스타다.

영어도 못 알아들을까? 굳이 답을 하지 않은 건, 그 순간 바로 할 말이 생각나지 않아서 그랬을 뿐. 기분이야 뭐 굳이 말하지 않아도…

아무튼 캐나다와의 최종 스코어는 0-10. 완패였다.

경기 후 우리 팀 락커 쪽으로 이동하고 있었는데, 참 절묘한 게 우리 팀 락커의 위치였다. 미국과 캐나다의 중간. 그러니까 경기장에 오면 늘 캐나다, 미국의 NHL 스타와 마주치는 것이다. 그런데 캐나다 락커 앞에 우리나라 복수국적 선수들이 줄을 서 있었다. 뭐 고향 친구라도 만나려고 하나보다 싶었는데… 나중에 알고 보니 코너 맥데이빗 사인받으려고 기다리고 있었던 것. 그 중 가장 성공한 사람은 수문장 맷 달튼으로, 스틱에 맥데이빗 사인을 받는 데 성공해서 소중하게 안고 갔다고 한다. 캐나다 집에 가져가서 아들 줘야 한다고 그랬단다. 아무튼 그날 이후로도 캐나다 락커 앞을 기웃거리는 선수는 수도 없이 많았다고 한다. 이유는 맥데이빗하고 사진 찍거나 사인 받고 싫어서.

그래, 이해한다. 2006년 야구 WBC 때 한국 대표팀 선수들도 미국과의 경기 끝나고 데릭 지터, 알렉스 로드리게스, 켄 그리피 주니어 같은 메이저리그 슈퍼스타들 하고 같이 사진 찍고 사인 받고 싶어서 기다렸다더라. 너희라고 뭐 크게 다르겠니.

한 선수는 웨이트 트레이닝장에서 우연히 맥데이빗을 만났는데, 심장이 내려 앉는 줄 알았다고 했다. 불행히도 그 순간 휴대폰을 갖고 있지 않아서 사진을 남기지 못한 것이 천추의 한이라고 들었다.

미국전 얘기도 빼놓을 수 없겠다.

안진휘는 미국전에서 선제골을 넣고도 선배들에게 좋은 소리를 못 들었다고 했다. '왜 잠자는 사자의 코털을 뽑아서 화나게 만들었느냐'는 이유에서다. 초반에는 어느 정도 슬슬 하던 'NHL 형님들'이 선제골 실점 이후에 확 달라졌다는 것이다.

안진휘는 미국전에서 1피리어드 5분께 선제골을 넣었다. 그리고 이후 미국은 '안 되겠다, 매우 쳐라' 모드로 바뀐다. 무려 13골을 넣으며 한국 대표팀의 영혼을 탈탈 털었다. 경기 후 선수들이 가장 충격을 받은 것은 패트릭 케인의 플레이. 자신들의 작은 움직임까지 계산하고 있는 듯한 플레이를 펼치는데, 자신들이 마치 '부처님 손바닥 위의 손오공'이 된 느낌이었다고 했다.

캐나다, 미국전이 끝난 후 한 선수의 소감이다. "평창 올림픽에서 만난 상대들은, '아 우리도 더 열심히 하고 운도 좀 따르면 어떻게 비슷하게 가다가 경기를 잡을 수 있겠다'는 생각이 들었는데, 여기 와서 NHL 선수들을 보니까 '이 친구들이랑은 죽었다 깨어나도 안 되겠구나' 하는 그런 생각이 들었습니다."

NHL 스타 플레이어 선수들은 정말 클래스가 달랐다.

Period 7

남북 단일팀,
그 잊지 못할 기억들

2018 평창 올림픽이 낳은 최고 스타는 뭐니뭐니 해도 여자 아이스하키 남북 단일팀이다. 햇빛처럼 나타났다가 수증기처럼 사라지긴 했지만, 당시 남북 단일팀은 결성 이후 가는 곳마다 화제를 몰고 다녔고, 성적과 관계없이 구름 같은 취재진이 그들의 뒤를 쫓았다.

사실 단일팀은 우리의 뜻과는 관계없이 톱 다운 식으로 결성이 결정됐다. 그리고 그냥 그렇게 결정됐으니까 따라오라는 식으로 운영됐다. 가장 기억에 남는 건, 북한 선수들은 북에서 내려올 때 스틱 한 자루, 스케이트 한 켤레 안 가져왔다는 점이다.

단일팀이 스포트라이트를 받으며 감독 새러 머리가 '벼락 스타'가 되기도 했다. 일부에서는 '스포츠를 정치에 이용했다'는 비판적인 시선도 있었지만, 북한 감독과 선수들은 예상 외로 순수했고, 우리와 크게 다르지도 않았다. 다만 아쉬운 점이 있다면, 여자 대표팀의 남북 단일팀 결성으로 인해 TV 중계와 취재 등이 여자 아이스하키에 집중되며 그동안 열심히 준비한 남자 아이스하키 대표팀이 크게 조명받지 못했다는 것이었다.

아이디어에 그치는 줄 알았더니…

앞에서도 이야기했지만 여자 아이스하키 남북 단일팀 아이디어가 처음으로 제기된 것은 2013년 11월 스위스 취리히에서 열린 IIHF와의 특별 워크샵 때다. 당시 르네 파젤 회장이 처음 제안했으나, 정치적인 문제이기에 우리가 협회 차원에서 어떻게 할 방법이 없다고 답했다.

당시에는 단순한 아이디어 차원의 얘기인 줄 알았다. 그리고 이후 우리가 여자 아이스하키를 집중 육성시켜서 2016년 여자 세계선수권 디비전 2 그룹 A(슬로베니아 루블랴나)에서 북한을 4-1로 완파하고, 2017년 강릉에서 평창 올림픽 테스트 이벤트 격으로 열린 여자 세계선수권 디비전 2 그룹 A에서도 북한을 3-0으로 완파해 더 이상 단일팀의 명분이 없다고 생각했다.

당초에 북한과의 단일팀 결성 아이디어는 북한 여자 아이스하키가 우리보다 우월할 때 나왔지만, 이제는 한국이 압도할 정도로 전력 차이가 나기 때문에 북한과 단일팀을 결성할 이유가 없다고 생각했다.

그렇지만 경기력 등 팀에 미칠 영향은 전혀 고려되지 않은 채, 2018년 1월 전격적으로 추진됐다.

지금 돌아보니 IIHF, IOC 등이 단일팀 결성 의지를 굳힌 것은 2017년 4월 강릉에서 열린 여자 아이스하키 세계선수권 디비전 2 그룹 A 대회가 아닐까 싶다.

2018 평창 올림픽 아이스하키 종목의 테스트 이벤트로 열린 이 대회에, 북한 여자 아이스하키 대표팀은 전격적으로 출전했고, 남북 대결이 벌어진 4월 6일 온갖 시민단체 등이 경기장을 찾아 한반도기를 흔들며 북새통을 이뤘다. 여타 한국 대표팀 경기의 관중이 1,200여 명을 조금 넘은 반면, 이날 경기는 6,000명에 가까운 관중이 입장했고, 북한 여자 대표팀에 대한 취재 열기도 뜨거웠다.

이 광경을 본 IIHF 관계자들은 남북 단일팀의 흥행 성공을 확신했을 것이다. '아이스하키에 관심이 없는 한국은 북한이 와야 관중이 오는구나' 이렇게 생각하지 않았을까 싶다.

실제로 이 대회 이후 여자 아이스하키 남북 단일팀에 대한 얘기가 여기저기서 나오기 시작했다. 도종환 문화체육부장관은 기자들과의 간담회에서 "평창 올림픽에서 여자 아이스하키 같은 종목이 남북 단일팀을 만들면 참 좋겠는데…"라는 발언을 했다.

2017년 여름으로 기억되는데, 언론에서 여자 아이스하키 대표팀 남북 단일팀 가능성이 여기저기서 흘러나오기 시작했다. 재미있는 것은 여자 대표팀 감독 새러 머리의 반응이었다. 당연히 싫다고 할 줄 알았는데, 괜찮은 선수가 있는지 한번 확인해보겠다며 2017년 4월 북한이 참가했던 강릉 세계선수권 경기 비디오를 요구했다.

아무튼 2017년 흘러나왔던 단일팀 가능성은 미국과 북한 관계가 '전쟁 임박설'이 나올 정도로 악화되자, 쑥 들어갔고 그냥 그렇게 '없었던 일'이 되는구나 싶었다. 그러나 2018년 1월 들어 김정은 국무위원장이 신년사를 통해 평창 동계 올림픽 참가를 공식 선언하자 갑자기 얼어붙어 있던 남북 관계가 해빙 무드로 전환될 조짐이 보였고 외신에서도 여자 아이스하키 남북 단일

팀 관련 기사가 보도됐다. 국내 언론 중 최초로 이를 다룬 것은 〈한겨레〉였던 것으로 기억된다.

어느 날 도종환 문체부 장관이 나를 만나고 싶다고 하더니 여자 아이스하키 남북 단일팀 문제를 꺼냈다. 나는 그동안 열심히 준비한 우리 선수들에게 피해가 가기 때문에 어렵다고 난색을 표했다. 그러나 도 장관은 "경색 국면으로 치닫던 남북 관계가 모처럼 화해 무드로 전환될 시점이기 때문에 이런 좋은 모멘텀을 살리기 위해서는 단일팀 같은 이벤트가 필요하다"고 했다. 나는 그때 이미 남북 단일팀 결성이 이미 결정됐다고 느꼈다. 이후 1월 12일 이기

2017년 4월 강릉하키센터에서 열린 맞대결 후 IIHF 관계자들과 기념촬영을 하고 있는 남북한 여자 아이스하키 대표팀.

홍 대한체육회 회장과 노태강 문체부 차관이 평창 올림픽 여자 아이스하키 남북 단일팀 결성 발표를 했다.

여론은 들끓었다. 언론도 대부분 부정적인 논조였고, 특히 젊은 세대에서 불만이 컸다. 단일팀을 결성하면 당연히 한국 여자 대표팀에 희생되는 선수가 있을 텐데, 정치적인 문제 때문에 열심히 준비한 선수가 피해를 보는 것은 불공정의 극치라는 것이다. 나는 최대한 우리 선수들을 보호하겠다고 했다. 나는 2017년 처음 남북 단일팀 이슈가 불거졌을 때부터 줄곧 '선수를 보호하지 못하는 협회장은 협회장이 아니다'라는 것을 원칙으로 삼아왔다.

1월 21일 새벽, 스위스 로잔에서 전화가 걸려 왔다. IOC에서 남북 단일팀 로스터 구성비율을 정해야 하니, 빨리 답을 달라는 것이었다. 나는 우리 선수들이 한 명이라도 피해를 보면 안 된다고 말했다. 새러 머리 여자 대표팀은 경기 출전 로스터에 북한 선수 3명 정도가 포함되면 적절할 것 같다는 견해를 보였다. 결국 단일팀 구성은 대회 출전 35명에, 경기 출전 22명, 북한 선수는 경기 출전 로스터에 3명 필수 포함으로 정해졌다.

새벽부터 중요한 사안으로 국제전화 통화를 해서 정신이 없었지만, 기왕 남북 단일팀은 정해진 것이고, 그나마 우리 선수들에게 가는 피해가 최소화된 것이 다행인 것 같아 안도의 숨을 내쉬었다.

대견했던 새러 머리

새러 머리 여자 아이스하키 남북 단일팀 감독은 1988년생이다. 2014년 10월 백지선 감독의 추천으로 여자 대표팀 지휘봉을 잡았다. 그는 아이스하키 명문가 출신이다. 그의 부친 앤디 머리는 IIHF 명예의 전당에 헌액된 명감독으로 NHL에서 LA 킹스 감독을 맡았고, 캐나다 국가대표팀 감독, 스위스 대표팀의 팀 컨설턴트 등 화려한 이력을 자랑한다. 새러 머리는 한국에 올 당시 스위스리그 루가노라는 팀 소속 선수였다.

당초 새러 머리의 이력서를 받고 고민을 많이 했다. 협회 임직원들도 새러 머리의 감독 부임을 놓고 갑론을박했다.

첫 번째로 너무 어렸다. 당시 여자 대표팀에는 그보다 나이 많은 선수가 두 명이나 있었다. 두 번째로는 지도자 경험이 전무했다. 흔한 코치 경력도 없었다. 그러나 백지선 감독이 고심 끝에 직접 추천했다는 점, 또 그의 부친이 명감독 앤디 머리라는 점을 고려해 계약을 결정했다. 앤디 머리 감독은 당시 NHL에서 물러나 웨스턴미시건 대학 감독으로 재직하고 있었지만, 화려한 경력을 고려할 때, 한국 아이스하키에 도움을 주기에 충분한 존재였다.

새러 머리는 밝고 쾌활했다. 솔직한 성격이었다. 그러나 지나치게 솔직했고 아무래도 지도자 경력이 없다 보니, 전술이나 팀 장악력에서 약점을 보이기도 했다. 또 어린 선수들은 잘 챙기는 반면 어느 정도 나이가 있는 선수들은 상대하고 소통하는 것을 좀 부담스러워했다.

하지만 앞에서도 서술했듯이 당시 여자 대표팀의 수준을 끌어 올리는 것이 무엇보다 시급했기 때문에, 새러 머리 감독 부임 이후 여자 대표팀에 대대적인 예산을 투자해 자주 해외 전지훈련을 보냈고, 지원도 강화했다. 캐나다와 미국에 있는 교포선수 4명도 발굴, 대표팀에 합류시켰다.

남북 단일팀 논란이 한창이던 2018년 1월에도 여자 대표팀은 미국 전지훈련 중이었다. 남북 단일팀 결성이 발표되자, 팀을 지휘할 새러 머리 감독에게 언론의 관심이 쏠렸는데, 머리 감독은 '남북 단일팀이 결성되더라도 외압에 굴하지 않을 것이며, 선수 기용은 철저히 감독인 자신의 권한이고, 기존 대표선수에게 피해가 생기지 않을 것'이라며 똑 부러지게 견해를 밝혔다.

머리 감독은 북한 선수들이 진천선수촌에 합류하기 전에 총 2회의 기자회견을 가졌다.

1월 16일 미국에서 귀국하며 인천 공항에서 가진 인터뷰에서 그는 "단일팀이 성사되더라도 나는 우리 선수들을 먼저 챙기겠다. 내게 북한 선수를 기용하라는 압박은 없길 바란다"고 했고 '북한 선수들이 들어오면 한국 대표팀 전력이 좋아질 것'이라는 정부 주장에 대해서도 "2~3명 정도는 우리 대표팀에 도움이 될 만한 수준"이라면서도 "그렇지만 우리 1~3라인에 들어올 만한 수준의 선수는 없다"고 선을 그었다.

1월 22일에도 언론 요청으로 진천선수촌에서 기자회견을 가졌는데 "가장 능력이 좋은 선수들을 중용할 것이다. 위(정부)에서 북한 선수 12명을 모두 활용하라고 해도 무조건 받아들이지는 않을 것이다. 적어도 전술은 감독인 내가 컨트롤할 수 있어야 한다고 생각한다"고 절대 외풍에 흔들리지 않을 것임을 밝혔다. 또 "단일팀 결성은 우리가 결정할 수 있는 문제가 아니다. 정치

새러 머리 감독이 2018년 2월 4일 인천선학경기장에서 열린 남북 단일
팀 공식 미디어 행사에서 취재진의 질문에 답하고 있다.

적인 목적에 우리 팀이 활용되는 상황이 힘들지만, 그것은 우리가 결정할 수
없다. 그렇다면 왜 스트레스를 받아야 하는가. 선수들에게도 불평하지 말자
고 했다. 그런 일로 에너지를 낭비하지 말자고 했다"고 말했다.

　나는 마치 내가 하고 싶은 말들을 대신해주는 듯한 머리가 대견하면서도
'머리 감독이 평소에도 이렇게 달변이었나' 궁금해졌다. 그래서 협회 임직원
들을 만나 물어봤는데 다들 입을 모아 하는 얘기가 "저렇게 똑똑한 줄 몰랐
다"라면서 자신들도 기자회견을 지켜보며 깜짝 놀랐다고 했다.

　당시 남북 단일팀 결성 확정 이후 여론이 들끓자 정부는 달래기에 나섰다.
정부 고위층들이 차례로 진천선수촌을 방문했는데, 1월 16일 노태강 문체부

차관이 여자 대표팀 선수들을 만나서 '소원 수리' 시간을 가졌다. 여자 선수들은 실업 팀 창단이 필요하다고 했고, 이에 만들어진 팀이 수원시청이다. 또 정부는 당시 평창 올림픽까지 한시적으로 운영할 방침이었던 상무 아이스하키 팀의 존속을 약속했다. 하지만 이 약속은 지켜지지 않았다. 너무나도 아쉬운 부분이다.

1월 17일에는 문재인 대통령과 도종환 문체부 장관, 임종석 대통령 비서실장 등이 진천선수촌을 찾았다. 문 대통령은 선수들을 직접 만나 남북 단일팀이 결성된 배경과 효과 등을 설명했다고 들었다. 정부도 일방적으로 남북 단일팀을 강행했던 것이 선수들에게 미안한 마음이 있었나 보다.

장비는 어디 있나요?

　아무튼 우여곡절 끝에 북한 여자 아이스하키 선수단은 1월 25일 진천선수촌에 합류했다. 몹시 추웠던 날로 기억되는데, 총 15명의 북한 선수단(박철호 감독, 선수 12명, 보안 요원 2명)은 오후 1시께 진천선수촌에 도착했다.

　우리 선수들이 쓰던 락커룸이 좁아서 아이스링크 2층에 빈 캐비닛 35개를 설치하고 남북 단일팀이 사용할 락커룸을 새로 조성했다. 문제는 북한 선수 12명이 빈손으로 왔다는 것. 선수단이 타고 온 버스 뒤에 미니 버스가 하나 따라 들어오길래 장비를 갖고 왔나 싶었는데, 스틱 한 자루, 스케이트 한 켤레도 안 가져와서 팀 관계자들을 당황시켰다. 북한 선수단이 1월 25일 진천선수촌에 조기 입소한 이유는 '대회 개막까지 시간이 얼마 없으니 하루라도 빨리 내려와 합동 훈련을 하자'는 제안을 받아들인 것인데, 빈손으로 내려왔으니 황당한 일이 아닐 수 없었다.

　그래서 대한아이스하키협회는 긴급하게 12인분의 장비 수배에 나섰다. 하루라도 빨리 장비를 구해야 조금이라도 훈련을 같이 할 수 있으니, 백방으로 뛰어서 1분 1초라도 더 신속하게 장비를 진천선수촌으로 수급해야 했다. 협회 직원들의 필사적인 노력으로 12켤레의 스케이트는 25일 저녁에 진천에

도착했다.

여자 대표팀 장비 매니저가 밤을 새며 샤프닝(스케이트 블레이드 연마) 작업을 한 끝에 아침에 신을 수 있었지만 문제는 모두 새 스케이트라는 것. 가죽이 뻣뻣하게 살아 있어 발이 아프고, 아무래도 자신이 원래 신던 스케이트와 느낌이 다르니 많이 어색할 수밖에 없다. 이 때문에 한국 여자 대표팀 선수들은 '다른 건 몰라도 스케이트는 자기가 원래 신던 걸 가져와야 하는데 왜 안 가져왔는지' 궁금해했다고 한다.

스케이트 다음으로 북한 선수들이 고통을 호소한 것은 헬멧이었다. 마치 손오공 머리띠처럼 조여 들어와 '머리가 아파서 훈련 못하겠다'고 한 선수가 여럿이었다. 당초 북한 선수단 12명의 장비는 IOC가 지급하기로 되어 있었으나, 배송이 지연됐고 IOC의 장비는 평창 올림픽 개막 전날에야 뒤늦게 선수촌에 도착했다.

단일팀이 처음 합동으로 한 작업은 원활한 의사소통을 위한 '남북 아이스하키 용어집' 발간이다. 3페이지에 총 70여개 항목이 담겨 있고, 남북 간의 상이한 아이스하키 용어를 서로 알아듣기 쉽게 정리한 것이다.

우리 아이스하키 용어는 한글화 없이 원어를 그대로 쓴다. 반면 북한은 대부분이 한글화 돼 있다. 일단 종목 자체부터 북한에서는 '빙상 호께이'라고 아이스하키를 부른다. 그리고 '쳐넣기(슛)', '연락(패스)', '돌입쳐넣기(리바운드 세컨샷)', '뻗어 막기(샷블락)', '공격위반(오프사이드)' 등 대부분의 용어가 상이하다. 여기에 한글을 모르는 교포선수 4명까지 있으니 한글, 북한식 표현, 영문 3가지로 용어를 정리해 락커룸에 붙여 놨다고 한다.

북한 선수단은 생각했던 것보다 훨씬 유연하고 열린 자세로 훈련에 임했다. 선수들도 처음에는 서먹했지만, 생일 잔치를 함께 하고 로션 등을 나눠 쓰며 급속도로 가까워졌다. 특히 박철호 감독은 나이 어린 새러 머리 감독을 존중하고 배우려는 자세로 훈련에 임하는 겸손한 태도로 한국 아이스하키

여자 아이스하키 남북 단일팀 락커룸에서 랜디 희수 그리핀(왼쪽), 박은정(가운데) 등 북미 교포 선수들이 북한 선수들과 이야기를 나누고 있다.

관계자들에게 '훌륭한 인품의 소유자'로 존경받았다.

또한 북한 선수단과 동행한 보안 요원 2명은 일반의 예상과는 달리 동네 아저씨 같이 푸근한 인상이고 유머러스한 캐릭터의 소유자들이었다. 한국 정부 요원들이 바짝 긴장해서 주변 통제를 하는 반면, 이들은 훈련 구경을 하거나 대한아이스하키협회 임직원들과 잡담을 나누는 등 시종 여유로운 모습이었다.

당시 함께 훈련한 여자 대표팀 선수들의 평가에 따르면, 북한 선수들은 스킬은 부족했지만 힘과 체력이 좋았고 특히 투지와 정신력이 강했다고 한다.

남북 단일팀의 데뷔전은 2월 4일 인천선학경기장에서 열린 스웨덴과의 평가전. 새러 머리 감독은 한국 선수 18명과 북한 선수 4명으로 라인업을 구성했는데, 1-3으로 졌지만 짧은 훈련 기간에 비해 경기력이 나쁘지 않다는 호

평을 받았다.

사실 이날의 하이라이트는 경기 후 열린 미디어 데이. 1월 25일 북한 선수단이 진천선수촌 입소 후 언론 접근이 통제된 탓에 이날이 남북 단일팀이 외부에 첫 선을 보이는 날이었다. 내외신 미디어 관계자 수백 명이 구름 같이 몰려 현장은 거의 아수라장급이었다고 한다.

남북 단일팀 결성 후 가장 많은 스트레스를 받은 이들은 대한아이스하키협회 직원들이었다. 특히 캐나다 국영방송 CBC, 미국 올림픽 주관 방송사 NBC, 뉴스 전문채널 CNN, 영국 국영방송 BBC 등 해외 주요 방송사들은 '무조건 새러 머리 감독 인터뷰를 해야겠으니 어떻게든 라이브 연결을 해달라'고 강짜를 부려 이를 거절하고 조율하느라 진땀을 흘렸다.

평창 스타 탄생

인천선학경기장에서 스웨덴을 상대로 마지막 실전 점검을 마친 여자 아이스하키 남북 단일팀은 곧바로 강릉선수촌으로 이동해 2월 5일 새벽에 입소했다.

이미 결성 발표 때부터 '깜짝 월드스타'의 반열에 오른 여자 아이스하키 남북 단일팀은 전 세계 언론의 집중 타깃이 돼 일거수일투족이 화제를 모았다. 예를 들자면 2월 8일 하루 훈련을 쉬고 경포대 바닷가로 산책을 나가 단체로 카페를 빌려 차를 마셨는데, 지상파 카메라가 따라붙어 저녁 헤드라인 뉴스로 방영되는 식이었다.

2월 8일 경포대 산책 도중 단일팀은 우연히 여자 아이스하키 레전드 헤일리 위켄하이저 IOC위원을 만났다. 새러 머리 감독이 지나가던 위켄하이저 위원을 알아보고 인사를 건넸고 단일팀과 함께 기념 촬영을 했다. 올림픽 금메달 4개, 월드챔피언십 우승 7회에 빛나는 위켄하이저 위원은 여자 아이스하키 역사상 최고의 선수로 불린다. 이 당시의 인연 때문인지는 몰라도 2018년 3월 평양을 방문해 북한 선수들을 지도하기도 했다.

2월 9일 열린 개막식에서도 주연급으로 스포트라이트를 받았다. 한국의 박종아와 북한의 정수현이 성화 최종 봉송자로 점화자 김연아에게 성화를 넘긴 것이다. 박종아가 최종 주자로 선정된 것은 남북 단일팀 주장인데다가, 그의 고향이 빙상 경기가 열리는 강릉이기 때문이었다. 여러모로 뜻깊은 장면이었다.

남북 단일팀은 경기장 안팎에서 모두 엄청난 스포트라이트를 받았다. 일단, 2018 평창 올림픽에서 그들이 치른 5경기는 모두 지상파 TV를 통해 생중계됐다. 특히 2월 14일 치른 일본과의 경기는 지상파 3사가 모두 라이브 중계 방송에 나섰다. 조별리그 3경기에서 1골을 넣으며 20골을 허용했고, 최종 순위 결정전 2경기에서도 1득점에 8실점할 정도로 다른 나라에 비해 경기력이 크게 떨어졌음에도 불구, 매 경기 지상파 전파를 탔다.

경기력 측면에서 가장 화제가 된 선수는 역시 수문장 신소정일 것이다. TV 중계방송 때마다 "신소정이 아니었으면 더 많은 실점을 했을 것"이라는 코멘트가 나왔고 심지어 상대 공격수도 경기 후 인터뷰에서 신소정을 칭찬했다. 당시 기록을 보면 놀라운 측면이 있기는 하다. 조별리그 1차전 스위스(0-8)전에서 52개의 슈팅 중 44개를 막았고, 스웨덴과의 2차전(0-8)에서는 50개 슈팅 중 42개를, 일본과의 3차전(1-4)에서는 44개 가운데 40개를 막아냈다. 그러니까 3경기에서 총 144세이브를 기록했다는 얘기다.

경기장 바깥에서 가장 화제가 된 인물은 역시 새러 머리 감독이었다. 2018 평창 동계 올림픽과 여자 아이스하키 남북 단일팀 이슈는 순식간에 그를 '전국구 유명 인사'로 만들었다. 실제로 새러 머리 감독은 올림픽 기간과 그 이후에 길거리를 돌아다니면 사인 공세를 많이 받았고, 단일팀 경기가 모두 종료된 이후 국내 지상파 3개사와 캐나다 CBC, 미국 NBC, ABC 방송 및 올림픽 채널 등의 평창 특설 스튜디오를 돌며 대회 기간보다 더 바쁜 일정을 소화했다.

새러 머리 감독 인터뷰는 단발성 뉴스가 아니라, 단독(Exclusive) 인터뷰 형

스위스를 상대로 치른 여자 아이스하키 남북 단일팀의 평창 올림픽 첫 경기 후 **VIP**들이 선수들을 격려하고 있다.

식이어서 장소 섭외로 애를 먹었다고 들었다. 모 방송은 텅 빈 링크의 관중석을 원했고, 경포대 바닷가를 희망하는 곳도 있었고, 심지어 선수촌 내부에서 촬영을 희망하는 방송사도 있었다고 한다.

인터뷰 요청이 하도 많아서 대한아이스하키협회는 2월 21일 강릉올림픽파크 내 코리아하우스에서 결산 기자회견까지 열어야 할 정도였다.

새러 머리와의 계약 기간은 2018 평창 올림픽 종료까지였고, 당초 협회는 2년 연장 계약을 맺을 방침이었으나 모종의 사건으로 인해 재계약이 불발됐다. 새러 머리는 미국으로 돌아간 후 3부리그 대학 팀 감독과 모교 섀턱 세인트 매리 스쿨에서 코치로 일했다. 현재는 결혼해서 미네소타에서 전업 주부로 살며 육아에 전념하고 있다.

평창 올림픽 비하인드 스토리

    짧았던 여자 아이스하키 남북 단일팀의 공식 여정은 2018년 2월 20일, 스웨덴과의 순위 결정전(7-8위)으로 막을 내렸다.

    마지막 경기가 끝났으니 팀은 공식 해산했다. 한국 선수들은 자유롭게 돌아다니고 타 종목 경기도 관람하며 좋은 추억을 만들었다(올림픽 선수 AD가 있으면 모든 종목 경기를 자유롭게 관전할 수 있다). 대회를 준비하느라 먹지 못했던 것들도 마음껏 먹고 올림픽을 즐기기에 여념이 없었다.

    선수들에게 특히 인기 있는 메뉴는 햄버거와 프렌치 프라이였다. 일본을 상대로 남북 단일팀의 첫 골을 넣은 랜디 희수 그리핀은 "끝나자마자 맥도널드로 달려가 종류별로 햄버거를 모두 먹었다"고 밝혀 화제가 되기도 했다.

    희수 그리핀이 넣은 남북 단일팀 첫 골 퍽은 토론토에 있는 아이스하키 명예의 전당에 전시하기 위해 IIHF가 수거했다. 희수 그리핀은 어머니가 한국인인 교포 선수로 하버드 대학를 졸업한 재원이다. 당시 노스 캐롤라이나 대학원에서 박사 학위를 밟다가 올림픽 출전을 위해 한국 국적을 딴 경우다.

    선수들이 대회가 끝나자마자 일제히 햄버거집으로 달려간 데는 이유가 있다. 새러 머리 감독이 선수들에게 금지한 대표적인 음식이 햄버거와 프렌치

강릉의 한 식당에서 열린 남북 단일팀의 바비큐 파티에서 박철호 북한 여자 아이스하키 대표팀 감독과 악수를 나누는 필자.

프라이였기 때문이다. 특히 프렌치 프라이를 먹는 선수를 보면 화를 낼 정도였다고 하며 2016년 유럽 전지훈련에서 돌아온 후 '프렌치 프라이 취식 허용 여부'를 놓고 팀 미팅까지 열 정도였다.

한국 선수들이 자유롭게 올림픽을 즐긴 반면 외출이 제한된 북한 선수들은 선수촌 내에만 머물러 있어야 했다. 북한 선수들과 짧은 기간 깊은 정이 든 새러 머리 감독은 북한 선수들에게 "대회는 끝났지만 북으로 올라갈 때까지 하나라도 더 배우고 가라"며 잔여 훈련 제안을 했다. 우리는 북한 선수단이 선수촌 내에만 묶여 있는 것이 안타까워 바비큐 파티 제안을 했고 남북 단일팀 전원을 초청해 바비큐 파티를 즐겼다. 북한 선수들의 순박한 눈빛, 특히 점잖고 검손한 지도자 박철호 감독의 얼굴을 보니 나도 모르게 울컥하는 감정이 치솟아 잘 부르지도 못하는 노래까지 한 곡 뽑았다. "우리 만남은 우연이 아니야~"로 시작되는 노사연의 노래 〈만남〉이었다.

나중에 들은 후일담 하나. 어느 날 새러 머리 감독이 북한 선수들과 선수촌

내를 걷다가 러시아 남자 아이스하키 대표로 출전한 NHL 레전드 파벨 댓축과 일리야 코발축과 마주쳤다. 머리 감독이 통역을 통해 "너희 저 사람들 누군지 알아?"라고 물었더니 "댓축과 코발축 아닙네까? 우리도 다 압네다"라는 답이 돌아왔다고 한다. 머리 감독은 북한에서도 NHL을 본다는 사실에 크게 놀랐다고 했다.

2월 25일 열린 폐막식에 참석한 북한 선수단은 이튿날 아침 일찍 버스 편으로 북한으로 돌아갔는데, 모두 눈물 바다를 이뤘다. 한국 선수 전원이 배웅 나온 가운데 기약 없는 이별을 하는 남북 선수들은 일일이 포옹을 하며 석별의 정을 나눴고 새러 머리 감독도 박철호 감독과 눈물의 작별을 했다.

후일담 둘. 새러 머리 감독은 이 당시 북한 선수단과 정말 깊은 정이 들었는지, 동생 조르디와 함께 2019년 3월 평양을 방문했다. 중국 베이징에서 기차로 25시간이나 걸리는 먼 길을 찾아간 머리 남매는 평양에 머물며 특별 훈

2018 평창 동계 올림픽의 신데렐라였던 여자 아이스하키 남북 단일팀의 대회 오피셜 포토.

런 캠프를 차리고 북한 남녀 아이스하키 대표팀을 지도했다. 새러 머리는 이때 박철호 감독과 해후했고 남북 단일팀의 일부 선수도 만났다고 한다.

박종아도 2018년 9월 제3차 남북정상회담 문화체육예술인사 특별 수행원에 포함, 역시 평양을 다녀왔다. 개막식 성화를 공동으로 들었던 정수현을 만났다고 한다.

북한 여자 아이스하키 대표팀은 2024년 세계선수권 디비전 2 그룹 B에서 우승했다. 박철호 감독은 지도자 역할을 내려놓고 단장으로 승격했다. 지난해 로스터 기준으로, 남북 단일팀 멤버 가운데 김은향, 정수현, 리봄 등 세 사람은 아직도 북한 대표팀으로 활동 중이다.

한국은 2025년 여자 세계선수권 디비전 1 그룹 B에, 북한은 디비전 2 그룹 A에 속해 있다. 만약 한국이 강등되거나, 북한이 승격할 경우 2026년에는 같은 디비전에서 만날 수도 있다.

'한국 아이스하키의 대모'
홍인화를 소개합니다

HL 안양의 아시아리그 아이스하키 홈 경기, 시원한 골이 잇달아 터진다. 대승을 거둘 것 같다. 오늘따라 경기 내용이 유난히 좋다. 만족스럽다. 옆으로 시선을 돌린다. 아내의 얼굴이 그 어느 때보다도 밝고 생기가 넘친다. 얼굴에는 화기가 돌고 두 눈은 별처럼 빛난다. 웃음이 끊이지 않는다. 행복해 보인다.

내 아이스하키 인생 30년의 반려자, 사랑하는 내 아내이자 '한국 아이스하키의 대모'라는 표현이 모자라지 않은 한국 최고의 팬, 홍인화다.

가끔 나에게는 '한국에서 가장 아이스하키를 사랑하는 사람', '한국에서 연중 아이스하키를 가장 많이 보는 사람' 등의 수식어가 붙는다. 천만의 말씀. 여기 절륜한 내공을 지닌 초절정 숨은 고수가 계신다. '하늘 위의 하늘'이 있음을 덴마크 헤르닝에서 열린 2018 IIHF 아이스하키 월드챔피언십에서 NHL 스타 플레이어들과의 맞대결에서 확인하지 않았던가. 내가 장기간 아이스하키를 열렬히 사랑해온 것만큼은 틀림없는 사실이지만, 나보다 더 열정적이고 헌신적으로 아이스하키를 사랑하는 분이 존재한다. 한국 아이스하키 NO.1 팬, 바로 내 아내 홍인화다.

이 나이에, 내 입으로 아내 얘기를 하는 것이 다소 쑥스럽지만, 아내의 아이스하키에 대한 헌신적이고 보기 드문 사랑은 반드시 기록으로 남겨야 한다는 측면에서, 아내의 아이스하키에 대한 사랑과 관련된 이야기로 집필을 마무리해보고자 한다.

아내는 스포츠와 큰 인연 없이 성장했다. 야구 관람을 좋아했고 아이스하키에는 별다른 관심을 갖고 있지 않았다. 1994년 12월 HL 안양 창단 후 구단 관련 행사와 경기장 등을 나와 함께 찾곤 했는데, 어느새 '마성의 스포츠' 아이스하키에 매료됐고, 아이스하키에 대한 애정과 열의가 나를 능가한지 이미 오래다. 아이스하키에 빠져든 이후 좋아했던 야구와도 멀어졌다. 숨돌릴 틈 없이 몰아치는 아이스하키의 박진감에 익숙해지다 보니, 야구 경기가 지루하고 재미없어졌다는 것이다.

아내가 아이스하키를 사랑하지 않았다면, 나도 이렇게 오랫동안 아이스하키와 연을 맺는 것이 불가능했을지도 모르겠다. 아내는 한국 아이스하키의 든든한 후원자이자, 내가 가장 믿을 수 있는 지원군이기도 하다. 아이스하키 관련해 고민이 있을 때 상담하고 자문을 구하는, 말하자면 '특별 보좌역'이기도 하다.

지금은 선수 교체 때 펜스를 뛰어 넘는 선수가 거의 없다. 부상의 위험 때문으로 짐작된다. 그런데 과거에는 경기 진행 중 선수 교체를 할 때 유난히 한 손으로 펜스를 짚고 점프해서 빙판으로 뛰어 들어가는 선수들이 많았다. 아내는 이 모습이 그렇게 멋져 보였다고 한다. 아이스하키에 빠지게 된 중요한 계기가 된 것이 이렇게 '날아다니듯' 빙판으로 뛰어드는 선수들의 모습이었다고 한다.

나는 기업 경영 탓에 대표팀의 중요한 원정경기나 HL 안양의 아시아리그 아이스하키 경기장을 찾지 못하는 경우가 종종 있다. 그러나 아내는 HL 안양의 한 시즌과 남자 대표팀의 중요 경기를 거의 개근한다고 보면 된다. 2018

HL 안양 홈 경기장 HL 안양 아이스링크에서 아내와 함께.

평창 올림픽 개최 이전 시기에는 HL 안양의 아시아리그 아이스하키 정규리그와 플레이오프 전 경기, 남녀 대표팀의 세계선수권 전 경기, 남자 대표팀의 중요 친선 경기 등을 빠짐없이 현장에서 지켜봤다. 한번은 아내가 1년에 몇 경기나 현장에서 지켜보나 헤아려 보니 어림잡아 80경기는 족히 되는 듯했다. 마라톤 레이스로 유명한 NHL의 정규리그 경기 수가 팀당 82경기다. 실로 대단한 애정과 열정이 아닐 수 없다.

아내의 아이스하키에 대한 사랑을 가장 잘 확인할 수 있는 것은 선수들에 대한 헌신과 배려다.

나와 아내는 독실한 기독교인이다. 아내는 중요한 경기가 열리기 전은 물론, 경기를 지켜보는 내내 마음 속으로 기도를 올린다. 우리 HL 안양과 한국 아이스하키 국가대표팀이 좋은 성적을 내기를, 또 선수들이 부상 없이 무사히 경기를 마치고 가족들에게 돌아갈 수 있기를 경건한 마음으로 기도하는 것이다.

대표팀의 세계선수권이나 HL 안양의 플레이오프 등 중요한 경기를 앞두고는 면 종류를 먹지 않는 습관이 있다. 파스타나 국수 등 면류 요리를 먹다 보면 하는 수 없이 치아로 끊게 되는데, 이 모습이 팀의 좋은 분위기나 흐름이 끊어지고 뭔가 팀이 추락하는 것을 연상시켜 기분이 좋지 않다는 것이다. 이 습관은 내게 전파됐고, 우리 부부에게 중요한 아이스하키 경기를 앞두고 절대로 면류 음식을 먹지 않는 것은 철칙이 됐다.

앞서 내가 '아이스하키 대모'라는 표현이 과하지 않다고 한 것은 친어머니처럼 선수들을 돌보기 때문이다.

코비드 19 팬데믹 이후 재개된 아시아리그 아이스하키에서는 주말에만 경기를 치른다. 추석이나 설날 같은 명절 연휴에는 경기가 없다. 그러나 몇 년 전만 하더라도 추석, 설날에 일본 원정 경기를 치르는 일이 다반사였다. 아내는 이럴 때면 원정 경기에 나선 선수들을 먹이기 위해 직접 명절 음식을 챙겨 원정길 동행에 나섰다. 추석 명절 때 일본에서 아내가 싸온 송편을 먹으며 감격한 선수들이 부지기수다.

'떡 배달'은 명절에만 국한되지 않는다. 폴란드 카토비체에서 열린 2016 IIHF 세계선수권 디비전 1 그룹 A 대회 당시의 일이다. 아내는 한국에서 찰떡을 대량으로 마련했고 대한아이스하키협회 직원들이 수하물로 나누어 지참하고 폴란드로 향했다. 중요한 시험을 앞두고 자녀에게 찰떡을 먹이는 부모의 심정으로, 중요한 대회(당시 목표가 34년 만의 일본전 승리였다)를 잘 치르라고 선수들에게 찰떡을 배달한 것이다.

원정 경기에 동행하면 아내는 숙소와 경기장 주변 맛집 탐방에 나선다. 본인의 입이 즐겁고자 하는 일이 아니다. 선수들이 맛있는 음식을 먹고 힘을 내기 바라는 마음에서다. 그렇게 맛본 식당 가운데 가장 맛있는 집에서 선수단 격려 회식 자리를 마련한다.

결혼식 등 선수들의 각종 애경사를 일일이 챙기는 것은 기본이다. 10여 년 전만 해도 군 입대를 앞둔 선수들은 우리집에서 일종의 '신고식'을 거치기도 했다. 아내는 '아들을 군대 보내는 어머니' 같은 심정으로 선수들에게 손수 요리한 '집밥'을 대접하고 용돈을 챙겨주곤 했다. 현재 40대 중반 이상 연령대 선수들 가운데 이 같은 '신고식'을 치른 선수가 여럿이다.

낯선 타향에 온 외국인 선수들에게 우리 문화를 알려주며 한국 고유의 '정(情)'을 전해주기도 했다.

2008년 HL 안양에 입단한 브래드 패스트라는 캐나다 출신 선수의 부인이 한국에서 출산했다. 아내는 패스트에게 "한국에서는 생후 100일을 특별한 날로 기념하니 떡을 해서 팀 동료들과 나눠 먹으면 좋다"고 '백일 떡 풍습'을 알려줬고 백일 금반지를 선물했다. 자녀를 얻은 기쁨을 팀 동료 모두와 함께하고 특별한 선물까지 받으며 한국 특유의 '정'을 만끽한 패스트는 몹시 즐거워했다.

2014 IIHF 연차총회 참석차 아내와 함께 벨라루스에 방문해 경기를 지켜보던 중 현지 관중들의 요청으로 함께 사진 촬영을 했다.

아내의 선수 사랑은 은퇴 후에도 이어진다.

우리나라에서는 아이스하키를 '부유층의 전유물'로 잘못 이해하고 있는 이들이 많다. 이 때문에 아이스하키 선수들은 대부분 경제적으로 풍족할 것이라고 오해한다. 그러나 현실은 그렇지 않다. 넉넉하지 않은 환경에서 어렵게 운동한 선수들도 있고, 특히 은퇴 후 아이스하키와 연관된 일자리가 많지 않기 때문에, 생계와 진로에 대한 고민이 깊어진다. 지도자나 유소년 클럽 운영 등 '전공'인 아이스하키와 무관한, 새로운 삶을 모색하는 경우가 많다.

아내는 이렇게 생소한 분야에 도전하는 은퇴 선수들을 어떤 방법으로든 돕고 싶어 한다. 보험 영업에 나선 친구들은 가입도 도와주고 식당, 카페 등 자영업에 나선 은퇴 선수들은 매장에 직접 방문해 매상을 올려주며 '대박'이 나기를 응원해준다.

나와 아내에게 가장 지루한 시기는 아이스하키 경기가 열리지 않는 5월 중순부터 9월초순 사이의 기간이다. 4개월 남짓 정도인데, 경기장을 찾을 수 없으니 과거 대표팀과 HL 안양 경기 영상 가운데 '백미'를 골라 함께 시청하며 아이스하키에 대한 갈증을 풀어낸다. 단순한 감상에 그치지 않고 당시의 경기 흐름과 상황, 잘된 점과 잘못된 점을 짚어보고 의견을 나누는, 일종의 '복기' 같은 의미도 있는 시간이다.

내가 아무도 가지 않은 길을 개척하며 여기까지 올 수 있었던 것은 홍인화라는 든든한 우군이 묵묵히 나를 지지하고 응원해준 덕택이다. 기쁠 때나, 슬플 때나 그는 곁에서 내가 가는 길을 포기하지 않고 정진할 수 있도록 힘을 실어줬다. 외롭다고 느낄 수도 있었지만, 그때마다 옆을 돌아보면 나와 같은 방향을 바라보고, 같은 길을 가는 사랑하는 아내가 있었다. 내 아이스하키 인생 30년은 아내가 없었다면 불가능했다.

혹자는 '한국 아이스하키는 정몽원 HL 그룹 회장이 없었다면 존재할 수 없었다'고 말한다. 과찬이다. 한국 아이스하키는 아이스하키인들의 피와 땀을 양분 삼아 여기까지 온 것이다. 거기에 내가 작은 힘을 보탰을 뿐이다. 그러나 '지금 정몽원의 모습은 홍인화가 없었다면 존재할 수 없었다'는 것은 확실한 명제라고 믿는다.

아이스하키 30년 인생에서 가장 행복했던 시간은 아내와 함께 영광의 순간을 누렸을 때다.

IMF 외환 위기라는 폭풍 속에서 코리아리그 첫 우승의 감동을 누렸던 1998년 1월 31일에도, 아시아리그 아이스하키 첫 우승의 감격을 누렸던 2010년 3월 28일 일본 홋카이도 구시로에서도, 34년 만에 일본을 격파한 2016년 4월 26일 폴란드 카토비체에서도, 월드챔피언십 승격이라는 기적 같은 결과에 환호하던 2017년 4월 28일 우크라이나 키이우에서도, 백지선 감독의 눈물과 태극기를 든 선수들의 모습에 눈시울이 달아오르던 2018년 2월

20일, 평창 올림픽 마지막경기가 열렸던 강릉하키센터에서도, 아내는 늘 내 곁에 있었고 그로 인해 나는 더 큰 행복과 감동을 느낄 수 있었다.

　다시 한번 아내에게 고맙다는 말을 전하고 싶다. 어렵고 힘든 길을 함께 해 줘 정말 고맙다고. 내 선택이 옳았다고 용기를 줘서 고맙다고. 나 이상으로 아이스하키를 사랑하고, 친자식처럼 선수들을 돌보고 응원해줘서 정말 고맙 다고.

에필로그

아이스하키와 나

2018 평창 동계 올림픽을 준비하며 선수들에게 '아이스하키는 나에게 무엇인가?'라는 질문을 했을 때 가장 많이 돌아온 답이 '전부' 또는 '인생'이었다. 나에게도 아이스하키란 가장 중요한 인생의 축 중에 하나이다. 취미나 좋아하는 것을 넘어서 지난 30년 내 삶의 일부로서 고난과 어려움, 기쁨과 즐거움을 함께해 온 동반자이며 삶의 일부이다.

아이스하키 인생 30년 가운데 가장 보람 있던 일 중 으뜸가는 것은 2018년 평창 동계 올림픽에 이어 덴마크에서 열린 국제아이스하키연맹(IIHF) 아이스하키 월드챔피언십(톱 디비전)에 참가한 것이다.

개인적으로 역대 대한아이스하키협회장 중 누구도 나가보지 못한 크고 영광스러운 2개 대회를 모두 경험한 운 좋은 회장이라는 생각도 들었지만, 그보다는 우리 선수들에게 한 번도 접해보지 못한 새로운 세계, 하늘 밖의 하늘(天外天)을 접하게 하고, 경험하게 하고, 또 새로운 목표를 세우게 했다는 점에서 큰 보람을 느꼈다.

두 대회에서 7골을 넣고 67골을 허용하면서(올림픽 3득점 19실점, 월드챔피언십 4득점 48실점) 세계 톱 리더들과의 수준 차이를 실감했지만, 그 순간 순간이 너무나 귀중하고 알찬 시간이었으며 우리가 넣은 7골은 더욱 귀중하고 기념비적인 골이었다.

두번째로, 두 대회를 준비하고 치르면서 우리 아이스하키 관계자들을 행정, 외교, 그리고 대회 운영 등 업무 전반에 걸쳐 국제 수준으로 해낼 수 있는 사람들로 키워낸 것이다. 소중한 경험을 통해 역량을 높인 이들은 앞으로 어떤 국제 대회도 치를 수 있는 큰 자산이며 우리 아이스하키의 힘이라 믿는다.

아쉬운 점도 있다. 특히 세계적인 화제를 몰고 오며 얼어붙었던 남북관계의 전환점 역할을 했던 2018 평창 동계 올림픽 여자 아이스하키 남북 단일팀이 일회성 이벤트로 머물게 된 것이 매우 아쉽다.

IIHF는 내가 명예의 전당에 헌액될 수 있었던 대표적인 두 가지 공로로 남자 국가대표팀의 빠른 성장과 여자 국가대표팀의 남북 단일팀 결성 및 올림픽 참가를 꼽았다. 여자 아이스하키 남북 단일팀은 남북 대화 창구를 개설하는 역할을 해냈지만, 그 역할이 지속되지 못한 것은 아쉬움으로 남는다.

평창 올림픽 종료 후 IOC가 언급했던 '스포츠는 대화창구를 여는 역할(opening the door for the dialogue)을 할 수는 있지만 지속의 문제는 책임 당사자의 숙제'라는 지적이 아직도 기억에 생생하다.

성취와 성공은 다르다

이 책의 제목은 2022년 핀란드 탐페레(Tampere)에서 열린 2022 IIHF 아이스하키 월드챔피언십과 명예의 전당 헌액식에 참석하러 가는 비행 여정 중에 생긴 아주 작은 사건에서 유래한다.

인천에서 헬싱키로 가는 비행 경로는 사실 8시간밖에 걸리지 않는데, 우크라이나-러시아 전쟁으로 북극 상공을 경유하는 항로로 변경이 불가피해, 5시간 30분이 더 걸리는 장시간 비행이 됐다. 목적지인 핀란드 반타 공항이 가까워올 무렵, 승무원들이 오랜 비행으로 지루했을 승객들 위해 작지만 재미있는 이벤트를 마련했다.

항로 변경으로 극점을 통과한 승객들에게 '북극 상공 통과 증명서(The Northern Route Diploma)'를 나누어 준 것이다. 이것을 받으며 자연스럽게 대화가 오가게 됐다.

승무원: 최종 목적지가 어디십니까?
필자: 탐페레입니다.
승무원: 탐페레에는 무슨 일로 가시나요?
필자: 아이스하키 관련된 일로 갑니다
승무원: 😮 한국도 아이스하키를 하나요?!?!

짧은 대화였다. 하지만 핀란드에 머무르는 내내 이 작은 사건은 내 머리속에 계속 맴돌았다. 결국 성취와 성공은 다르다(There is a distinction between achievement and success)는 것을 뼈저리게 느꼈다. 우리는 나름대로 먼 길을 거쳐 여기에 도달해 무언가 이루었다고 생각하지만, '아직도 갈 길이 멀다'는 깨달음이었다.

빙판에 새 지평을 열자!(New Horizon on Ice)

명예의 전당 헌액은 정말로 큰 영광이고 행운이었다. 10분간의 개인 스피치는 물론 공로사항에 대한 영상소개와 소개 멘트는 감동과 기쁨, 설렘의 시

2022년 5월 29일(현지시간) 핀란드 탐페레에서 열린 IIHF 명예의 전당 헌액식에서 뤽 타르티프 IIHF 회장(오른쪽)으로부터 기념 유니폼을 전달 받고 있다.

간이었다. 그리고 지금까지 주위에 함께해주신 모든 분들을 떠올리게 되는 감사의 시간이기도 했다. 한편으로는, 한국 아이스하키의 발전과 미래를 위하여 무언가를 해내야 한다는 사명감을 다지는 시간이기도 했다.

　올림픽과 월드챔피언십 참가로 얻은 가장 큰 수확은 유소년 클럽 팀의 폭발적인 증가였다. 대표팀이 '꿈의 무대'에 출전하며 많은 어린 선수들에게 희망과 선한 영향을 준 것에 큰 보람을 느낀다. 그리고 이것이 미래 한국 아이스하키를 위한 원동력이 될 것이라 믿고 진정한 아이스하키 강국이 되기 위한 요건들을 하나하나 만들어가야 한다고 생각한다. 아이스하키 선진국들이 지적하는 '진정한 아이스하키 강국이 되기 위한 다섯 가지 필수 요소'가 있다. 1) 지도자와 2) 저변이 있어야 하고, 3) 시설과 4) 유소년 프로그램이 갖춰지고, 5) 인기 스포츠가 되어야 한다는 것이다. 우리는 올림픽을 준비하면서, 유능하고 젊은 지도자들을 발굴해 성장시키고 있고, 위에서 언급한 유소년 클럽 팀의 증가 등 나름대로 저변 확대도 준비되어 있다고 본다. 앞으로 시설을 더 확보하고 체계적인 유스 프로그램을 마련하는 것이 우리가 할 일이다.

아이스하키로 많은 혜택을 받은 사람으로서, 앞으로 내가 할 일은 분명하다. 부족한 아이스하키 전용 시설들을 확충하고, 미래를 내다보는 선진적이고 체계적인 유소년 지도 프로그램을 을 만들어서 소질과 재능이 있고 열정과 의지가 가득한 어린 선수들을 조기에 발굴해, 이들이 안심하고 아이스하키에 전념할 수 있는 환경과 시스템을 만드는 일이다. 위 사항들이 충족된다면, 국제 대회에서 좋은 성적을 낼 것이고 분명히 아이스하키는 인기 스포츠로 도약할 것이라 믿는다.

내 탓이로소이다(Mea Culpa)

마지막으로, 새로운 시작을 하기 위해 우리가 가져야 하는 가장 중요한 것은 올바른 마음자세라고 생각한다. 어쨌든 한국 아이스하키의 성장이 이렇게 지체되고 있는 것은 외부적인 요인도 분명히 있다고 할 수 있다. 심지어 아직도 아이스하키를 '귀족 스포츠'라고 색안경을 끼고 보는 시각은 너무나 안타깝고 아쉽다. 그러나 누구 탓을 할 수 있겠는가? 분명한 점은 남의 탓을 해서도 안되고, 할 시간도 없다는 것이다. 모든 것이 우리의 탓이라는 반성과 함께 긍정적인 생각, 도전의식, 그리고 자신감으로 앞에 놓인 길을 헤쳐 나가는 자세가 필요하다. 우리 주위에 모순과 부조리만 있다고 생각하지 말고 그 모든 장벽들을 뚫고 나아가는 전의와 의지, 그리고 열정이 우선되어야 한다고 감히 제언해 본다.

한국 아이스하키 파이팅!

정몽원

회장님이 직접 알려주는 '하알못' 탈출 꿀팁

아이스하키를 처음 보는 분들이 가장 많이 하시는 말씀이 있다. 대부분 '어렵다', '뭔 소리인지 모르겠다', '정신이 없다', '복잡하다', '퍽이 너무 작고 빨라서 안 보인다' 등이다.

모두 맞는 말씀이다. 아이스하키를 처음 보는 분들이라면 누구나 겪는 과정이다. 경기 진행은 빠르고 퍽은 작으니 제대로 눈에 들어올 리 없다. 선수 구성도 계속 바뀌니 정신이 없다.

아이스하키를 처음 접하신다면, 여러가지 생각하실 것 없이 딱 두 가지에 초점을 맞춰서 즐기는 것을 권한다.

첫 번째는 선수들의 스케이팅이다. 동계 종목을 통틀어 아이스하키 선수들처럼 전후좌우 자유자재로 스케이팅을 하는 선수들은 없다. 속칭 '날아다닌다'는 표현이 적합하다. 과거 올림픽 쇼트트랙 금메달리스트가 여자 아이스하키 대표팀에 도전한 적이 있다. 얼마 가지 않아 그만뒀는데, 이유는 오른쪽에서 왼쪽으로의 코너링은 가능한데, 왼쪽에서 오른쪽 코너링이 잘 되지 않아서였다. 쇼트트랙은 한쪽으로만 트랙을 돌기 때문에 전후좌우로 스케이팅을 해야 하는 아이스하키에 적응하지 못한 것이다. 아이스하키 선수들의 스케이팅이 얼마나 대단한지 알 수 있는 일화다.

또 하나는 보디 체킹이다. 아이스하키의 가장 큰 매력이자 특성이 전속력으로 스케이팅해서 상대에게 온몸을 부딪히는 보디 체킹이다. 어차피 승부는 골 많이 넣은 팀이 이기는 거니까, 응원하는 팀(한국 대표팀)이 골 넣으면 즐거워하면서 선수들의 현란한 스케이팅과 박진감 넘치는 보디 체킹에 초점을 맞춰서 즐기면 무리 없이 재미있는 시간을 보낼 수 있으리라 생각된다. 처음 아이스하키 경기장에 갔는데 퍽을 따라다니려고 눈에 불을 켜봐야 잘 잡히지도 않는다. 그냥 마음 편하게, 아이스하키의 최대 매력인 스피드와 몸싸움을 즐기실 것을 권한다. 가장 먼저 알아야 할 룰이 있다면 페이스오프다.

• 페이스오프(Face Off)

흔히 초심자가 알아야 할 아이스하키의 양대 규칙으로 아이싱과 오프사이드를 꼽는데, 가만히 생각해보니 둘 다 아이스하키를 처음 접하시는 분들에게는 어렵다. 그냥 휘슬 울리고 경기 중단되면 '뭔가 이유가 있어서 그러려니' 하는 것이 초심자들이 마음 편히 경기를 볼 수 있는 방법이다.

하지만 페이스오프는 이해하기도 쉽고, 다른 종목과 아이스하키의 가장 큰 차이점 중 하나이기 때문에 이건 반드시 알아야 할 듯하다.

다른 종목과 달리 아이스하키는 경기가 중단된 후 재개될 때 한 쪽에게 퍽 소유권을 넘겨주지 않는다. 이럴 경우 양 팀에서 선수 한 명씩 나와서 머리를 맞대고 심판이 떨어뜨리는 퍽을 다툰다. 이것을 페이스오프(Face Off)라고 부르며 아이스하키 경기에서 가장 많이 연출되는 광경이다.

예를 들어보자. 1) 경기 시작 ☞ 페이스오프. 1, 2, 3피리어드는 물론 연장 피리어드도 경기장 중앙에서 페이스오프로 시작한다. 2) 득점 상황 후 경기 재개 ☞ 페이스오프. 3) 페널티(반칙) 상황 후 경기 재개 ☞ 페이스오프. 4) 아이싱 또는 오프사이드(설명

후술) 상황 후 경기 재개 ☞ 페이스오프. 5) 퍽 아웃(Puck Out of Bounds) 후 경기 재개 ☞ 페이스오프. 아이스하키 경기는 페이스오프의 연속이라고 보면 된다.

• 경기의 진행

아이스하키 한 경기는 3개 파트로 나뉘어 진행하며, 파트를 대신해 피리어드 (Period)라는 용어를 쓴다. 피리어드의 사전적 뜻은 기간, 시기 등이다. 피리어드라는 용어를 쓰는 유일한 스포츠가 아이스하키다. 1피리어드는 20분이고, 각 피리어드 사이에 15분간의 쉬는 시간이 있는데, 이를 전문용어로 인터미션(Intermission)이라 한다. 아시는 분은 아시겠지만 연극에서 쉬는 시간을 인터미션이라고 한다. 예를 들자면 총 공연 시간 180분(인터미션 20분 포함) 이런 식이다. 아이스하키는 스포츠 중에 중간 쉬는 시간을 인터미션이라고 표현하는 유일한 종목이기도 하다.

아무튼 20분 1피리어드 3회, 15분 인터미션 2회가 기본이 되어 1경기가 이뤄지므로 총 러닝타임은 기본 90분이다. 여기에 경기가 중단되면 계시도 멈추게 된다. 그러므로 실제 한 경기가 진행되는 시간은 대개 2시간 10분 안팎인데, 골이 많이 나거나 페널티가 많이 나오는 경기는, 계시가 중단되는 경우가 빈번하게 발생하므로 전체 시간이 더 걸린다. 반대로 골과 페널티가 나오지 않는 경기는 좀 더 일찍 끝난다.

하지만 아무리 빨리 끝난다고 해도 최소 2시간 이상 걸린다고 보면 된다. 그러므로 아이스하키 경기를 관전할 경우, 다음 스케줄은 넉넉하게 2시간 30분 이후로 잡길 권한다.

정규 3피리어드 동안 승부가 나지 않을 경우 1) 연장전, 2) 페널티숏아웃(승부치기) 차례로 승부를 가르는 것은 축구와 동일하다. 연장전의 경우 대회와 경기 성격에 따라 인원과 시간 등이 달라지므로 초심자는 일단 연장전, 승부치기로 승부를 가린다는 것만 알면 충분하다.

• 출전 인원과 포지션

사실 대부분의 스포츠 종목은 경기 출전 인원과 포지션을 모른다고 해도 경기를 즐기는 데 전혀 지장이 없다. 그러나 아이스하키의 경우 선수 구성과 출전에 특수성이 있으므로, 인원과 포지션을 숙지할 경우 경기를 더 재미있게 관전하는 데 큰 도움이 된다.

경기 출전 인원은 한 팀에 총 6명이다. 골리 1명(부상이나 극도의 부진 등 특별한 경우가 아니면 선발 골리가 교체 없이 60분을 소화한다). 디펜스 2명(레프트, 라이트), 포워드 3명(레프트윙, 센터, 라이트윙)으로 이뤄지고, 이 중 골리를 제외한 나머지 5명은 수시로 교체하며 경기가 진행된다.

한 경기 출전 로스터는 IIHF 규칙 기준으로 22명(NHL 등 일부 리그는 20명)이다. 골리 2명과 디펜스+포워드(통상 스케이터라고 부른다) 20명으로 이뤄진다. 스케이터 20명이 계속 교체 투입되며 경기가 진행되고, 포워드 3명을 묶어 한 조합을 이루는데 이를 라인(Line)이라고 부른다. 디펜스는 2명씩 짝을 이루는데 전문용어로 디펜시브 페어링(Defensive Pairing)이라고 한다.

스케이터 20명의 구성을 어떻게 할지는 전적으로 감독 마음이지만, 포워드 12명(3명×4), 디펜스 8명(2명×4) 또는 포워드 13명(3명×4+1명), 디펜스 7명(2명×3+1명)으로 이루는 것이 일반적이다.

포워드 3인 1개조와 디펜스 2인 1개조가 끊임없이 교체하며 경기를 치르는데, 포워드는 한번 빙상에 나설 경우 플레이시간이 50초 미만, 디펜스는 이보다 조금 많지만 1분 10초를 넘지 않는 것이 일반적이다.

그러니, 97번 선수를 보러 갔는데 잠깐 나왔다가 사라졌다고 해서 놀라거나 당황하지 마시라. 몇 분 안으로 또 나오고, 잠시 후 사라졌다가, 이내 곧 또 나온다.

• 반칙과 퇴장
아이스하키의 특이한 규칙 중 대표적인 것이 반칙 선수에 대한 처벌 규정이다. 반칙 경중에 따라 차이가 있지만 퇴장당한 선수가 경기장으로 다시 돌아올 수 있다.

아이스하키는 반칙이 발생하면 즉시 선수를 퇴장시키고, 퇴장 시간은 정도에 따라 차등을 둔다. 상대 선수 부상을 유발시킬 수 있는 악의적인 반칙일 경우 완전히 경기장을 떠나야 하지만, 그 외에는 페널티 박스에 갇혀서 정해진 시간을 보낸 후, 경기장으로 돌아올 수 있다.

아이스하키에서 반칙은 페널티(Penalty)라고 표현한다. 가장 흔한 페널티는 2분간 퇴장하는 마이너 페널티(Minor Penalty)다. 마이너 페널티의 경우 상대방이 득점하면, 페널티 박스에 있던 선수는 즉시 사면된다. 즉, 마이너 페널티를 받고 페널티 박스에 34초간 있었는데(잔여 페널티 시간 1분 26초) 상대가 골을 넣었다. 이럴 때 이 선수의 잔여 페널티 시간은 소멸된다.

다음으로 5분간 퇴장하는 메이저 페널티(Major Penalty)가 있다. 통상 상대에게 부상을 입힐 수 있는 위험한 행위나, 주먹다짐을 벌였을 경우 부과된다. 메이저 페널티의 경우 상대가 득점을 올리더라도 5분을 다 채워야 경기에 복귀할 수 있다. 메이저 페널티는 통상 경기장을 완전히 떠나야 하는 게임 미스컨덕트(Game Misconduct)와 동시에 부과되는 경우가 많다.

10분 퇴장하는 미스컨덕트 페널티(Misconduct Penalty)의 경우, 대체 선수 투입이 가능하다. 즉 미스컨덕트 페널티 만으로는 수적 열세에 몰리지 않는다. 그러나 미스컨덕트 페널티는 통상 마이너 페널티와 동시에 부과되므로 미스컨덕트 페널티를 저지른 팀은 통상 2분간 수적 열세 상황에 놓인다.

이 밖에 경기장을 완전히 떠나야 하는 게임 미스컨덕트(Game Misconduct)와 매치 페널티(Match Penalty)가 있다. 게임 미스컨덕트와 매치 페널티에는 보통 추가 페널티가 부과되는데 메이저 페널티가 동반되는 경우가 가장 흔하다.

앞에서 미스컨덕트와 마이너 페널티, 게임 미스컨덕트와 메이저 페널티가 동시에 부과되는 경우가 많다'고 했는데 이렇게 종류가 다른 페널티가 동시에 부과될 경우, 한 선수가 모든 페널티를 병합해서 부과받는 것이 아니고, 동료 선수가 한 종류의 페널티를 대신 부과받는다. 예를 들자면 메이저 페널티와 게임 미스컨덕트(완전퇴장)가

동시에 선언될 경우, 반칙을 저지른 선수는 게임 미스컨덕트가 선언돼 경기장을 완전히 떠나게 되고, 그가 반칙을 저지를 때 함께 빙상에 있던 선수 한 명이 메이저 페널티를 대신 부과받게 된다.

초심자에게는 이해가 조금 어려운 상황일 수 있다.

• 특수 조합(Special Teams)

아이스하키에서는 페널티가 발생했을 때 특화된 조합을 투입하는데 이를 보통 '스페셜 팀'이라고 부른다.

상대 페널티로 인한 수적 우세 상황을 '파워 플레이(Power Play)'라고 한다. 상대보다 숫자가 많기 때문에 득점 올릴 가능성이 올라가므로, 공격력이 뛰어난 선수들로 구성된 조합을 투입한다. 이를 '파워 플레이 유닛'(Power Play Unit)이라고 부른다. 평시에 포워드 3명 디펜스 2명이 빙상에 서지만, '파워 플레이 유닛'은 포워드 4명, 디펜스 1명으로 이뤄지는 것이 일반적이다. 보통 팀 별로 2개의 '파워 플레이 유닛'이 존재한다.

반대로 우리편의 페널티로 인한 수적 열세 상황을 숏핸디드(Shorthanded)라고 하고, 이 수적 열세 상황을 실점 없이 넘기는 것을 '페널티 킬(Penalty Kill)'이라고 한다. 파워 플레이 유닛과 역의 개념으로 숏핸디드 상황에서는 수비력이 뛰어난 선수들로 특화된 조합을 구성하는데 이를 '페널티 킬 유닛'이라고 한다. 역시 팀 당 2개의 페널티 킬 유닛을 운용한다.

파워 플레이와 페널티 킬의 완성도는 성공률로 수치화해 평가한다. 예를 들면 5번의 파워 플레이 기회에서 한 차례 득점에 성공했다면, 성공률은 1/5=20%다. 페널티 킬도 마찬가지. 5번의 숏핸디드에서 한 차례만 실점했다면 4회 무실점으로 막았으므로 성공률은 4/5=80%다.

파워 플레이 성공률은 20% 이상이면 나쁘지 않다고 보고 25%를 넘으면 대단히 훌륭한 것으로 평가한다. 페널티 킬은 80% 이상이면 잘한 것으로 보고, 85% 이상이면 매우 좋은 성과로 평가한다.

여담이지만 한국 아이스하키의 고민 중 하나는 용어의 한글화가 전혀 이 뤄지지 않았다는 점이다. 또 한글화하기도 쉽지 않다. 페이스오프, 파워 플레이, 숏핸디드, 페널티 킬 같은 용어가 대표적이다. 문제는 이렇게 원어를 그대로 쓰는 것이 대중에게 '아이스하키는 어려운 종목'이라는 선입견을 심어줄 수 있다는 점이다. 용어의 한글화는 한국 아이스하키가 지속적으로 고민하고 풀어야 할 숙제다.

여기까지 잘 이해를 하셨다면 '하알못'에서 벗어났다고 생각해도 된다. 충분히 경기를 즐길 수 있다. 경기를 몇 차례 관전했다면 분명히 아이스하키라는 종목에 대한 흥미가 커졌을 것으로 믿는다. 아이스하키는 '아예 안본 사람은 있어도 한 번만 본 사람은 없다'는 말이 나올 정도로 매력적인 스포츠다. 이제 조금 더 깊이 들어가본다. 이제 아이싱과 오프사이드 등 아이스하키의 기본 룰과 알아 두면 중계를 시청할 때 도움이 되는 용어에 대해 알아보자.

- **아이싱**(Icing The Puck) **& 오프사이드**(Offside)

아이스하키 경기장을 보면 바닥에 수평으로 5개의 줄이 그어져 있다. 이 줄들이 아이싱과 오프사이드의 판정 기준이 된다.

정중앙에는 센터라인이 있다. 세로 60m의 경기장을 정확히 반으로 가르는 선이다. 색깔이 붉기 때문에 통상 레드라인이라고 부른다.

레드라인 양 옆에 푸른 선이 있다. 블루라인이다. 공격 지역의 경계선이라고 보면 된다. 골대와 수평으로 그어진 선은 골라인 또는 엔드라인이라고 한다.

▲ 경기장의 3개 구역

이 선들을 기준으로 아이스하키 경기장은 크게 3구역으로 나뉜다. 우리편 골라인에서 첫 번째 블루라인까지의 공간이 수비지역(디펜시브 존, 디펜딩 존)이다. 첫 번째 블루라인에서 다음 블루라인까지 지역이 중립지역(뉴트럴 존)이다. 두 번째 블루라인에서 상대 골라인까지의 공간이 공격 지역(오펜시브 존, 어택킹 존)이다. 아이스하키에서는 퍽을 소유한 채 공격 지역에 머문 시간이 긴 팀이 내용적으로 우세한 경기를 펼친 것으로 본다.

▲ 아이싱(Icing The Puck)

아이싱의 기준은 센터라인(레드라인)과 공격 지역 쪽의 골라인이다. 다음과 같은 조건이 모두 충족될 때 아이싱이 선언된다. 1) 공격하는 팀이 센터라인을 넘지 않은 상태에서 쳐낸 퍽이 2) 우리 팀과 상대 팀 선수 누구의 스틱과 몸에 접촉하지 않은 상태에서 3) 퍽이 상대 골라인을 넘어서고 4)이 퍽을 상대 팀이 소유할 가능성이 명백해 보일 때 5) 라인즈맨은 아이싱을 선언한다.

여기서 가장 중요한 조건은 4번이다. 1, 2, 3이 모두 충족되더라도 퍽을 쳐낸 공격 팀 선수가 골라인을 넘어선 퍽을 잡을 가능성이 있다고 판단될 경우에는 아이싱 판정 없이 경기가 속개된다.

아이싱이 선언된 후에는 퍽을 쳐낸 팀의 수비지역에서 페이스오프로 경기가 재개되고, 퍽을 쳐낸 팀은 페이스오프 이전에 선수 교체를 할 수 없다.

아이싱에는 중요한 예외 조건이 하나 있다. 페널티를 당해 수적 열세에 놓인 팀, 즉 페널티 킬 중인 팀에는 아이싱이 적용되지 않는다.

▲ 오프사이드(Offside)

축구 때문에 우리에게 익숙한 용어다. 아이스하키의 오프사이드도 개념 자체는 축구와 비슷하다. 단 축구는 최종 수비수 선수의 위치가 판정의 기준이지만, 아이스하키는 블루라인이 기준이 된다. 아이스하키에서 오프사이드는 공격 지역으로 진입할 때, 퍽보다 사람이 먼저 들어갈 경우 선언된다. 기준은 스케이트 블레이드다. 블레이드가 블루라인에 1mm라도 걸쳐 있으면 공격 지역에 완전히 진입하지 않은 것으로 본다.

경기 진행이 매우 빠른 종목 특성에 더해, 스케이트 블레이드가 기준이 되므로 아이스하키에서는 오프사이드의 정확한 판정이 매우 어렵고, 이와 관련한 판정 시비가 매우 잦다. 경기를 보면 선수들이 공격 지역으로 밀물처럼 밀고 들어갔다가 썰물처럼 일시에 빠져나오는 상황을 자주 보게 되는데, 퍽이 공격 지역으로 들어갔다가 뉴트럴존으로 빠져나가는 경우다. 이럴 때는 오프사이드 룰 때문에 선수들이 공격 지역에서 빠져나온 후에 재진입해야 한다.

• 골과 어시스트

본문에서도 몇 차례 언급했지만, 아이스하키의 가장 큰 특성은 1골 당 어시스트를 최대 2개까지 인정하는 것이다. 마지막 골이 들어가기 전에 퍽을 접촉한 선수 2명에게 어시스트를 준다. 상대방에게 퍽 소유권이 넘어간 경우는 제외한다. 즉 B선수의 패스 연결 시도가 상대에게 차단돼서 퍽을 빼앗긴 후 C가 이를 되찾아 A에게 패스, A의 슈팅이 골로 마무리됐을 경우 어시스트는 C에게만 주어진다.

슈팅이 상대 골리에 리바운드됐을 때는 퍽 소유권이 넘어가지 않았기 때문에 어시스트가 인정된다. 예를 들어 A의 패스를 받은 B의 슈팅이 골리에 리바운드된 것을 C가 재차 슈팅, 득점했을 경우 A와 B에게 모두 어시스트가 주어진다.

슈팅이 문전에 있는 선수의 몸이나 스케이트에 맞고 골로 연결되는 경우가 흔한데, 이럴 경우 득점 기록은 몸이나 스케이트에 퍽이 맞은 선수에게 주어진다.

퍽이 상대 골문에 들어갔어도 득점으로 인정되지 않는 경우가 있다. 대표적인 것이 '축구 골'이다. 고의적으로 퍽을 걷어차거나 헤딩으로 방향을 바꿔서 득점했을 경우에는 인정되지 않는다. 이때 중요한 것은 고의성 여부다. 예를 들자면 날아오는 퍽을 몸을 날려 헤딩, 퍽이 골문으로 들어갔다면 득점 인정이 안된다. 그러나 문전에서 몸싸움을 벌이고 있는데 슛이 날아와 헬멧에 맞고 떨어지면서 골문으로 들어갔을 경우에는 득점 인정이 된다.

스틱을 골대 높이 이상 들어 올려 퍽을 접촉했을 때도 득점 인정이 안된다. 예를 들자면 허공에 뜬 퍽을 야구 스윙하듯 때려서 골문으로 들어갔는데, 타점이 골대 높이 이상이었다면 득점 인정이 안된다.

자책골 기록이 없는 것도 아이스하키의 특징 중 하나다. 자책골이 났을 경우, 득점을 올린 팀에서 마지막으로 퍽을 접촉한 선수에게 골 기록이 주어진다.

• 보디체킹(Body Checking)

몸과 몸이 부딪히는 보디체킹은 아이스하키의 꽃이다. 정당한 보디체킹이 상대에 제대로 먹혔을 때를 '클린 히트(Clean Hit)'라고 하는데 멋진 골이 터졌을 때 이상으로 관중들을 열광시킨다. 정확하게 클린 히트가 들어갔을 때는 복싱에서 KO 펀치를 맞은 선수처럼 빙판에 다운되는 경우도 있고 충격이 클 경우 몸을 가누지 못하기도 한다.

그러나 보디체킹에도 룰이 있다. 정신없이 아무나 들이받고 다니면 즉시 페널티 박스행이다. 일단 보디체킹은 퍽을 소유한 선수에게 해야 한다. 체킹을 당할 때 퍽을 소유하지 않고 있다고 해도, 직전까지 퍽을 소유한 선수에게 가했다면 정당한 보디체킹으로 인정이 된다. 단 너무 늦을 경우 '레이트 히트(Late Hit)'라는 페널티를 받을 수 있다.

퍽을 소유하지 않은 선수에게 보디체킹을 하면 인터피어런스(Interference) 페널티가 부과된다. 강력한 보디체킹을 시전하겠다는 의욕으로 점프하거나 몸을 날리거나, 도움닫기 식으로 뛰어 들어가 몸을 부딪힌다면 필요 이상 과격한 행위에 선언되는 차징(Charging)으로 페널티 박스행이다.

보드에 접하고 있는 선수에게 과격한 보디체킹을 하면 보딩(Boarding) 페널티, 상대 선수의 배후에서 체킹을 시도한다면 '후면 체킹(Checking From Behind)', 부상 위험이 큰 머리나 목을 노리고 체킹을 시도한 혐의가 명백해 보일 경우 '머리를 향한 부정 체킹(Illigal checking to the Head)'으로 페널티가 선언된다. 뒤쪽에서의 체킹이나 머리를 향한 체킹은 부상 유발 위험이 크기 때문에 단순한 마이너 페널티에서 그치지 않고 미스컨덕트나 게임미스컨덕트 등 무거운 처벌이 내려지는 것이 일반적이다. 과한 보디체킹으로 상대 선수가 부상했을 경우 경기 출전 정지 등 추가 징계가 뒤따른다.

그리고 여자 아이스하키에서는 원칙적으로 보디체킹이 금지돼 있으나, 캐나다, 미국 등 톱클래스 팀들의 경기에서는 웬만한 몸싸움은 묵인되는 경우가 많다.

• 기타 기본적인 아이스하키 전문 용어(Hockey Terminology)

위에서도 언급했지만 아이스하키 용어의 한글화가 전혀 이뤄지지 않은 것은 우리 나라 아이스하키의 맹점 중 하나다. '글로벌 스탠다드'가 강조되는 세계화 시대이기는 하지만, 영어 용어를 그대로 쓰는 것은 팬들이 어렵다는 선입견을 갖거나 거부감을 느 낄 수 있기 때문이다. 보디 체킹 설명에서 쓴 '후면 체킹', '머리를 향한 부정 체킹' 같은 표현은 '체킹 프롬 비하인드', '일리걸 체킹 투 더 헤드' 같은 용어가 원어인데다가 너무 길어서 나름대로 한글화 시도를 해본 것이다.

거듭 말하지만 용어의 한글화는 아이스하키의 대중화를 위해 중요한 요소다. 그렇 다고 해서 북한처럼 모든 용어를 무리하게 한글화하자는 것은 아니다. 대중에 쉽게 다 가서기 위해 우리 말로 표현할 수 있는 것들은 최대한 해보자는 말이다.

아무튼 현재 아이스하키 중계방송에서는 거의 대부분의 용어를 원어 그대로 쓴다 (중계방송이 많지는 않지만 세계선수권과 올림픽, 아시안게임 등 주요 국제대회는 TV 중계를 해주는 경우가 많다. 또 HL 안양 아시아리그 아이스하키 홈 경기는 유튜 브를 통해 생중계된다). 원어 용어 사용 때문에 처음 중계를 듣는 사람들은 아주 생소 하고 무슨 소리인지 알아듣기 어려운 경우가 많은 것이 사실이다. 아이스하키 중계방 송 시청 때 도움이 될 수 있는 기본적인 하키 용어들을 정리해봤다. 이 정도만 알아도 '하알못'은 벗어날 수 있다.

- 포어체킹(Fore Checking)

공격 지역에서 퍽을 가진 상대에 압박을 가하는 것을 말한다. 아이스하키에도 축 구의 4-3-3, 4-4-2 같은 포메이션이 있는데, 포어체킹을 어느 지역에서 몇 명이 가할 것인가에 따라 결정된다. 가장 흔한 것은 공격 지역 깊숙이 들어가서 압박을 가하는 2-1-2와 뉴트럴존 방어에 초점을 맞추는 1-2-2가 있다. 과거 축구 대표팀의 조광래 감독이 공격수들에게 포어체킹을 강조한다는 기사를 보고 '앗 저분은 아이스하키 팬인가' 싶어 깜짝 놀란 적 있다.

- 브레이크 아웃(Break Out)

상대방의 압박을 벗겨내고 퍽을 연결, 또는 운반(Puck Carry)해서 수비 지역을 벗어나는 행위를 말한다. 수비에서 공격으로 전환하는 시발점으로 최근 축구에서 유행하는 빌드업(Build Up)이란 개념과 유사하다.

- 백 첵(Back Check)

상대 공격진이 우리 수비 지역까지 침투했을 때 공격진이 수비 지역으로 내려가 적극적으로 수비에 가담하는 것을 말한다. 성실함의 지표로 측정된다.

- 원타이머(One-Timer)

동료가 내준 패스를 잡지 않고 그대로 슈팅으로 연결하는 것. 축구의 발리슛과 같은 개념이다.

- 리디렉션(Redirection) / 팁 인(Tip in)

문전으로 강하게 날린 퍽을 스틱으로 방향을 바꿔 득점을 시도하는 공격 방법이다. 골리가 가장 막기 어려운 공격 방법으로 꼽힌다.

- 포인트 샷(Point Shot)

블루라인을 넘어 공격지역으로 진입한 직후 날리는 장거리 슛. 블루라인 안쪽 지점을 '포인트'라고 부르는 데서 유래됐다.

- 슬랩샷(Slap Shot)

스틱을 풀스윙으로 휘둘러 온 체중을 실어 날리는 강력한 슛. 스틱 소재의 발전과 함께 선수들이 경기중에 날리는 슬랩샷은 더욱 빠르고 강력해지는 추세다.

- 드롭 패스(Drop Pass)

퍽을 가진 선수가 뒤쪽으로 퍽을 내주는 것. 축구의 백 패스 개념과 유사하지만 축구의 백 패스는 시간을 끌기 위한 부정적인 이미지가 강한 반면, 아이스하키에서 드롭 패스는 다양한 공격 옵션을 만들어 내기 위한 수단의 하나다.

- 림(Rim)

공격 지역에서 보드를 따라 상대 골문 뒤쪽 공간을 통과해 반대편 보드까지 퍽을 크게 한 바퀴 돌리는 행위. 아이스하키 경기를 볼 때 가장 많이 나오는 장면 중 하나다.

- 덤프(Dump)

센터라인을 통과한 후 상대 지역으로 퍽을 쳐 넣는 행위. 덤프 한 후에 쇄도해서 몸싸움을 벌여 퍽을 따내는 공격 방법을 덤프 앤 체이스(Dump and Chase)라고 한다.

- 슬럿(Slot)

골 크리스(골문 앞 푸르게 색칠된 부분)부터 페이스오프 서클 사이의 볼록한 부분 전체를 지칭한다. 득점을 올릴 확률이 가장 높은 지역이다.

- 브레이크 어웨이(Break Away)

공격수가 상대 골리와 일대 일로 맞서는 단독 찬스. 축구와 달리 아이스하키는 경기 중 단독 찬스가 득점으로 연결되지 않는 경우도 많다.

- 리바운드(Rebound)

슈팅이 상대 골리에 맞고 흐르거나 튀어나오는 것을 말한다. 중요성은 농구에서 리바운드 이상이다. 득점이 가장 많이 나오는 장면 중 하나가 리바운드된 퍽을 재차 슈팅하는 것이다.

- 스크린(Screen)
상대 골리의 시야를 가리거나, 리디렉션이나 팁인을 노리거나, 리바운드된 퍽의 세컨 샷을 위해 공격수가 상대 문전에 자리잡고 버티는 행위. 득점 확률을 높이기 위해 가장 중요한 요소 중 하나다.

- 랩어라운드(Wrap-Around)
공격수가 퍽을 소유한 채 공격 지역을 파고 들어간 후 상대 골문 뒷공간을 크게 돌아 나오는 것. 보통은 슈팅으로 마무리한다.

- 스틱핸들링(Stick Handling)
스틱으로 퍽을 다루는 기술

- 파이브 홀(Five Hole)
패드를 착용한 골리 양 다리 사이의 공간. 직사각형 골대의 꼭지점 4개 지점에 이어 골이 날 확률이 높은 5번째 지점이라는 뜻에서 붙은 명칭이다.

- 소서 패스(Saucer Pass)
퍽을 빙판에서 살짝 띄워 연결해주는 패스. 상대 스틱 블레이드를 피하기 위한 수단이다.

- 센터링(Centering)

아이스하키에서는 득점을 노리고 문전으로 투입되는 모든 패스를 센터링이라고 통칭한다.

- 레퍼리(Referee)

경기 진행을 담당하는 4명의 심판 중에 주심에 해당한다. 가장 중요한 임무는 페널티를 잡아내는 것.

- 라인즈맨(Linesman)

부심 또는 선심에 해당한다. 가장 중요한 임무는 오프사이드와 아이싱에 대한 판정이다.

- 투 매니 맨 온 디 아이스(Too Many Men On The Ice)

정원 초과. 선수 교체가 지속적으로 이뤄지는 종목 특성상, 가끔 교체가 꼬이면서 5명 이상의 스케이터가 플레이에 가담하는 경우가 있는데, 이 때 '투 매니 맨 온 디 아이스'가 선언되고 벤치에서 지명한 선수가 2분간 퇴장된다. 팬들로서는 가장 열불나는 상황 중 하나다.

아이스하키링크 경기장 설명

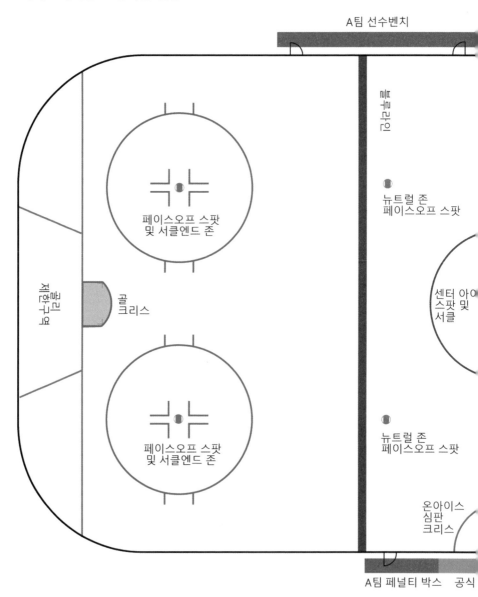

A팀 선수벤치

블루라인

뉴트럴 존
페이스오프 스팟

센터 아이
스팟 및
서클

페이스오프 스팟
및 서클엔드 존

골리
제한구역

골
크리스

페이스오프 스팟
및 서클엔드 존

뉴트럴 존
페이스오프 스팟

온아이스
심판
크리스

A팀 페널티 박스   공식

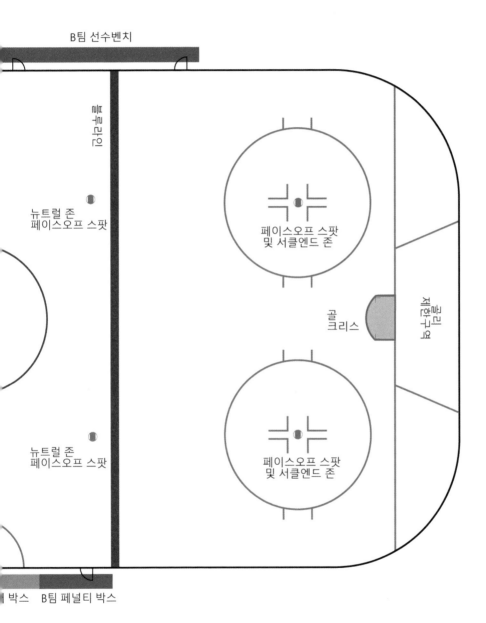

B팀 선수벤치

블루라인

뉴트럴 존
페이스오프 스팟

페이스오프 스팟
및 서클엔드 존

골
크리스

제한구역
골라인

뉴트럴 존
페이스오프 스팟

페이스오프 스팟
및 서클엔드 존

박스   B팀 페널티 박스

한국도
아이스하키
합니다

HL그룹 정몽원 회장의 아이스하키 사랑 이야기

초판 1쇄 펴낸 날 | 2025년 3월 28일

지은이 | 정몽원
펴낸이 | 홍정우
펴낸곳 | 브레인스토어

책임편집 | 김다니엘
편집진행 | 홍주미, 이은수, 박혜림
디자인 | 이예슬
마케팅 | 방경희

주소 | (03908) 서울시 마포구 월드컵북로 375, DMC이안상암1단지 2303호
전화 | (02)3275-2915~7
팩스 | (02)3275-2918
이메일 | brainstore@publishing.by-works.com
블로그 | https://blog.naver.com/brain_store
인스타그램 | https://instagram.com/brainstore_publishing

등록 | 2007년 11월 30일(제313-2007-000238호)